I0632185

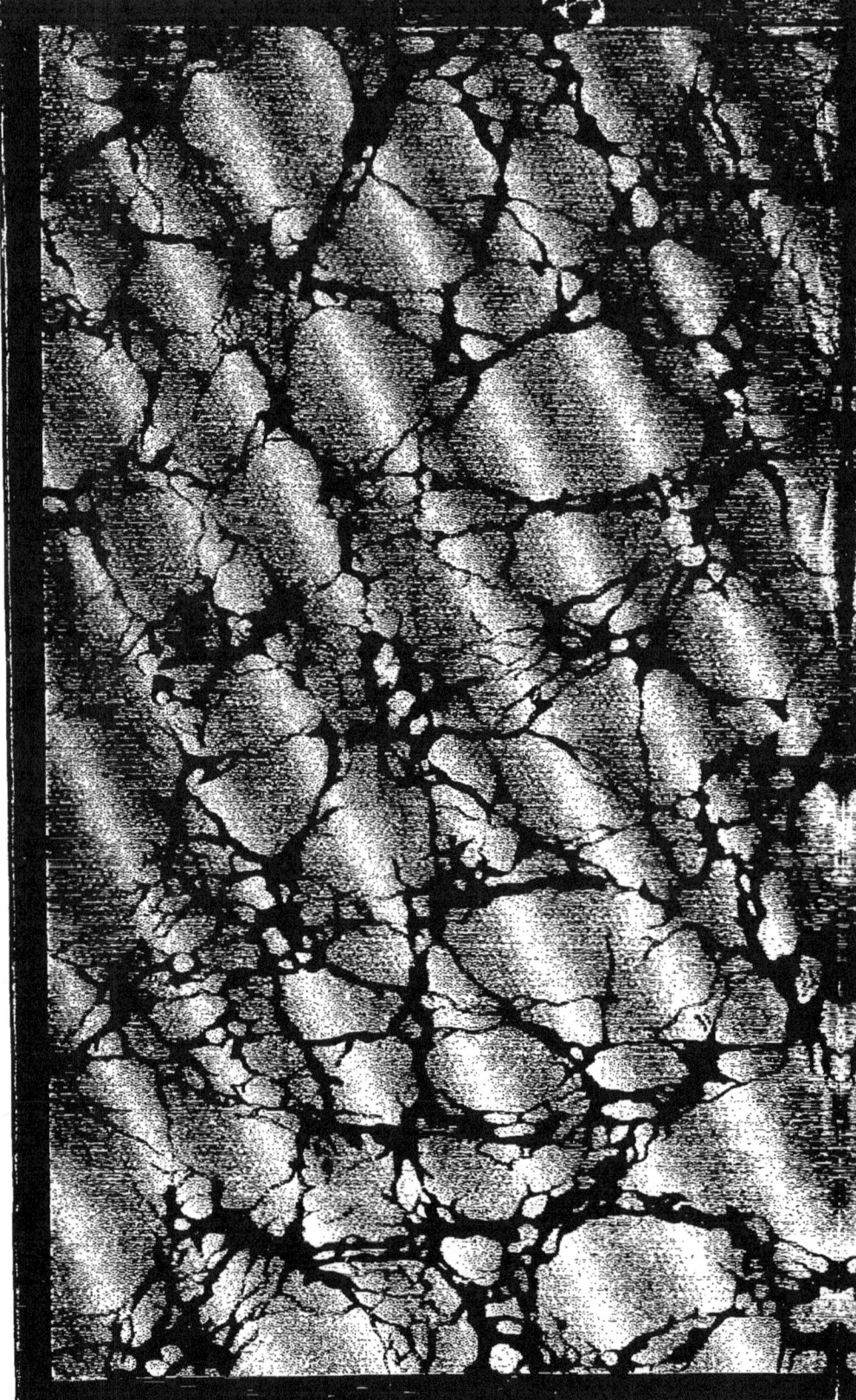

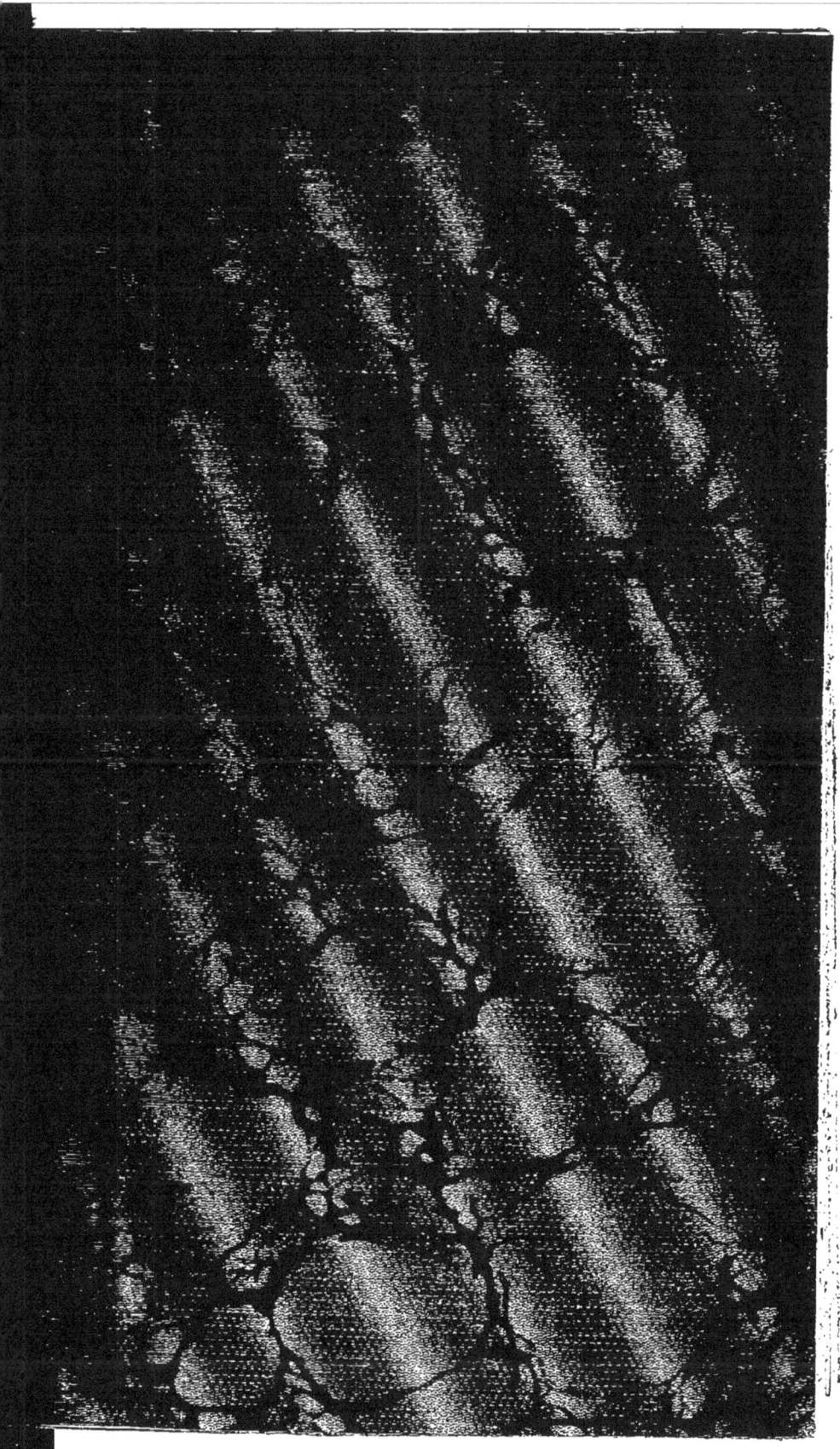

HORS LA LOI

LA BATAILLE

DE

L'AMOUR

PAR

PAUL PERRET

PARIS

E. DENTU, ÉDITEUR

LIBRAIRE DE LA SOCIÉTÉ DES GENS DE LETTRES

PALAIS-ROYAL, 15-17-19, GALERIE D'ORLÉANS

HORS LA LOI

LA BATAILLE DE L'AMOUR

LIBRAIRIE E. DENTU, ÉDITEUR

Du même Auteur

F. Aureau. — Imprimerie de Lagny.

HORS LA LOI

LA BATAILLE

DE

L'AMOUR

PAR

PAUL PERRET

PARIS

E. DENTU, ÉDITEUR

LIBRAIRE DE LA SOCIÉTÉ DES GENS DE LETTRES

PALAIS-ROYAL, 15-17-19, GALERIE D'ORLÉANS

—

1877

HORS LA LOI

LA BATAILLE
DE L'AMOUR*

I

C'était une singulière recrue que l'homme en chemise rouge courant au sommet des monts, jusqu'à ce qu'il aperçût la bataille. Il portait le fusil haut, le sabre-baïonnette au côté. Comment aurait-on pu le méconnaître ? Son nom était gravé sur la plaque de son ceinturon : Comte Amiati.

Ceux qui l'auraient regardé de trop près auraient été pourtant frappés d'une circonstance singulière, et se seraient demandé si ce jeune guerrier si ardent et si

---

* L'épisode qui précède la *Bataille de l'Amour* a pour titre : *L'Automne d'une Courtisane.*

beau était invulnérable comme Achille. Certes, il ne
paraissait pas blessé : sa chemise rouge, cependant,
était sanglante et trouée justement à l'endroit du cœur.

Comme il traversait le vallon, où deux heures auparavant passaient les trente éclaireurs ennemis que,
seul, en habit bourgeois, sans armes apparentes, et
par un trait de désespoir et de folie plutôt que de courage, il avait défiés, il vit accourir de divers côtés,
comme lui, à la débandade, plusieurs hommes, tous
des Français, qui cherchaient aussi à joindre le lieu du
combat. L'un d'eux, mieux éclairé, lui fournit les renseignements qu'il demandait : une colonne française
était là, retranchée sur la colline prochaine. Trois
cents francs-tireurs environ venaient de la rallier ; puis
les débris d'un bataillon de mobilisés, le même qui
avait naguère traversé le village assis au faîte de la
chaîne. Les Allemands cherchaient à nous déloger de
cette position qui, d'ailleurs, serait difficile à tenir, car
ils allaient sans doute détacher du monde pour tourner
les coteaux et occuper le village ; les Français couraient
le risque de se voir pris entre deux feux.

Un autre soldat dit au comte Amiati en le regardant
avec une méfiance assez visible :

— Comment êtes-vous ici ? Les vôtres marchent à
l'Est.

Au même instant, un tumulte inattendu, des cris de
douleur et d'épouvante, des mugissements, des piéti-

nements précipités retentirent dans le bois : c'étaient les habitants du village occupé déjà par l'ennemi, qui fuyaient avec leurs bestiaux et ce qu'ils avaient de plus précieux ; la prédiction du premier soldat ne se vérifiait que trop tôt. Les Allemands saluaient à leur façon cette misérable déroute ; des milliers de balles sifflaient au-dessus des arbres ou cassaient les branches. Tout ce pauvre monde se hâta plus fort à descendre la pente, les mères portant les petits enfants, trébuchant, tombant avec eux. Le bétail affolé se dispersait de toutes parts. C'était un spectacle lamentable. Celui qui, le matin, dans le village, était Maxime Imbert, ou n'était plus personne, qui maintenant était le comte Amiati, le brillant garibaldien, distingua parmi la troupe en désordre, la veuve qui l'avait recueilli, il pensa qu'elle était la moins à plaindre, car il l'avait bien payée de son hospitalité soupçonneuse.

Et puis, ce n'était plus le temps de la pitié sous cette grêle de projectiles qui bientôt, heureusement, se trouvèrent hors de portée ; il gagna le pied du coteau voisin et se mit en devoir de le gravir avec ses compagnons d'aventure. Un instant encore et ils allaient se trouver sous les retranchements des Français. Un officier s'avança pour les rallier, et s'apprêtait à leur donner un poste de combat. C'était ce même commandant à barbe grise qui, le matin, menait les deux cents hommes épuisés.

Il regarda le comte Amiati avec surprise et lui adressa précisément la même question que le soldat curieux un moment auparavant : Comment êtes-vous ici ?

Le jeune homme n'eut, heureusement, pas le loisir de répondre, car l'officier ne prit pas celui de l'entendre et porta vivement sa lorgnette à ses yeux. De cet endroit on apercevait très-distinctement le village, le clocher frappé par la pâle lumière du couchant, le petit mur en pierre sèche qui courait au-devant du cimetière ; — au-dessus du mur les casques noirs des Allemands.

Une agitation soudaine semblait se produire parmi ces conquérants d'un hameau, ce qui est toujours le commencement de la conquête du monde. On eût dit qu'une nouvelle fusillade faisait écho de l'autre côté de ce mont à celle qui redoublait à l'ouest. Elle était moins régulière et plus pressée ; en même temps les sons d'une joyeuse musique italienne se firent entendre. Les premières chemises rouges, — car c'étaient les garibaldiens qui attaquaient le village à revers, — apparurent, tournant le pied de la hauteur :

— Ce sont les vôtres, dit le vieux commandant au comte Amiati ; ils n'auront jamais été mieux inspirés.

Toujours les *vôtres*. Le jeune homme devint très-pâle.

Autant qu'on pouvait en juger, ils étaient bien trois ou quatre mille. Un magnifique état-major, un ruissellement d'or et de broderies, un flot de plumets brillaient déjà parmi la neige qui couvrait le sol et les arbres. Les Allemands, déconcertés par le nombre de ces assaillants inattendus, ne jugèrent pas à propos de les attendre ; ils voyaient apparemment encore une issue ouverte vers le nord-est, et les collines boisées où s'était nouée l'affaire du matin ; ils n'hésitèrent pas à *faire leur trou* comme ils pourraient à travers les lignes italiennes encore mal formées, et abandonnèrent précipitamment le village. Il y eut un engagement assez vif que l'on ne pouvait voir du point où le comte Amiati se trouvait placé.

Les Allemands s'échappaient, mais le hameau, le point culminant du pays, était désormais occupé ; les Français ne devaient plus craindre de se voir couper la retraite...

— J'espère, grommela le commandant, que ces Italiens vont garder la position, ce qui nous permettra de porter tout notre effort de l'autre côté.

Il n'avait pas fini que le même joyeux orchestre résonna de nouveau ; de brillantes fanfares rallièrent la colonne garibaldienne qui se mit en marche, au petit pas de parade, suivant de loin la retraite de l'ennemi, comme des gens dont le plus médiocre souci aurait été de l'atteindre. L'incident était si imprévu et d'un

effet si comique que le commandant à barbe grise
éclata de rire. Il avait pourtant la mine assez naturellement mélancolique et sévère. L'explosion de sa gaieté
lâcha la bride à celle des soldats naguère débandés qui
l'entouraient.

— Oh ! oh ! dit l'officier s'adressant au comte Amiati,
peut-on jamais compter sur rien avec vos compatriotes
et vos amis ? L'envie leur vient à présent de faire une
petite promenade militaire.

Le comte Amiati, que la pensée de se trouver si près
des *siens*, avait fait pâlir un instant auparavant, serra
les dents avec colère : — Mes amis peuvent se trouver
satisfaits d'avoir pris le village...

— Qu'on ne défendait point.

— Moi, je ne me contente pas de si peu, et je mar-
cherai avec vos hommes, mon commandant, si vous le
voulez.

— Eh ! dit l'officier le regardant avec attention, vous
parlez bien le français.

— J'ai été élevé en France.

— Ça se voit ! Ainsi, vous voulez charger là-bas avec
mes hommes, mon jeune coq-rouge ? Près de moi,
s'il vous plaît, alors... Mais auparavant, qui êtes-
vous ?

— Je suis le comte Luigi Amiati.

— Quel miracle que vous ne vous nommiez point
César où Annibal, comme tant d'autres de ces héros

qui s'en vont là-bas! J'aime mieux Luigi, c'est plus modeste. Vous me plaisez. Suivez-moi donc.

Ils eurent bientôt gagné sur l'autre versant du coteau et sous le feu déjà moins nourri, la seconde ligne de bataille où se trouvait rangé le petit bataillon de l'officier qui en reprit le commandement. L'attaque des Allemands s'était bien ralentie depuis quelques minutes; ils savaient que les leurs avaient perdu la position du village, et songeaient eux-mêmes à la retraite. Bientôt, on s'aperçut qu'ils reculaient avec prudence, gagnant le vallon et la route. Leur cavalerie, placée en réserve sur leur gauche, fondit en avant pour protéger cette manœuvre. Un ordre arrivait alors au commandant français. Sa petite troupe était presque fraîche en ce moment, ayant peu donné depuis le commencement du combat; il porta brusquement ses deux cents hommes à droite, et les disposa en tirailleurs sur un monticule qui longeait cette route où tout à l'heure allait être porté le dernier effort du combat. Il tenait sa parole et gardait le comte Amiati à ses côtés : Il est fâcheux, lui dit-il assez vivement, que vous ne puissiez quitter cette chemise rouge ! C'est une cible.

Le jeune homme ne répondit pas, il songeait.

— Si je meurs, se disait-il, ai-je le droit d'enlever à Marguerite ma dernière pensée? Puis-je la donner à Édith?...

Il ne connaissait point la guerre. Il arrive souvent

qu'à la bataille, on n'a pas de dernière pensée ; « la mort va vite... »

— Feu ! cria l'officier près de lui.

— Feu ! reprit plus loin un lieutenant.

La cavalerie ennemie arrivait comme une trombe. Deux cents coups de carabines retentirent, dix cavaliers tombèrent. Le reste bondit au-dessus du fossé qui bordait la route, franchit les genêts, brisa la première ligne des tirailleurs français et la sabra.

Mais ils rencontrèrent la seconde ligne retranchée derrière des houx. Une deuxième décharge abattit leur colonel avec une balle à travers le corps ; ils le suivirent et se débandèrent.

Alors le commandant français se mit à crier à l'habit rouge :

— Arrêtez ! Revenez ici, mauvais apprenti soldat ! Voulez-vous vous faire hacher, triple fou ? Je n'ai jamais vu qu'un garibaldien enragé. C'est celui-là.

Il s'adressait au comte Amiati qui venait de sauter sur la route, poursuivant un des fuyards allemands qui portait un guidon noir et jaune. L'envie de ce trophée lui avait fait perdre la tête.

Ce nouveau soldat avait entendu dire qu'à la guerre il est bien de s'emparer des drapeaux de l'ennemi.

Le malheureux avait à peine mis le pied sur cette route maudite, que dix cavaliers revinrent sur lui.

— En avant! cria le commandant, ne laissons pas
larder cet innocent-là!

Mais quand chargeant lui-même, à la tête de quel-
ques-uns de ses hommes, il eut dispersé les Allemands,
il vit l'innocent, le pauvre et beau garibaldien, gisant la
tête ouverte d'un coup de sabre, la poitrine percée
d'une balle :

— Allons! dit-il, c'est dommage!

On transporta le comte Amiati derrière le monticule
où déjà l'on avait déposé les autres blessés. Le chirurgien arriva. L'officier lui montra la chemise rouge et
lui recommanda de se hâter :

— Bon! dit le chirurgien, il aura son tour. Aux
Français d'abord, commandant! Je connais mon devoir.

— C'est vrai! fit le vieux commandant, en baissant
la tête. Aux Français d'abord! Qu'est-ce que je disais
donc?... Mais ce bel enfant sera un brave homme, si
si vous avez le talent de le faire vivre.

— J'ai beaucoup de talent, répliqua le chirurgien
avec un rire sec, mais point celui de ressusciter les
morts.

Le comte Amiati perdait son sang; mais il n'avait
pas encore perdu la pensée. Ses lèvres s'agitaient et
murmuraient un nom de femme; ce n'était pas celui
de Marguerite. Un sourire passa sur ses lèvres : il venait d'entendre dire que la bataille était gagnée; que

1.

les Allemands n'avaient pu forcer le passage par la route, et qu'ils se retiraient en désordre à travers les bois. Cela est bon, à sa dernière heure, de songer à la femme qu'on aime, et de se dire que la patrie est un peu vengée!...

Tout à coup il se souvint que la France n'était plus sa patrie! Il s'était fait Italien deux fois.

En ce moment ses yeux qu'il tenait fermés se rouvrirent au contact d'un instrument d'acier qui lui causait une vive douleur. Le chirurgien était enfin arrivé à lui; mais le blessé se crut le jouet du plus capricieux délire.

Près de ce chirurgien qui le pansait, il avait cru voir une femme, la veuve de Sainte-Anne, Isabelle d'Escarlat.

II

Il ne se trompait point; ce n'était pas une vision née du délire qui venait de lui montrer la veuve de Sainte-Anne, l'amazone dévote de Mirey, la triste et peu résignée victime des trahisons de Maurice d'Olivaie, en bottes molles, en larges pantalons rouges, en vareuse bleue, ornée de cinq galons d'or aux manches, sans compter une paire d'épaulettes.

L'*officière* était coiffée d'un shako fripon, rouge également, avec une aigrette blanche.

Est-ce qu'Isabelle d'Escarlat n'était pas riche? Est-ce que la veuve aux yeux d'or n'était pas oisive et folle? Que faire de son argent? Que faire de son ennui? Toute la province de Bourgogne vous raconterait encore comment une dame qui trouvait le temps long, s'étant avisée de penser que la guerre était faite pour le tuer, leva et soudoya une compagnie de francs-tireurs.

Elle avait, d'ailleurs, quitté le nom de feu M. d'Escarlat, son paisible et capricieux mari qu'animait en son vivant le génie cornu de la bâtisse. Un autre caprice lui était venu, celui de reprendre le nom de sa famille paternelle, un terrible nom ronflant et sauvage : Isabelle de Malmontagne. Ses soldats, peu respectueux, l'avaient un peu défiguré en modifiant la première syllabe : Malmontagne était devenu Tranche-Montagne. Ils ne justifiaient point ce changement; ces franc-tireurs désopilants, se seraient bien gardés de vouloir tuer autre chose que le temps de leur colonelle.

Depuis quelques jours, manquant de vivres, car l'argent de la Tranche-Montagne ne pouvait faire sortir le blé de la terre glacée ni la farine des moulins vides, ils essayaient de gagner Dijon et l'armée de Garibaldi. Des affinités naturelles les entraînaient de ce côté, car dans cette armée aussi se voyaient des *officières*.

Seulement, elles ne tenaient pas campagne pour tout de bon, les officières garibaldiennes; elles paradaient et ne commandaient qu'au cœur des officiers, leurs collègues, point aux manœuvres des soldats. Il est vrai que la seule manœuvre connue des bons compagnons de la dame de Malmontagne c'était le pas de course pour éviter l'ennemi, et ils venaient de l'échapper belle ! Le bruit de la bataille les avait tenus en l'air comme un nuage sur les sommets boisés à l'est, jusqu'à ce qu'ils eussent été bien sûrs que les deux troupes allemandes se retiraient, l'une en appuyant vers le nord, l'autre en courant vers le sud, et que l'affaire était bien terminée. Enfin, ils arrivaient et leur colonelle s'empressa de remettre au vieux commandant, le premier officier de haut grade qu'elle rencontra, le commandement de sa fantastique compagnie. Médiocre présent qui allait se fondre.

Le commandant offrit de parier que le lendemain il ne retrouverait pas un seul des cent vingt-deux hommes qui la composaient. La dame ne s'en souciait guère ; elle se reposa sur la neige.

Depuis trois jours son cheval avait succombé à la fatigue et à la faim, et, depuis ce temps, elle marchait. Pour une personne de haute taille et si fortement campée, elle avait le pied assez mignon et délicat, la veuve aux yeux d'or. Tout le monde autour d'elle remarqua ces yeux-là : ils étaient bien battus ; des larmes arrachées par le froid et par la souffrance en sortaient une à une comme les perles du repentir pour couler sur son visage hâlé, gercé à faire pitié. Elle sentait, mais un peu tard, que de la chasseresse à la colonelle, il y a bien de la différence. Au retour de ses chasses, dans les bois de Sainte-Anne, elle trouvait du moins de la flamme au foyer.

En ce moment, elle vit des feux qui s'allumaient, car décidément on allait camper pour une heure sur la position conquise ; la pauvre Tranche-Montagne s'approcha.

Ce fut alors que passant près du monticule derrière lequel on avait mis les blessés, elle montra bien qu'elle était femme. Elle oublia les feux et ce que le froid lui faisait souffrir et se dirigea vers ces malheureux. Le chirurgien pansait le garibaldien au pied d'un arbre. La veuve de Sainte-Anne jeta un grand cri.

— Eh bien ? fit le chirurgien relevant la tête.

Il demeura court ; c'était une voix de femme qui avait attiré son attention, il reconnaissait un visage féminin et il voyait un gros officier. Tout en préparant ses bandages, il se mit à fredonner un refrain connu, tiré d'une pièce de théâtre en vogue l'année précédente, aux beaux jours tranquilles de la paix et de l'amusette :

« Je vous salue, ma colonelle... »

— Je connais le comte Luigi, dit-elle vivement.

— Oh ! s'il vous plaît, point d'erreur sur la personne ! C'est une cause de nullité dans les mariages. Ce jeune Dieu antique, qui me donne en ce moment beaucoup de mal, probablement inutile, ne se nomme point le comte Luigi tout court. Regardez la plaque de son ceinturon.

— Le comte Luigi Amiati ! répéta-t-elle. Il ne por-

tait donc que son prénom à Mirey... Alors il trompait
la divine Édith !

— Il a dû en tromper plus d'une ; il est fait pour cela.

— Oui, dit Isabelle de Malmontagne, en s'agenouil-
lant près du blessé, n'est-ce pas qu'il est beau ?

Elle proposa au chirurgien de l'aider dans son pansement ; il renvoya d'un signe le soldat qui l'avait
assisté jusque-là :

— Je ne voudrais point vous désobliger, mon officier, dit-il en riant. Voilà bien les femmes ! Elles
peuvent se mettre l'épée au côté, leur arme véritable,
ce sera toujours la charpie. La belle Armide, l'intrépide
Judith, la jalouse Christine auraient été d'excellentes
infirmières, et je suis sûr que, comme sœur de charité,
la reine Élisabeth elle-même, à ses heures...

— Docteur, est-ce que vous ne le sauverez pas ? interrompit la veuve aux yeux d'or...

Il s'interrompit dans sa cruelle besogne, et la regardant, lui dit :

— Je ferais bien des choses pour vous, ma colonelle.
Cependant, vous croyez sans doute au bon Dieu, bien
que ce ne soit pas la mode dans l'armée de Garibaldi ?...

— Je ne suis pas de l'armée de Garibaldi, répondit
Isabelle de Malmontagne, et vous pouvez être sûr que
je crois en Dieu.

— Alors vous feriez mieux de vous adresser à lui

qu'à moi, répliqua le docteur galonné avec une nouvelle explosion de gaieté médicale et militaire.

Le blessé entendait tout cela et se demandait toujours
si cette voix de femme était bien celle de madame d'Escarlat. Ses paupières étaient de plomb et n'essayaient
plus même de se soulever. Sa pensée s'en alla vers le
bois de Hautefontaine et se rafraîchit à la source qui
coulait là sous les grands sapins ; puis elle descendit
vers l'Italie, vers *son* palais de Bergame.

La fièvre qui s'allumait dans ses veines commençait
à lui faire battre pays et le ramena bientôt en France ;
il revit, à Dôle, la pierre tombale où figurait son nom
et qui renfermait pourtant Maurice d'Olivaie ; il revit
là-bas, sur la neige, le beau corps, entièrement nu
désormais, du véritable comte Luigi. Ses lèvres s'agitaient, la veuve se pencha et ne recueillit qu'un léger
murmure.

— Je suis encore le plus heureux des trois ! se disait
Maxime Imbert.

La veuve se mit en devoir d'entourer d'un bandeau
ce front charmant et fier. A l'instant, le bandeau se
tacha de sang. La pitié fit monter aux yeux d'Isabelle
de Malmontagne des larmes autrement précieuses que
celles que l'air glacé et la souffrance physique en arrachaient quelques minutes auparavant. L'idée lui vint
de parler tout bas au blessé pour le consoler et le fortifier s'il pouvait l'entendre :

— Je vous sauverai, moi, lui disait-elle, je serai plus habile que les médecins.

Elle s'aperçut que, depuis un moment, il était devenu tout à fait insensible et le fit remarquer au chirurgien qui se reposait à son tour et qui répondit d'un air distrait :

— Je crois qu'il dort.

— Il faut donc l'enlever d'ici, s'écria-t-elle ; par ce terrible froid, il ne se réveillera pas !

Le docteur leva les épaules.

— Le froid dont vous parlez vous a donc pénétré jusqu'au cœur? dit-il. La peste ! il y est bien logé ! Est-ce que vous ne sentez point qu'il a cessé depuis une heure? Et tenez, levez vos beaux yeux, ma colonelle, car ils sont beaux. Voyez-vous ces grosses nuées chargées d'eau tiède au sud-ouest ?

En ce moment, le vieux commandant s'approcha ; il ne pouvait se défendre de l'intérêt que lui avait inspiré le bel Italien ; mais il ne voulait plus l'avouer :

— Eh bien ! dit-il avec une brusquerie affectée, comment va ce jeune preneur de drapeaux ?

— Il s'agit bien de cela, mon commandant, répliqua le chirurgien. Parlons plutôt de ce qui va s'ajouter à nos misères.

— Oui, dit l'officier d'un air sombre, le dégel !... mais nous emmenons les blessés et nous rentrerons à Dijon dans la nuit.

— Point sans laisser des hommes dans la boue ! fit le docteur en secouant la tête... Ah ! voici enfin sur la route quelques voitures d'ambulance.

Isabelle de Malmontagne ne disait plus rien depuis quelques minutes ; elle rêvait, tenant dans ses mains la main du blessé : — Il ne portait pas cette bague à Mirey, pensait-elle. C'est qu'il n'y avait pris que la moitié de son nom. Il cachait l'autre moitié, la bonne, le nom de sa famille, et se serait bien gardé de montrer ses armes. Pauvre belle Édith !... Il ne sait point que le chagrin et le dépit l'ont rendue malade après son départ... A quoi sert d'être orgueilleuse ?... On n'en est pas moins trahie ! On n'en est pas moins jouée !

Ce départ qui avait rendu mademoiselle d'Olivaie malade était son œuvre ; du moins elle pouvait le croire, et ne s'en repentait pas, car elle sourit.

Près d'elle, dans la neige, était la chemise rouge du garibaldien. Machinalement elle la prit. Le sang en ruisselait. Comme elle la soulevait avec un sentiment d'horreur et de curiosité invincible, et la présentait au jour mourant, elle jeta un nouveau cri : — Docteur, fit-elle, pourriez-vous jurer que le malheureux n'a qu'une blessure à la poitrine ? Je vois ici deux trous faits sans doute par deux balles.

Le chirurgien, qui se levait pour diriger le transport des blessés, ne daigna plus même répondre. Le com-

mandant demeura seul avec madame d'Escarlat, et bien
moins incrédule, prit la chemise rouge. Le portefeuille
d'ivoire, puis un autre plus volumineux et bien plus
grossier, en cuir noir, s'en échappèrent à la fois. La
veuve de Sainte-Anne ramassa le premier, l'officier le
second.

— Des lettres ! dit la veuve... et l'une écrite par une
femme !

— Morbleu ! fit le commandant, il était encore plus
fou que je ne le croyais ! S'en aller à la guerre avec
cinq cent mille francs en poche !

Alors il se passa une chose naturelle et tout à fait
en harmonie avec la différence des sexes et des rôles :
madame d'Escarlat fit lestement passer dans la large
manche de sa vareuse d'uniforme le portefeuille d'ivoire
avec ce qu'il contenait ; l'officier, au contraire, s'empressa de lui faire voir ce qu'il venait de trouver dans
le portefeuille de cuir : deux titres de rentes françaises
de douze mille francs chacun, et un titre moins consi-
dérable de rente italienne.

L'héritage de Marguerite et de Maxime Imbert.

— Il faut sauver cette fortune, dit le commandant,
je n'en puis accepter la garde. Rien ne dit que je ne serai pas tué demain.

— Je la prends, moi ! s'écria madame d'Escarlat.

— Oui, fit-il en souriant, je suis sûr que vous n'aurez pas envie de retourner à la guerre. Vous allez

rentrer à Dijon avec nous, et ce sera pour n'en plus
sortir, les Allemands même dussent-ils prendre la
ville...

— Je suis riche, dit la veuve. On peut me confier le
bien d'autrui. Je suis au-dessus des soupçons.

— Je le sais ; j'ai interrogé vos hommes. Vous feriez
bien, je crois, de reprendre le nom de votre mari ; votre folle équipée ne vous embarrasserait plus. Quant à
moi, je suis le baron d'Arvert, vous me retrouverez
aisément. Vous plaît-il de faire une bonne œuvre, de
conduire dans une de nos voitures d'ambulance ce
jeune homme à Dijon, et de ne plus le quitter jusqu'à
sa guérison ou jusqu'à sa mort? Je vous le donne...

— Ah ! fit madame d'Escarlat, dont les yeux d'or
étincelèrent, vous me le donnez !

— S'il meurt, après la paix nous chercherons ensemble sa famille et ses héritiers. Si je péris moi-
même, ce soin ne regardera plus que vous.

— Ne craignez rien, il vivra !

III

La pluie avait commencé de tomber fine et drue, les pauvres petites voitures d'ambulance, à peine couvertes de quelques mauvais lambeaux de toile, s'en allaient cahotant dans la neige fondante, et il en sortait des gémissements et des plaintes. Celle qui portait le beau garibaldien assisté par Isabelle de Malmontagne fermait le cortége.

Personne ne la conduisait. Le cheval suivait la misérable file. Venait ensuite le bataillon du baron d'Arvert qui formait l'arrière-garde. Les soldats avaient reconnu la grosse colonelle à côté d'un blessé et disaient :

— Ce que c'est pourtant à la guerre que d'être une femme ! On lui a prêté la moitié d'une *calèche*.

Ils étaient d'assez belle humeur. L'ondée ne leur

paraissait point malfaisante, ils secouaient leurs mem-
bres roidis par la longue froidure, et cette eau tiède
semblait les détendre. Seulement la route n'était plus
qu'une fondrière, et, quand ils passaient au bord des
bois, des torrents coulaient du haut des arbres sur
leurs têtes. Le comte Luigi et sa compagne recevaient
leur part du déluge ; le premier y était insensible,
madame d'Escarlat grelottait.

Le commandant s'approcha, demandant des nouvelles de *leur* blessé.

— Ah ! dit-elle d'une voix convulsive, ses plaintes
me déchirent le cœur. Ces horribles cahots sont bien
cruels.

— La route heureusement ne sera pas longue.

— Oh! oui, heureusement! Moi-même, je suis
brisée.

— Et mouillée ! fit tout bas le lieutenant du baron
qui marchait auprès de lui. Le panache blanc de la
colonelle fait mal à voir.

Cette aigrette blanche, autrefois l'ornement du képi
rouge de l'officière, retombait lamentablement, toute
chargée d'eau et lui battait le visage ; si bien que la
veuve aux yeux d'or rejeta sa coiffure militaire. Sa
chevelure brune, qui était assez belle et qu'un savant
attirail d'épingles ne retenait plus, se déroula sur ses
épaulettes. L'effet était trop comique pour échapper
au lieutenant, qui aimait à rire.

Au même instant, madame d'Escarlat, s'adressant encore au commandant du même accent véhément et saccadé, lui dit :

Allez ! je me sens beaucoup de courage. Je fais de mon mieux, je soutiens sa tête. Je voudrais lui épargner la moitié de ce qu'il souffre...

Le commandant fit un geste de satisfaction : — J'ai donné à ce brave enfant une garde toute pleine de zèle, se disait-il.

— Et qui fait de son mieux, grommela le lieutenant. Fais ce que dois, advienne que pourra ! La virago a de bonnes maximes.

— Hein ? dit le baron d'Arvert en le regardant.

— Plaît-il ? fit le lieutenant. Je n'ai rien dit.

— Il est si jeune et l'on a tant de ressources à cet âge, continua le baron, pensant pour cette fois tout haut. Qui sait ? cette femme est capable de tenir sa promesse et de le faire vivre.

— L'amour est bon médecin.

Le commandant tourmenta sa moustache blanche :

— L'amour ? répéta-t-il en baissant la voix. Croyez-vous ?... Eh ! j'en serais fâché pour la morale...

— Il y a si souvent lieu d'être fâché pour la morale ! riposta le lieutenant ironique sur le même ton. Bast ! mon commandant, la virago est veuve.

— Et puis l'amour ! l'amour ! cela veut dire bien des choses.

— Après tout, pour une femme, c'est toujours une occupation moins malhonnête que la guerre.

— Oh ! la, oui ! dit le baron, bien plus décente !

— Surtout, ajouta le lieutenant, qui riait de tout son cœur, bien plus humaine !

La nuit tombait. Comme on arrivait à un gros bourg précédant la ville, on fit halte. Le chariot de la colonelle vint échouer contre la porte d'une auberge ; la file des voitures d'ambulance s'était trouvée rompue, et le cheval s'en allait à l'aventure. La lumière sortant du logis éclaira le touchant tableau que le baron d'Arvert et son lieutenant n'avaient fait qu'entrevoir : la tête du garibaldien reposait sur les genoux de l'officière.

— Fameux oreiller pour l'Italien, dit un soldat en passant.

Un second plus naïf, qui marchait aux derniers rangs, et qui n'avait pas encore vu la charrette, demanda : « Est-ce qu'elle serait aussi blessée, la grosse colonelle ? ou bien s'est-elle engagée dans le corps des infirmières ? »

Un troisième, un loustic, répondit : « Imbécile, tu le vois bien qu'elle est blessée. Un obus dans le cœur ! »

Ils s'en allèrent en riant. La veuve de Sainte-Anne avait-elle entendu ces gaîetés militaires ? Peut-être que non. Elle était en ce moment enfermée dans un rêve. Il y a de ces rêveries qui sont comme une prison aux murs de diamant étincelants, mais sourds, inaccessibles à tous les bruits du monde extérieur. La main de madame d'Escarlat effleurait les cheveux du jeune homme et murmurait : « Édith d'Olivaie ne pourrait plus dire qu'il est à elle ! C'est mon bien, à moi, maintenant, si je le veux ! On me l'a donné ! »

Triste présent, pour le moins assez précaire, car il s'en fallait de peu que le comte Luigi ne râlât. Enfin on atteignit Dijon. La veuve dirigea son chariot vers un hôtel, car elle avait juré de ne point quitter le blessé, et n'aurait pu le suivre aux hôpitaux, qui n'étaient que trop remplis. L'hôtel, à la vérité, ne l'était guère moins de gens de toute sorte réfugiés dans la ville. L'hôtelier avait le droit d'être sévère.

Il se tenait devant sa porte comme saint Pierre près de celle du Paradis, et faisait subir un interrogatoire à tout venant. Seulement il n'avait pas la charité comme le prince des apôtres, ce qui le rendait plus exigeant. A la lueur de ses lanternes, il examina la voiture d'ambulance et ce qu'elle contenait : le blessé ne l'émut point. Quant au personnage des deux sexes qui lui demandait asile, cette grande chevelure toute ruisselante d'eau et retombant en désordre sur un habit de soldat, ce petit pied dans de grosses bottes, qui s'agitait au bord de la charrette, ne firent que révolter son austérité naturelle, et il prononça l'arrêt le plus sec et même le plus insolent. Point de logis chez lui.

— Passez votre chemin, monsieur la colonelle !

Alors on entendit un rire amer, et l'hôtelier, qui n'avait point de pitié, demeura tout interdit de voir qu'il en inspirait lui-même, et de l'espèce la moins déguisée. La lueur de sa lanterne lui montra la colonelle levant les épaules et lui tendant, au bout de ses doigts, un billet de banque dont la dimension lui fit tout de suite connaître la valeur :

— Je vois bien, dit-elle, que vous voulez des arrhes.

A l'instant il se trouva pour cinq cents francs de charité, et reconnut que l'officière valait en considération cinq ou six fois autant pour le moins. Il cessa d'en vouloir à la vareuse bleue et aux pantalons rouges qui renfermaient cette sirène et pensa que ces travestissements sont naturels en temps de guerre. La colonelle obtint deux chambres contiguës qui étaient les siennes ; il se délogea lui-même. On transporta le blessé dans un lit. Sa compagne déclara qu'elle n'avait besoin d'aucune aide et qu'elle le soignerait toute seule.

L'hôte, qui avait présidé à toute cette rapide et douloureuse installation, jeta un regard sur le moribond en s'éloignant.

—Bien sûr, se disait-il, ce sont les restes d'un amoureux : elle en est encore jalouse.

Comme il atteignait l'escalier pour redescendre à ses cuisines, il se ravisa et corrigea son premier jugement :

—A moins, grommelait-il, que ce ne soit l'espoir d'un mari qu'elle caresse...

L'officière en ce moment le rappela :

— J'oubliais de vous avertir, fit-elle, qu'il ne faudrait point me demander le nom de ce malheureux jeune homme : je ne le connais pas. On l'a trouvé dans cet état sur le terrain.

— Triste état ! dit-il en hochant la tête.

— Je l'ai recueilli par humanité. Il est si jeune ! Nous n'épargnerons rien pour le ramener à la vie. Et d'abord, vous allez m'envoyer le premier médecin de la ville.

L'hôte s'en alla sans répondre, tout entier à ses réflexions ; il admirait qu'une colonelle si riche, et qui n'avait certainement commandé qu'à de mauvais garnements, eût pu s'échapper de leurs mains la vie sauve et la bourse pleine ; il commençait à trouver qu'elle aurait pu doubler les arrhes, et déjà il songeait aux moyens de se rattraper, quand l'officière le rappela de nouveau.

Elle ne savait pas combien cette étrange envie de possession exclusive, que l'hôte qualifiait de jalouse, et que lui inspirait le bel amoureux d'Édith d'Olivaie à sa dernière heure, servait les intérêts du *comte Luigi*. Peut-être si la pensée du jeune homme retrouvait encore quelque lueur, comme une lampe qui a brûlé jusqu'au matin, qui paraît éteinte et pourtant crépite et se ranime, avait-il ressenti, durant le voyage, une poignante appréhension d'être conduit parmi les blessés de *son* pays, ayant porté comme lui la chemise rouge...

Il aurait béni madame d'Escarlat, s'il avait pu l'entendre dire un moment auparavant : On ne connaît pas le nom du blessé.

La maudite chemise rouge était restée là-bas dans la neige. Sans quoi l'hôte aurait répondu que ce nom il serait aisé de le connaître, puisque l'armée de Garibaldi remplissait la ville ; mais il ne sut pas qu'il avait l'honneur de loger chez lui les débris palpitants plutôt que la personne du comte Amiati, des seigneurs de Castel Rosso, le dernier de la branche aînée.

Quant à la veuve, à quelle pensée avait-elle obéi en disant cela ?...

La seconde pensée, qui se fit jour dans son esprit, ne fut point sans rapport avec la première, quoique le lien entre toutes les deux parût éloigné.

L'hôte rappelé accourut.

— Je n'ai pas besoin, dit-elle, d'insister pour que l'on aille chercher le médecin sans perdre de temps. Mais que la même servante, avant de rentrer à l'hôtel, me procure un confectionneur en robes et un marchand de lingerie pour femmes et me les amène sans retard.

—Oui, mon officier, dit l'hôte en se mordant les lèvres.

— Je suis la comtesse d'Escarlat, reprit-elle, et je désire que désormais l'on me donne mon nom.

Elle suivait le conseil du baron d'Arvert. Presque aussitôt elle se repentit de l'avoir suivi.

Les mêmes motifs qui l'avaient engagée à dissimuler le nom du comte Luigi, auraient dû lui commander de cacher le sien. Ces motifs étaient fort complexes. Elles se tordit un peu les mains, s'accusant d'étourderie, elle avait la tête si troublée ! Et, se rapprochant du lit où gisait le mourant : — Oh bien ! murmura-t-elle, le sort, en amenant notre rencontre, a pourtant fait une étrange chose !

Sous le linge souillé, sous le disgracieux bandeau qui couvrait le front de Luigi, la moitié du visage seulement apparaissait ; elle avait la pâleur de la neige dans laquelle le jeune héros était tombé à la fin du combat ; le sang s'était retiré de ses lèvres qui ne ressemblaient plus qu'aux dernières roses de l'automne.

Pourtant il parut encore trop beau à la veuve qui s'éloigna du lit, en proie à une agitation extraordinaire ; elle disait à demi-voix : — L'ai-je aimé ?...

De qui parlait-elle ? De Luigi Amiati, ou de Maurice

d'Olivaie? Ce ne pouvait être du dernier puisque ce
n'était pas lui qui était là, devant ses yeux, puisqu'il
était loin, bien plus loin même qu'elle ne le pensait...

Le médecin entra. Il fit un second pansement, ap-
prouva la façon dont la balle avait été extraite par le
major sur le champ de bataille, mais ne fit entrevoir
aucune espérance. Cette blessure à la poitrine lui paraissait affreusement grave. Quant à la seconde blessure, le coup de sabre au front, il n'en tenait que peu
de compte; seulement, il exprima la crainte qu'elle ne
laissât une méchante balafre.

La veuve soupira. Ce n'était pas de regret. Ce signe
glorieux au front de Luigi ne lui aurait paru qu'un
charme de plus. Ce n'était pas la balafre qui l'inquié-
tait. Demeurée seule, elle retomba dans une nouvelle
rêverie :

— Qu'est-il arrivé d'Édith d'Olivaie et de sa mère?
se demandait-elle. Il faut que j'écrive à Mirey.

IV

Si jamais la dame excentrique du châtelet de Sainte-Anne goûta une joie pure, ce fut au moment où elle put s'établir dans les habits de son sexe au chevet de son blessé. Elle éprouvait une sensation délicieuse à se retrouver femme, devant celui dont les beaux yeux pourtant étaient clos, et qui ne pouvait la voir.

Deux fois le baron d'Arvert rendit visite au « gentilhomme garibaldien; » il complimenta la gardienne sur sa nouvelle métamorphose. C'en était une vraiment; il vit même qu'elle était complète.

La robe de la colonelle était de couleur carmélite; le baron bondit sur sa chaise, quand la veuve lui dit:

— Je l'aurais prise noire si je n'avais pas plus d'espérance que le médecin.

— Morbleu! grommela-t-il, c'est ainsi que nos colombes militaires roucoulent?...

Et il se souvint des méchants propos de son lieutenant. Le pauvre garçon ne devait plus donner cours à
sa malice, à moins qu'il n'y ait dans l'autre monde des
coins familiers où l'on aime à rire : à la dernière affaire,
il avait été tué.

Madame d'Escarlat veilla seule auprès du comte Luigi
pendant un mois. Un matin le docteur laissa tomber un
oracle : il y avait pour le malade quelques chances de
vivre. C'était un jour de février gris et maussade. Au
même instant, un rayon déchira les nuées. La veuve
de Sainte-Anne était superstitieuse ; il lui sembla qu'elle
voyait briller le signe de son bonheur et de sa victoire.

— Pauvre Édith d'Olivaie ! murmura-t-elle.

Elle songeait à l'orgueilleuse fille que le destin avait
si cruellement maltraitée, tandis qu'il la traitait si favorablement elle-même. Ce qu'elle éprouvait, était une
sorte d'attendrissement féroce ; on peut plaindre ses
ennemis : ce n'est pas une raison pour regretter les
maux qui leur arrivent. Isabelle d'Escarlat tenait un
billet roulé dans sa main ; elle avait des nouvelles de
Mirey.

Le blessé n'était pourtant encore qu'une forme insensible ; mais déjà la blessure faite par le coup de
sabre du cavalier allemand était cicatrisée. Le docteur
enleva le bandeau de toile, la tête du jeune comte roula
sur l'oreiller, parmi le flot de sa belle chevelure noire
et lustrée dont les boucles s'étaient allongées depuis

un mois. Dès que le médecin fut sorti, madame d'Escarlat se pencha sur le lit, comme elle faisait vingt fois le jour.

Elle se souvenait du conte de la Belle au bois dormant; peut-être espérait-elle que les rôles allaient être renversés et que la chaleur de son haleine ranimerait l'éternel dormeur, comme le souffle du beau chasseur, dans le palais enchanté, réveilla la belle princesse.

Ce rêve ne se réalisa point. Madame d'Escarlat continua d'être oppressée par la même angoisse qui ne cessait de la tourmenter depuis un mois. Qu'arriverait-il lorsque ces paupières de plomb allaient enfin se rouvrir, lorsque le jeune homme reconnaîtrait sa gardienne?

Elle s'en alla devant le miroir et se vit telle qu'elle était vraiment, — sans beauté. La glace lui renvoya l'image de ses traits accentués, de son buste court et sans grâce.

Cependant le hâle de son teint s'était effacé dans cette vie claustrale qu'elle menait depuis quatre semaines; elle avait acquis une sorte de pâleur convulsive qui ne lui déplut pas. Le miroir lui renvoyait le scintillement de ses yeux d'or. Ils avaient plus d'étrangeté que de charme; mais la fille d'Ève qui se plaint souvent qu'on la trompe, sait aussi bien se tromper sur elle-même:

— Pourvu qu'il ne revoie pas Edith!... pensait-elle.

Tout était là.

Mademoiselle d'Olivaie et sa mère avaient quitté Mirey. Madame d'Escarlat s'approcha d'une croisée, — car le jour tombait, — pour relire la lettre qui lui annonçait les malheurs dont avaient été frappées les deux femmes. L'Olivaie était brûlé. Il est vrai que le châtelet de Sainte-Anne n'avait pas éprouvé un meilleur sort. C'en était fait du caprice de feu M. d'Escarlat et du petit palais bâti dans une clairière ; mais que faisaient à sa veuve ces pierres calcinées et quelques aunes de velours et de soie, l'ameublement du nid de la montagne, quelques objets précieux réduits en cendres ? Elle était riche, tandis que les dames d'Olivaie s'étaient éloignées du pays pour aller cacher à Paris leurs regrets et leur détresse.

A Paris qui venait de se rouvrir, un océan, un gouffre où tout se perd ; à Paris, le désert des âmes au milieu de la foule. Cependant elle tressaillit. N'avait-elle pas elle-même rencontré le comte Luigi en pleine guerre ? Il y a des rencontres merveilleuses et fatales. Édith d'Olivaie ne lui semblait pas encore assez perdue dans l'immensité de Paris.

Tout à coup la veuve de Sainte-Anne éclata de rire.

— Sotte que je suis ! dit-elle. Quand même il la reverrait, la pauvre fille ! J'oublie toujours comme il l'a quittée !

Cette gaieté n'était point sincère. La fuite du comte

Luigi à Mirey aurait dû la rassurer vraiment; mais
bien loin de là! Ce départ précipité, inexplicable du
jeune homme après la journée passée en compagnie
d'Édith à la ferme de Haute-Fontaine, au lieu de fortifier les espérances de la veuve, lui semblait un sujet
de craintes mystérieuses. Elle avait beau penser que
Luigi, éclairé par tout ce qu'elle lui avait dit auprès de
l'oratoire et au bord de la source, de la conduite de
Maurice d'Olivaie à Paris, s'était décidé à fuir la tentation d'aimer Édith, jusqu'à ne pouvoir plus s'en défendre, jusqu'à entrer dans une famille déshonorée ;
elle avait beau se dire enfin que cette résolution du
jeune homme avait été son œuvre, elle n'y pouvait
croire tout à fait : — Ce n'est point cela seulement !
murmura-t-elle. Il s'est passé entre eux une chose
que je ne connais pas!...

Plus elle y réfléchissait, moins elle s'arrêtait à la
pensée que cette rupture entre les deux jeunes gens
n'avait eu que sa méchanceté pour cause. La veuve de
Saint-Anne avait bien de la peine à se croire si diabolique. D'ailleurs il n'y a que les unions fondées sur les
bienséances, ce qu'on appelle les engagements de raison, qui se brisent sur ces révélations désobligeantes :
l'amour est moins scrupuleux et plus tenace...

Et puis qu'étaient-ce donc que ces Amiati? Étaient-
ils si purs? Luigi avait-il le droit d'être si délicat? Et
cet oncle Annibal, perdu de vices, noyé de dettes,

soupçonné des plus basses actions, même de quelques
crimes!... Isabelle d'Escarlat passa dans sa chambre
contiguë à celle du blessé. Elle tenait à la main une
lampe qu'on venait de lui apporter. Elle allait relire
les lettres du vieux Beppo et de la courtisane Olivia
contenues dans le portefeuille d'ivoire qui reposait
avec la fortune du comte Luigi, les trois titres de
rente, dans une cassette de fer qu'elle avait achetée
dans la ville, par l'entremise du baron d'Arvert. Ils
avaient voulu mettre en sûreté le riche dépôt dont ils
s'étaient chargés tous les deux.

Cette fortune du jeune comte était bien un autre
mystère! La cassette contenait ces cinq cent mille
francs trouvés dans la chemise rouge; la lettre de
Beppo ne parlait à son maître que de ses créanciers
qu'il avait été obligé de fuir! la lettre d'Olivia ne parlait à son amant que de sa ruine!...

Comment arranger ensemble des choses si contradic-
toires? Les fenêtres de cette chambre donnaient sur une
cour intérieure de l'hôtel, tandis que la chambre du
blessé s'ouvrait sur une place publique. L'hôtel, après
la guerre, s'était rapidement désempli. Les réfugiés
des contrées voisines s'en allaient visiter les ruines ou
chercher l'emplacement de leurs demeures brûlées,
comme là-bas la vieille maison de l'Olivaie. L'Allemand, repu de nos biens et des fumées de sa gloire,
s'éloignait de Paris. D'autres voyageurs alors qui s'y

acheminaient, au contraire, traversèrent Dijon. Madame d'Escarlat vit ce soir-là briller les croisées de l'appartement qui faisait face au sien sur cette cour et qui, depuis quelque temps, était désert. Elle alla fermer les rideaux.

La lettre d'Olivia fut placée sur le marbre de la cheminée, sous la lampe. La veuve n'avait besoin que d'un coup d'œil pour l'embrasser tout entière ; elle l'avait lue si souvent et la connaissait si bien. De la courtisane aussi, comme d'Édith, elle disait volontiers : La pauvre fille !

Est-ce que cette Olivia n'avait pas été oubliée pour Édith ? Mais Édith à son tour devait être jouée et trahie. Ce bel étranger qui avait si aisément surpris le cœur orgueilleux de mademoiselle d'Olivaie, s'entourait alors de ténèbres, lui cachait la moitié de son nom, et méditait ce départ outrageant dès qu'il se serait fait aimer...

La veuve rougit alors de colère. Elle se souvenait de ce que lui avait dit le chirurgien militaire sur le champ de bataille, quand, apprenant le véritable nom du blessé, elle s'était écriée aussitôt, songeant à Édith : Il l'a donc trompée ?

Et le major sceptique de répondre : Il a dû en tromper bien d'autres, il est fait pour cela !

Cet homme avait raison. Luigi avait été créé pour éveiller l'amour. Qui le savait mieux à présent qu'Isa-

belle d'Escarlat? Il était fait de façon à ne point s
croire obligé de le rendre. Est-il naturel qu'un homm
soit si beau? Les femmes entre ses mains ne seron
plus que des jouets, et il les brisera. Que le sort le
garde toutes de ces demi-dieux insolents!...

... A moins pourtant qu'il ne les leur livre pauvre
et dépouillés comme des compagnons d'aventure qu
dans l'amour peuvent espérer de rencontrer le repos et la fortune..... Oh! la secrète pensée de la
veuve!...

Mais ce n'était point le cas du comte Luigi. Madame d'Escarlat courut à la cassette ouverte, en tira
les titres de rente et se mit à agiter en l'air ces papiers
ennemis de ses rêves de bonheur.

— S'il était pauvre, comme il le dit, comme il le
fait croire à ceux qui pensent le connaître le mieux!
s'écria-t-elle... Mais cette belle figure n'est donc que
l'enveloppe de l'âme la plus fausse! Mais cet homme
n'est donc que mensonge!...

Les titres à la main, elle s'approcha du foyer et les
tint au-dessus de la flamme :

— Quand tu te réveilleras de ton long sommeil, disait-elle, tu voudras me quitter comme cette Olivia, tu
me briseras sans pitié comme cette Édith... Si pourtant
tu étais misérable, si tu étais nu, peut-être y regarde-
rais-tu de plus près! Voici le gage de ta liberté! Voilà
ce qui fera ta cruauté et ta force! Si je l'anéantis-

sais !... J'ouvre les doigts... Ce ne serait plus qu'un peu de cendre... Et que te dirais-je si tu te plaignais de la perte de ton bien ? Je te répondrais qu'on n'emporte pas cinq cent mille francs à la guerre et qu'il faut aller chercher tes titres chez les Allemands !...

La tentation était terrible. Mais la veuve aux yeux d'or recula, s'éloignant du foyer. Impossible de brûler ces papiers maudits. Et le baron d'Arvert qui rendrait témoignage !... Tous deux étaient de moitié dans le dépôt.

Isabelle d'Escarlat remit les titres et le portefeuille d'ivoire dans cette nouvelle boîte de Pandore, différente de celle de la fable, puisque le partage des biens et des maux y était fait : tous les biens pour Luigi, tous les maux pour elle. Puis elle revint avec précaution à côté du blessé. La lettre de Mirey était restée sur une table près du lit ; elle n'y prit point garde.

Rentrée dans sa chambre, elle se jeta dans un fauteuil, sur le seuil même de la porte qui faisait communiquer les deux pièces entre elles. Ce fut là qu'elle veilla, épiant une plainte du blessé, qui l'aurait appelée ; mais le dormeur ne sortit pas de son assoupissement avant le matin.

Le jour venu, elle se mit à sa fenêtre pour chercher un peu d'apaisement dans la fraîcheur de l'air. La fenêtre qui faisait face à la sienne dans la cour intérieure, et qu'elle avait vue illuminée le soir précédent, s'ouvrit ; une femme y parut.

Madame d'Escarlat d'abord ne la regarda point ; ses yeux erraient dans le vague ; mais le sentiment de la présence d'une seconde personne à cette croisée, les attira bientôt machinalement.

Cette fois c'était un homme.

Alors elle recula, frappée par ces deux visages. Deux portraits décrits dans la lettre d'Olivia lui revinrent à la mémoire. Elle revoyait devant elle ces yeux « brillants et noirs comme les portes de l'enfer, » et cette mâchoire d'acier, et cette barbe de bouc, et ce regard menaçant qui faisait peur à la courtisane...

Au même instant, elle entendit des pas étouffés derrière elle. C'était le baron d'Arvert qui avait traversé sans bruit la chambre du blessé, mais qui déjà se contraignait moins, étant arrivé dans la sienne, et qui lui dit à haute voix : « Comment va ce matin notre jeune comte Amiati ?

V

Alors il se passa une chose inexplicable pour le baron d'Arvert, placé derrière madame d'Escarlat : le
personnage qui se tenait à la fenêtre, de l'autre côté
de la cour, en compagnie d'une femme, lui aussi,
releva brusquement la tête et le regarda fixement.

— Oh! oh! dit le vieil officier, cette fois pourtant
sur un ton plus bas, que me veut cette vilaine face
jaune?

— Cet homme vous connaît peut-être, répondit la
veuve aux yeux d'or, en le repoussant pour fermer la
croisée.

— Quant à moi, je vous jure que je ne le connais
pas.

— Je ne pense pas que vous ayez jamais fréquenté
la maison de la diva Violetta, à Paris. Pourtant vous
avez peut-être été joueur? ...

— Voilà de singulières suppositions, riposta le commandant avec impatience. Je vous dis que je ne connais pas cette méchante figure.

— Oui... méchante figure ! Je comprends la frayeur qu'inspirait à Olivia le comte Annibal...

— Ah çà, s'écria M. d'Arvert, qu'est-ce que ce chapelet de noms de comédie que vous me défilez ?... Violetta !... Olivia !... Annibal !...

— Vous pouvez ne pas le connaître, il ne le croira pas. Vous avez prononcé son nom.

— Son nom ? Il y a donc deux comtes Amiati ?

— Il y a deux comtes Amiati, dit la veuve en lui saisissant le bras. Celui que vous venez de voir à cette fenêtre, celui que vous avez vu en passant dans la chambre voisine...

— Deux frères alors ?

— L'oncle et le neveu. Le comte Annibal et le comte Luigi. Et le dernier, même sur le champ de bataille, même au milieu des cavaliers allemands qui le sabraient, n'a pas couru un pire danger qu'à cette heure...

— Au diable ! fit le commandant, je suis venu chez vous trop tôt. Je vous croyais matineuse ! vous dormez encore tout debout et vous rêvez.

— Je rêve ? Si je vous disais...

— Que l'oncle Annibal sabrerait le neveu Luigi, si nous n'étions point là pour le défendre...

— Non! mais que Luigi ne faisait que de naître quand Annibal a essayé de l'empoisonner, que l'oncle revient d'Italie où il a cherché à dépouiller son neveu, qu'entre le palais des Amiati, à Bergame, la galerie de tableaux et les convoitises d'Annibal, il n'y a que le pauvre Luigi...

— Et qu'Annibal le supprimerait s'il pouvait. Il ne sait pas combien ce serait aisé en ce moment. Peste ! je commence à vous croire. Mais comment savez-vous tout cela ?

— Il n'y avait point que les titres de rente dans la poche de la chemise rouge, dit la veuve de Sainte-Anne. J'y ai trouvé aussi des lettres. Je suis femme, je les ai lues.

— Et vous ne me les avez point données à lire, fit le commandant. C'est doublement féminin, cela.

— J'ai donc bien fait de cacher le nom de notre blessé dans cette maison. Annibal l'aurait appris. C'est Dieu qui m'a inspirée.

— Bon! fit M. d'Arvert, je me souviens que vous m'avez prié de ne point dire ce nom. Je vous ai obéi ; mais ici, chez vous, quand nous étions seuls, je n'ai pas pensé devoir tenir compte de cette défense, et puisque ces gens tout à l'heure m'ont entendu...

— D'autres auraient pu vous entendre ; c'est à quoi je songeais. Attendez !...

Elle souleva le coin du rideau avec beaucoup de précautions qui n'étaient pas inutiles. Les deux personnages se parlaient avec animation, en regardant la croisée.

Ah ! que la courtisane Olivia avait eu raison d'écrire, en parlant de la baronne Imbert : « Tu ne me croiras pas, mon Luigi, si je te dis que tu lui ressembles... »

C'était même une ressemblance merveilleuse. Oui, oui, voilà les yeux noirs et brillants, « les portes de l'enfer, » ces yeux superbes qu'Isabelle d'Escarlat ne voyait plus depuis un mois que douloureusement clos sous leurs paupières pesantes, et dont, assise au chevet du blessé, elle épiait le réveil et le premier rayon. C'est une chose surprenante que ces jeux de la nature !...

... Bien moins surprenante pourtant encore que certaines rencontres fatales. La veuve de Sainte-Anne pâlit ; elle ne pouvait plus se bercer de l'espoir que le comte Luigi ne retrouverait pas Édith d'Olivaie perdue dans le grand Paris. Pourquoi non ?...

Le comte Annibal, en ce moment, rencontrait bien son neveu sur les routes, dans une hôtellerie. On ne trompe pas le destin.

Comme elle avait exprimé tout haut cette dernière partie de sa pensée, le commandant la rappela brusquement à la réalité.

—Qu'y a-t-il d'étonnant à cela? demanda-t-il. Si le comte Annibal revient d'Italie, il suit une des routes qui conduisent à Paris ; rien de plus simple. Mais j'y songe, il ne sait donc pas que son neveu servait dans l'armée de Garibaldi ? S'il le savait, il ne manquerait pas de s'informer du comte Luigi à Dijon.

— Il ne le sait pas.

— Fort bien. Encore une question. Cette femme qui accompagne le personnage, qui paraît avoir été très-belle et dont la ressemblance avec notre Luigi est assez singulière ?...

— Ah ! s'écria madame d'Escarlat, vous l'avez remarquée ?

— J'ai soulevé l'autre coin du rideau, reprit M. d'Arvert en souriant. Votre curiosité est contagieuse... Cette femme est-elle aussi de la famille Amiati ?

— Non, non !... Mais elle en sera, elle veut en être... point par elle-même... par une autre personne... Elle est du complot tramé contre Luigi. Je voudrais voir la pauvre enfant qui sera le gage de leur alliance et que nous allons délivrer.

— Sacrebleu ! fit le commandant, que m'apprenez-vous encore là ? Il y a une innocence opprimée...

— Une pauvre enfant, je viens de vous le dire. A peine dix-sept ans, *jolie comme le sont les jeunes Françaises, comme un bambino ou comme une poupée.*

— Plaît-il ? interrompit M. d'Arvert... Récitez-vous une leçon ?

Elle récitait tout simplement les termes de la lettre

3.

d'Olivia, une leçon, en effet : son esprit en était tout plein.

— Comme une poupée dont ce vilain Annibal s'est avisé de devenir amoureux, reprit-elle. Il l'épousera bientôt avec le consentement de sa mère qui la vend...

— Oh ! fit le baron en fronçant les sourcils. Voilà qui sent mauvais, vraiment... Vous savez de méchantes histoires. Cette jeune fille et sa mère sont-elles Italiennes comme ce magot de fiancé ?...

— Non... Ah ! je vous disais bien qu'il n'y avait qu'à attendre. Voici Annibal et sa compagne habillés comme pour se rendre en ville. Venez dans l'autre chambre, nous les verrons sortir de l'hôtel.

— Bon ! fit M. d'Arvert, qui la suivit en haussant les épaules dans la chambre du blessé, sont-ils donc si curieux à voir ? Pour moi, j'avoue que sans la ressemblance de cette femme avec Luigi, ils ne m'intéresseraient guère. Nous ne les craignons pas, et cela me suffit.

— On dirait qu'ils prennent le chemin de l'église voisine, dit la veuve de Sainte-Anne qui, penchée à la croisée, ne perdait pas des yeux le comte Annibal et la baronne Imbert, traversant la place... Il marche comme un loup... Olivia avait raison. Il fait peur.

Les allures d'Annibal, courtes, ramassées, agiles comme celles des fauves, la frappaient d'une terreur sincère.

— Qu'allons-nous faire? murmura-t-elle. Croyez-vous que nous pourrions invoquer les autorités contre ce monstre?...

— Ce monstre?... Est-ce de l'oncle Amiati que vous parlez?... Eh ! mais, il me semble que votre proposition est assez raisonnable. Nous pourrions aller dénoncer votre monstre parce qu'il a voulu empoisonner son neveu à Bergame, il y a vingt-deux ou vingt-trois ans...

— Vous vous moquez, fit-elle sans quitter la croisée, car elle suivait toujours les deux promeneurs près de disparaître. L'empoisonnement est peut-être un peu éloigné.

— Il y a prescription.

— Mais cette enfant ? Vous oubliez cette malheureuse enfant, s'écria-t-elle. On l'avait emmenée en Italie, on l'a ramenée à Paris, on l'épousera malgré ses larmes, malgré son désespoir. C'est une violence, cela, c'est un crime.

— Hélas ! fit le commandant redevenant sérieux, sa mère est la maîtresse de le commettre. Aucune loi ne saurait l'en empêcher... mais je vous ai demandé si cette jeune fille était Italienne.

— Non, elle est Française ; sa mère s'appelle la baronne Imbert.

— La baronne Imbert ! répéta-t-il.

Madame d'Escarlat se retourna vivement. Son regard se dirigea vers le baron. S'il s'était porté sur le lit, elle

aurait vu le drap s'agiter comme si le blessé avait brusquement tressailli.

— Est-ce que vous connaissez une personne de ce
nom? demanda la veuve à M. d'Arvert.

—Pas plus que tous les Français qui lisent des journaux, répliqua-t-il; on voit bien qu'avant la guerre
vous viviez au milieu des bois. Cette femme est l'hé-
roïne d'une aventure tragique dont je me souviens, par
hasard, fort bien. Son mari l'a tuée, parce qu'elle menait depuis longtemps une conduite à peu près infâme.
Elle lui avait, d'ailleurs, enlevé, volé sa fille... Tenez,
je me rappelle le nom de cette enfant : Mademoiselle
Marguerite Imbert.

Cette fois, un frémissement convulsif parcourut la
face pâle du blessé auquel ni le baron, son sauveur,
ni sa fidèle gardienne ne songeaient plus en ce moment. Ses paupières firent un violent effort pour se
rouvrir. Il ne dormait plus.

— Le baron et la baronne Imbert avaient un second, ou plutôt un premier enfant, car c'était l'aîné,
un fils, reprit le commandant. Sa mère l'avait abandonné au berceau, tandis qu'elle dérobait sa sœur.
Maxime Imbert, oui, c'est cela. Cette affaire m'a vivement frappé, et j'ai encore assez bonne mémoire. Ce
malheureux jeune homme, égaré sans doute par le
désespoir, est allé se noyer dans le Doubs, aux portes
de Dôle, assez près du lieu où nous sommes. On aura

parlé à Dijon de cette cruelle mort. La pitié publique à Dôle lui a, je crois, élevé un tombeau.

Le blessé ne bougeait plus ; il demeurait rigide sous les couvertures comme le noyé de Dôle sous sa pierre.

— Voilà, reprit le vieil officier, tout ce que je sais de la famille Imbert, d'après la lecture des journaux. Cette pauvre enfant qui se nomme Marguerite était destinée dès longtemps, comme vous le voyez, à servir la fortune d'une pareille mère. Elle n'a sans doute point de parents ni d'amis pour la défendre.

— Qui sait ? s'écria la veuve aux yeux d'or. Si j'essayais, moi !

M. d'Arvert la regarda. Aucun sentiment généreux, fut-il même extravagant, ne lui déplaisait : — Prenez garde, dit-il en riant et en lui montrant le lit, vous avez déjà charge d'âme. Vous ne sauriez pourtant vous employer à secourir le monde entier.

Isabelle d'Escarlat s'avança et contempla le blessé un moment.

— C'est pour lui que je veux tenter l'aventure, dit-elle. Il me semble que je le vengerai en traversant les desseins d'Annibal, qui est son ennemi... et puis cette jeune fille m'intéresse. Ah ! par exemple, je ne sais pourquoi... Je vais aux nouvelles. Peut-être vous en apporterai-je dont vous serez bien surpris.

— Un instant, fit le baron en essayant encore de la

retenir. Voilà une insigne folie! Si vous alliez nous trahir! si vous alliez mettre votre magot d'Anniba sur les traces de notre Luigi!

— Luigi! dit-elle. Oh! pour lui, je n'ai plus peur. Vous le gardez.

— Le fait est, reprit-il, en recommençant à rire. que tous les oncles Amiati de Bergame ou d'ailleurs pourraient se donner rendez-vous ici pour le prendre. Ils ne l'auraient point.

La veuve ne pouvait plus l'entendre; elle était déjà sortie de l'appartement.

— Folle! triple folle! reprit-il. Si elle allait cher-cher une ombre? Si cette jeune fille n'avait pas suivi sa mère et ce beau fiancé? Si elle n'était pas à Dijon? Nous ne l'avons pas vue.

Il se mit à errer dans la chambre. Le hasard de cette promenade l'amena devant la table près du lit sur laquelle était restée, le soir précédent, la lettre de Mirey tout ouverte. Il s'arrêta brusquement.

Aux dernières lignes du feuillet, deux noms qu'il ne cherchait pas venaient de frapper ses yeux : Édith d'Olivaie, le comte Luigi.

— Édith! s'écria-t-il, en saisissant la main amai-grie du blessé qui flottait sur la blancheur du drap. Oubliant alors qu'il parlait à une forme insensible.

... Jeune homme, reprit-il, ai-je bien lu? As-tu

connu la fille de mon frère d'armes d'Olivaie?

La main inerte se ranima et serra la sienne.

—Oh! oh! murmura le vieillard. Que veut dire cela?

VI

L'ex-colonelle, — passée au régiment des infirmiè-res, — n'était guère descendue jusqu'alors dans les régions basses de l'hôtel, si ce n'était pourtant chaque soir, vers sept heures, pour y prendre son repas à la hâte, dans un cabinet attenant à la grande salle à manger.

L'hôte, surpris de voir si matin, en ce bas lieu, l'astre aux rayons d'or qui éclairait d'habitude l'étage supérieur de sa maison, s'avança pour lui présenter ses hommages. Ils étaient justes de sa part, puisqu'ils coûtaient cher à la dame; mais elle ne le regarda même pas. La veuve de Sainte-Anne n'avait plus d'yeux que pour un personnage extravagant placé devant la porte qui faisait communiquer ensemble la grande et la petite salle, comme s'il avait reçu mission de la défendre.

Il avait de grandes jambes qui se tenaient toutes droites comme une paire de pieux fichés en terre, buste en jabot, un immense nez crochu faisant ombre de chaque côté sur deux yeux d'une merveilleuse impudence, et, d'en haut, sur sa large bouche et le menton pointu comme la barbe de son maître, — car la veuve devina le valet du comte Annibal. Le seigneur Polichinelle avait été mis là en sentinelle ; donc, il y avait quelqu'un à garder, — mademoiselle Imbert, peut-être, prenant son repas du matin. Madame d'Escarlat ne perdit point de temps à interroger l'hôte qui la suivait, et s'adressant à Domenico, — c'était lui, on se souvient de Domenico, — lui fit signe de s'écarter. Le drôle ne bougea pas.

L'hôte qui vit le manége intervint par quelques paroles sévères pour Polichinelle, peu obligeantes pour son maître.

— Il sied bien à des étrangers, aux premiers venus, dit-il, de vouloir déranger les habitudes de madame, l'une de nos plus anciennes clientes ! Madame aime à manger dans ce petit salon. Et si je connaissais le maladroit qui a dressé dans cette chambre un autre couvert que le sien !...

Il le connaissait assez bien ce maladroit, car c'était lui-même. Au reste, son intervention n'était guère utile ; les prunelles d'or de la colonelle se mirent à jouer de façon à triompher toutes seules de l'obstination de

Domenico. M. Polichinelle fit une pirouette, suivant sa coutume ; ses grandes jambes poltronnes ployèrent, les deux pieux dessinèrent un énorme accent circonflexe ; le passage était libre et madame d'Escarlat entra.

Elle vit une table dressée : trois couverts, et devant la cheminée deux personnes assises, une jeune fille et une vieille femme, ou plutôt une vieille diablesse et un ange.

Et ce qui frappa d'abord madame d'Escarlat, ce fut que la jeune fille abandonnait sa tête sur l'épaule décharnée de l'horrible sorcière, et que ses petites mains potelées étaient unies à ces mains ridées et crochues.

La pensée qui vint alors à la dame de Sainte-Anne la remua jusqu'au fond de son cœur, qui était violent, hardi, capricieux, mais point mauvais, en vérité ; elle se dit que cette belle enfant, menacée par le comte Amiati, son terrible fiancé, livrée par sa mère, n'avait plus d'amis que cette étrange servante.

— Son frère aurait mieux fait de ne pas mourir, murmura-t-elle.

Si elle eût exprimé cette réflexion tout haut, auprès du lit du comte Luigi, aussi bien que dans cette salle basse, on aurait encore vu trembler le drap qui couvrait le blessé.

Mademoiselle Imbert et la vieille femme s'étaient

levées; l'hôte qui avait suivi « l'ancienne cliente » se
mit en devoir de présenter aux nouvelles venues le
même compliment qu'il avait fait à Domenico :

— Ce salon est ordinairement réservé à madame...

La veuve l'interrompit.

Elle ne voulait déranger personne et se contenterait
d'un coin. Il y avait justement une table dans l'embrasure de la porte vitrée, qui donnait sur une cour.
Qu'on y dressât son couvert, elle s'y trouverait parfaitement bien.

Le hasard, en effet, avait assez bien servi sa curiosité pour qu'elle se montrât accommodante. Tout de
suite, elle alla s'asseoir à cette table, tournant le dos
aux deux femmes, ayant l'air de regarder ce qui se
passait dans la cour. Cette ruse fut heureuse. L'hôte
sortit. Un bruit de chaises avertit madame d'Escarlat
que Marguerite et la duègne reprenaient leur place
devant le foyer, — la première aussi sans doute, son
attitude câline et désespérée, sur l'épaule de la mégère. Elle entendit la jeune fille qui disait à demi-voix :
Pourquoi sont-*ils* sortis ce matin ?

Évidemment elle parlait de sa mère et du comte
Amiati. Au même instant la veuve aperçut dans la
cour, le valet de ce dernier, le seigneur Polichinelle
qui, délogé à l'intérieur de la garde de cette chambre,
reprenait sa faction à l'extérieur, et donnait tous les
signes d'une agitation extraordinaire, allant et venant

devant la porte-fenêtre, se haussant sur la pointe du
pied pour voir ce qui arrivait dans le salon.

La voix de Carlotta ramena l'attention de la dame de
Sainte-Anne. On aurait dit un bruit de noix cassées ;
la duègne répondait à sa jeune compagne : Pourquoi
ils sont sortis ce matin, mon cer amour? mais pour
parler de toi, sans témoins, mon pauvre anzelo.

— Oh ! fit Marguerite, que peuvent-ils dire de
moi?...

Et plus bas, de façon que la veuve ne l'entendît
plus, elle ajouta : Ma mère se plaindra, suivant sa
coutume, que je ne l'aime point.

— C'est dommaze ! reprit tout haut la vieille femme.
Oune si bonne maman, ma cérie ! Tou demandes ce
qu'ils peuvent dire de toi ?... Loui, tou sais bien ce
qu'il dit. Que tou es belle et qu'il aime les zeunes
souris, le çat-tigre ! et qu'il aime les roses fraîches,
le serpent !...

— Carlotta ! interrompit mademoiselle Imbert.

— Maledetto ! Ils parlent aussi de moi, vois-tou ? La
vieille Carlotta les embarrasse; elle est trop longtemps
malade. Zé té dis qué zé né souis point commode
pour Annibal. Z'en sais trop long ! Zé té donne dou
couraze contre loui, et il trouve que zé souis entêtée à
ne point mourir !

Madame d'Escarlat recueillit une exclamation
étouffée de la jeune fille. mademoiselle Imbert aussitôt

essaya de triompher de son émotion et fit entendre un petit rire tremblant et déchirant qui faisait mal :

— Ma pauvre Carlotta, dit-elle, il ne te tuera pourtant point... il'a beau être méchant!

Ces derniers mots seulement arrivèrent jusqu'à la veuve, mais la réponse de la duègne ne lui laissa pas de doute sur les premiers.

— *Chi lo sa?* répliquait la servante. Les médecins de Bergame ont dit que je mourrais tout d'un coup. On ne saurait jamais si c'est le bon Dieu qui m'a reprise ou si c'est ce diable d'Annibal...

— Carlotta! dit précipitamment mademoiselle Imbert...

Elle lui faisait remarquer qu'il y avait du monde dans la chambre et, sans doute, l'engageait à parler plus bas. La vieille femme se mit à rire à son tour. Ce rire aigu, saccadé, pénétra comme les pointes d'une scie dans les oreilles de la veuve de Sainte-Anne. — Zé ne ferais point mal de parler encore piou haut! dit la vieille. L'envie mé prend quelquefois de crier pour qu'on m'entende et qu'on vienne à ton secours, mon anzelo...

— Tais-toi! tais-toi! murmura la jeune fille.

Il y eut un nouveau bruit de chaises. Marguerite mécontente s'éloignait de la mégère et pendant un moment celle-ci obéit et se tut; mais Isabelle d'Escarlat se dit que l'entretien avait été trop vif pour ne pas se rallumer promptement. Tout ce qu'elle avait entendu, — et il semblait que Carlotta voulait lui en faire entendre davantage, — confirmait la lettre d'Olivia. La veuve ne voulait point perdre le reste. Déterminée à ne pas quitter la place et sentant la nécessité de se donner une contenance, elle se retourna brusquement vers la porte intérieure, ce qui lui permit de jeter un coup d'œil au passage sur Marguerite.

Elle se mit à frapper sur la table :

— On ne me servira donc point !

Le charmant visage de Marguerite était tout inondé de larmes. Carlotta aperçut en même temps que la veuve ces perles humides tombant sur les joues de son « anzelo » comme des gouttes de pluie sur les pétales des roses, et saisissant une serviette sur la table aux trois couverts, se précipita pour les essuyer. La veuve faillit sourire de ce rustique empressement de tendresse, mais elle comprit aussitôt qu'il ne fallait point le gêner de peur de se rendre suspecte, et domptant sa curiosité, se retourna de nouveau vers la porte-fenêtre.

Le masque impudent de M. Polichinelle lui apparut collé aux vitres. Le drôle avait grimpé sur le chambranle de cette porte pour mieux plonger à l'intérieur du salon. Madame d'Escarlat suivit son regard dirigé vers un point fixe qu'elle reconnut aussitôt. C'était une bonbonnière d'argent placée près de Marguerite sur la tablette de la cheminée.

La veuve eut un frisson par tout le corps : les vieilles histoires de poisons italiens, le crime tenté vingt-trois ans auparavant par le comte Annibal sur son neveu nouveau-né, le comte Luigi, lui revinrent à la mémoire...

Oh! la race d'empoisonneurs!

Domenico se voyant surpris au guet, disparut ; madame d'Escarlat ne songea point à vérifier si cette disparition était réelle. Cette porte était pleine jusqu'à moitié de sa hauteur. Si la veuve s'était penchée, elle aurait pu voir le valet accroupi derrière ce rempart de bois.

Mais son attention fut encore absorbée tout entière par quelques mots qui venaient d'échapper à Marguerite :

— Ma Carlotta, disait la jeune fille d'une voix toujours entrecoupée par les larmes, Dijon est près de Dôle, n'est-il pas vrai?

— Zé né sais piou, dit Carlotta. Zé crois qué oui.

L'occasion, enfin, se présentait à madame d'Escarlat d'intervenir dans le dialogue.

— Pardonnez-moi, mademoiselle ; je suis heureuse de pouvoir vous être utile, dit-elle. Si l'on suit le chemin de fer, Dôle est à une heure de Dijon ; c'est d'ailleurs une ville curieuse, et peut-être y avez-vous des amis...

— La pauvre pétite n'a d'amis noulle part sour la terre, dit Carlotta.

Marguerite saisit le bras de la vieille femme :

— Je ne connais personne à Dôle, madame, répondit-elle à la veuve. J'y ai eu autrefois un frère, il y est mort.

Carlotta, mal domptée, recommença de parler, presque tout bas cette fois.

Et ce qu'elle dit alors... Il y a des mots que l'oreille entend mal, mais qui vont plus loin, qui viennent résonner au fond des cœurs. La veuve de Sainte-Anne eut besoin de toute sa force pour retenir un grand cri.

Carlotta disait :

— Né parle pas de céla, mon anzelo, c'est le mystère dou diable. Souviens-toi que cé n'est pas ton frère que nous avions vou à Dôle, c'était Maurice d'Olivaie.

— Je t'en prie! murmura Marguerite, tais-toi, tais-toi !

— Pourquoi ne parlerais-ze donc pas? reprit la vieille. Zé n'ai pas longtemps à dire cé qué zé pense. Zé te zoure que zé souis à moitié morte. Annibal veut qué zé meure... Si seulément le bon Dieu permettait que zé vive assez pour aller trouver à Paris lé magistrat qui t'avait rendoue à ton père...

Marguerite effarée, ne sachant plus comment clouer cette vieille bouche rebelle, saisit d'un geste enfantin la bonbonnière sur la cheminée : Tiens! dit-elle, mange ces bonbons. Tu les aimes. Annibal me les a

donnés tout à l'heure avec cette belle boîte. Il devait
bien savoir pourtant que je n'y toucherais pas..Prends-
les tous. Veux-tu la boîte aussi, méchante ?

L'affreux visage de la sorcière se dérida; elle était
gourmande : — Annibal t'a fait ce présent, grommela-
t-elle... Oh! il est galant, le seigneur Annibal.

La veuve de Sainte-Anne ne songeait plus guère aux
terreurs que lui avait causées cette bonbonnière. Le
nom de Maurice d'Olivaie qu'elle venait d'entendre la
remplissait d'un bien autre effroi. Pourtant la gourmandise de la duègne qui croquait, comme elle pouvait, ces sucreries du reste de ses vieilles dents ébré-
chées, lui arracha un nouveau sourire...

Au même instant une voix de femme, au timbre sec
et impérieux, résonna dans la grande salle : — Marguerite est dans le petit salon, disait-elle, et le déjeuner nous attend.

— Va, va, fit Marguerite, invitant du geste Carlotta
à se lever. On n'aime pas, tu le sais, à te trouver trop
près de moi.

Carlotta obéit, se leva, fit quelques pas autour de la
table, comme si elle s'occupait des derniers apprêts
du couvert, et, tout à coup, poussant un cri rauque,
tomba roide sur le parquet.

VII

Au bruit de cette chute, aux cris de Marguerite et de la veuve, plusieurs personnes accoururent, essayant avec la baronne Imbert de faire céder la porte du petit salon; mais il y avait un obstacle : c'était le corps de la duègne. La voix de l'hôte s'éleva :

— Ouvrez la porte extérieure.

Madame d'Escarlat, affolée, suivit machinalement ce conseil et repoussa la table qui barrait le passage. Marguerite s'était attachée à elle : J'ai peur ! disait la jeune fille.

Il y avait bien de quoi. Encore ne savait-elle point de quelle abominable exécution elle venait d'être l'instrument. La veuve ne l'ignorait plus, elle !

La première personne qui, de la cour, pénétra dans le salon, ce fut Domenico : — Aidez-nous, cria la veuve. Relevons d'abord cette malheureuse femme.

Mais le valet songeait bien à la morte ! Il bondit vers la bonbonnière d'argent échappée des mains de Carlotta, quand elle s'était abattue sur le parquet, s'empara de la boîte et s'enfuit. Le comte Annibal entrait au même instant. Mademoiselle Imbert et madame d'Escarlat, étroitement entrelacées, reculèrent devant lui.

La première ne cédait qu'à la frayeur ordinaire qu'il lui inspirait et qui était mêlée en ce moment d'un trouble si cruel ; la seconde entraînée par une sorte de terreur sacrée murmurait : L'empoisonneur !

Marguerite, heureusement, était hors d'état de l'entendre. Et puis il arriva du monde. Tout le personnel du logis, maître et valets, fit irruption dans la chambre. Le comte Amiati, agenouillé près du cadavre, constata d'un signe que tout était fini :

— Cette pauvre femme devait périr de mort subite, dit-il. Les médecins en avaient averti sa maîtresse, madame la baronne Imbert. C'est une chose affreuse à penser qu'elle n'ait pas eu le temps d'appeler un prêtre...

Il n'avait pas achevé que les paupières de Carlotta se rouvrirent ; le dernier regard de la servante le couvrit et le dévora ; une effroyable convulsion secoua tout ce misérable corps, les lèvres de la moribonde s'agitèrent :

— Diou pouissant! soupira-t-elle.

Le comte Annibal s'était relevé, son long visage osseux se contracta et devint livide.

— Le prêtre! cria Marguerite. Qu'on aille chercher le prêtre!

— Le prêtre! répéta madame d'Escarlat. Il faut que la confession de cette femme soit entendue.

Mais l'hôte s'étant penché sur le corps, assura qu'il était trop tard. Cette fois, Carlotta était bien morte.

La baronne Imbert s'approcha de sa fille refugiée dans les bras de la veuve, et l'engagea doucement à la suivre dans leur appartement. On enleva le cadavre que l'on allait transporter dans une chambre déserte qui s'ouvrait sur la cour. Madame d'Escarlat, demeurée seule, rentra dans la grande salle, se laissa tomber sur une chaise, et s'efforça de rappeler son courage et sa raison.

— Ces bonbons étaient empoisonnés, pensait-elle. Il en avait fait présent à cette enfant; il savait bien qu'elle n'y toucherait pas parce qu'ils venaient de lui... Le valet a fait disparaître la bonbonnière; il était donc de ce complot effroyable... C'est un serviteur fidèle... Oh! l'horrible chose!... Employer cette main innocente à donner la mort!... Annibal savait bien aussi qu'elle offrirait les bonbons à la servante qu'elle aimait, qui l'avait élevée, je crois... C'était peut-être sa nourrice... La voilà toute seule à présent... Pas un secours,

pas un conseil... Hélas ! pauvre fillette !... La misérable créature a dit en mourant : Dieu puissant !... Oui,
la main de Dieu s'abattra sur ce monstre !... Ah !
comme il nous tuerait Luigi, si nous n'étions pas là
pour le veiller et pour le défendre !...

Peu à peu ses réflexions s'ordonnèrent et devinrent
en même temps plus profondes. Elle se demandait si
la baronne Imbert avait été de moitié dans le meurtre !... Non ! non !... Une si horrible complicité eût
été pire que le crime. La baronne aurait-elle souffert
que sa fille servît d'instrument ? Il n'y a pas de mère si
atroce !... Et pourtant c'était elle autant que cet
homme, elle surtout, que la servante trop bien instruite
embarrassait...

La veuve, au même instant, se leva :

— Mais qu'est-ce donc, que cette femme ? s'écria-t-
elle. L'horreur de cette scène m'avait fait oublier ce
qu'a dit la pauvre Carlotta. La baronne Imbert connaissait Maurice d'Olivaie !... Maurice est passé à Dôle,
si près de Mirey, si près de sa mère, si près de moi !...
Décidément, il n'est point en Amérique... C'est là
qu'est le mystère, disait Carlotta... Oui, oui, c'est bien
cela qu'elle a dit...

La porte du petit salon où le drame s'était accompli s'ouvrit alors, et le comte Annibal, escorté de
l'hôte, traversa la grande salle. Son compagnon lui
montra d'un geste rapide la veuve de Sainte-Anne, qui

4.

avait trop présumé de ses forces en se levant, qui demeurait toute tremblante encore, appuyée au dossier de sa chaise. Le comte Annibal n'avait pas oublié cette étrangère qui, depuis le matin, l'observait du haut de sa fenêtre et qui voulait que la confession de Carlotta fût entendue ; il dit presque à haute voix :

— Allons donc ! le spectacle de la mort ne saurait faire peur à une colonelle !

Il s'était donc informé d'elle, il savait déjà ce qu'elle avait été. Leurs regards se croisèrent ; l'œil bleu, aigre et violent de l'Italien exprimait des gaietés féroces.

Ne venait-il pas de supprimer le dernier obstacle qu'il trouvait encore entre lui et la possession de Marguerite ?

La veuve se redressa. — Le scélérat me défie ! se dit-elle.

Mais aussitôt elle pensa que s'il avait interrogé l'hôte, il connaissait la cause de son séjour dans l'hôtel, et la présence du blessé. Il avait entendu, une heure auparavant, le baron d'Arvert prononcer le nom d'Amiati. Une fausse démarche pouvait le mettre sur les traces de la vérité. La passion du crime est clairvoyante. Annibal allait deviner Luigi.

A la vérité, il y avait un moyen de le rendre impuissant contre son neveu : c'était de courir chez le magistrat et de dénoncer l'empoisonneur.

... Le dénoncer ? Et des preuves ? Le valet avait caché

ou détruit la bonbonnière. Le crime, d'ailleurs, était
le fruit d'une combinaison si savante ! Les médecins
n'avaient-ils pas décidé que Carlotta périrait de mort
subite ? La vieille femme le disait elle-même.

Des preuves ? La justice n'en trouverait que dans
l'autopsie du corps ; mais voudrait-elle l'ordonner ?
Pour que la dénonciation eût de la portée, il faudrait
mettre mademoiselle Imbert en cause, montrer cette
innocence armée sans le savoir par la perversité de ce
fiancé infâme, et dire : Le poison, c'est elle qui l'a
donné !

Et puis, il y a des poisons si subtils !

La veuve de Sainte-Anne, après avoir cédé à l'affreuse nécessité de *dénoncer* aussi Marguerite, après
avoir risqué d'égarer l'esprit de la jeune fille en lui
révélant que ses petites mains pures étaient chargées
d'une œuvre de mort, et que c'était elle qui avait tué,
la veuve entendrait peut-être le magistrat lui déclarer
qu'il n'était pas suffisamment édifié pour ouvrir une
instruction criminelle.

Alors elle se trouverait désarmée devant Annibal et
Luigi serait découvert.

Isabelle d'Escarlat n'en était point à donner des
gages de sa résolution naturelle.

— J'agirai seule ! dit-elle. Et d'abord, il faut retrouver le valet.

Elle ne courut point, elle vola jusqu'au deuxième

étage de la maison où son appartement était situé.
L'hôte vit passer ce tourbillon et pensa que c'était encore une métamorphose de sa précieuse cliente ; il
l'avait vue jusque-là tour à tour militaire et civile, affa-
ble ou violente, capricieuse ou sage, jamais si preste
et si légère.

Comme il la croyait toujours épouvantée par la
scène du petit salon, il leva les épaules en se disant
que la peur n'est pas mauvaise aux personnes qui ont
de l'embonpoint, car elle leur donne des ailes.

Madame d'Escarlat trouva près de Luigi le commandant d'Arvert, qui lui aussi avait fait ses découvertes.
Il n'en commençait pas moins à perdre patience : Çà,
dit-il, madame, que se passe-t-il dans la maison ?
C'est un bruit d'enfer...

— L'enfer n'y est pas pour rien, monsieur le baron.

— Auriez-vous tout mis sens dessus dessous, selon
vos souhaits ? Au reste peu m'importe ! Seulement la
faction que vous m'avez imposée a été longue.

— Pourtant, dit la veuve, elle n'est pas finie. Quelques minutes encore, monsieur le baron, je vous en
prie. Si vous voulez savoir ce qui se passe dans la
maison, je reviendrai dans un moment pour vous
l'apprendre.

— Sacrebleu, riposta le vieux gentilhomme, je ne
cesse de penser depuis une heure que vous êtes folle ; je
ne vois pas pourquoi je ne le penserais pas tout haut !

La veuve, sans répondre, passa dans sa chambre, ouvrit une autre cassette que celle où se trouvait renfermée la fortune du garibaldien ; c'était la sienne. Elle ne contenait plus qu'un dernier billet de mille francs, et quelque peu d'or.

Mais pour revivifier la source, la châtelaine de Sainte-Anne n'avait qu'à prendre la peine d'écrire au notaire de Mirey et à dix autres notaires dans la comté de Bourgogne. Sa fantaisie guerrière lui avait coûté plus de cent mille écus en quatre semaines, il lui restait soixante mille livres de rente. Elle saisit le billet de mille francs, traversa de nouveau la chambre du blessé, le baron voulut l'arrêter au passage ; mais le tourbillon était lancé. Une minute après, madame d'Escarlat arrivait aux combles de la maison.

— Le valet doit être là, caché, transi de peur, se dit-elle. Il n'a pas l'effroyable audace de son maître. Je l'ai vu : c'est un misérable poltron. D'ailleurs, le comte Amiati, qui lui avait donné mission de dérober la boîte d'argent, n'aura point manqué de lui interdire tout colloque avec lui devant les gens de l'hôtel. Il doit être entendu qu'on ne les verra pas ensemble.

Ce n'était pas si mal jugé. Mais les portes de ces mansardes, toutes marquées d'un numéro, étaient toutes closes. Où frapper ? La veuve se souvint assez amèrement qu'on lui avait souvent reproché d'avoir la voix rude : elle pouvait donc imiter aisément celle d'une servante de l'hôtel à la recherche de cet homme.

— On demande le domestique du comte Amiati!
cria-t-il.

Une des portes s'entr'ouvrit et se referma aussitôt.
Domenico avait reconnu celle qui l'appelait; mais madame d'Escarlat savait désormais auquel de ces visages de bois il fallait parler.

— Mille francs pour toi, dit-elle, si tu ouvres et si
tu fais ce que je désire.

Point de réponse.

— Mille francs, répéta la veuve, pour deux choses
si simples que je veux te demander! Tu refuses. Il
faut que tu sois bien riche! Mille francs!

La porte glissa :

— Que me voulez-vous? dit Domenico.

— Je te l'ai dit : Deux choses faciles. Réponds d'abord à une question que je vais te faire : La baronne
Imbert, l'amie de ton maître, n'a-t-elle jamais porté
d'autre nom?

A la bonne heure! La question n'effrayait point le
drôle. Il comprima l'un de ces éclats de rire de Polichinelle qui, roulant par saccades, aurait rempli la
cage de l'escalier et toute la maison. Ce fut au prix
d'une horrible grimace, d'un hoquet étouffé et d'un
grincement de ses longues dents : — Bestia que je
serais! dit-il. Pour mille francs, je ne dirais pas le
nom de madame Nertia!...

— Bien! fit la veuve qui pâlit, mais ne se troubla point. Tu as déjà mérité la moitié de la récompense. Maintenant écoute; je t'ai vu tout à l'heure dérober une bonbonnière qui s'était échappée des mains de la pauvre Carlotta. Tu es un serviteur infidèle et te voilà embarrassé de ton larcin. Eh bien! cette boîte d'argent me fait envie...

Une lueur féroce illumina le visage de Domenico. Le nez de Polichinelle s'agita et comme ce nez formidable rejoignait la bouche, les narines avaient l'air de battre les lèvres:

— Mille francs! murmurait-il. Tant pis pour Annibal! Il n'est pas si généreux lui!

Il s'achemina vers le fond de la mansarde, souleva l'un des carreaux des dalles et de cette cachette improvisée, tira la boîte d'argent. La veuve de Sainte-Anne ne respirait plus.

VIII

— Misère de moi! fit Domenico, je suis perdu!

Son nez colossal continuait à battre sa large bouche : — Ce joli bijou m'a fait envie comme à vous, dit-il. Povero Domenico! Je suis pourtant un honnête garçon. Vous le voyez, je l'avais bien caché... J'aurais d'abord mangé les bonbons.

— Je le crois! dit la veuve de Sainte-Anne d'une voix convulsive; tu es gourmand comme la pauvre Carlotta; tu te serais régalé comme elle... Mais finissons vite!...

— Oh! oh! reprit-il, quel dommage! ils sont délicieux. Je vous le dis.

Il ouvrit la boîte.

— Misérable! murmura-t-elle.

Elle lisait clairement dans la pensée de l'atroce va-

let. Il avait compté tout de bon qu'elle se laisserait
aller à goûter à ces sucreries ; elles avaient la mine sé-
duisante : des fondants roses, frais comme s'ils sortaient de la boutique du confiseur.

Si la veuve se laissait tenter, tout devenait profit
pour Domenico. Il s'était débarrassé de cette boîte
compromettante; il aurait accompli les ordres de son
maître, qui ne saurait jamais qu'en le servant il avait
trouvé le moyen de s'enrichir. La bonne dame généreuse, foudroyée comme Carlotta, ne rendrait plus témoignage !

Madame d'Escarlat, qui d'abord s'était sentie glacée
en voyant combien ce sinistre drôle faisait bon marché d'une vie désormais toute embaumée d'amour, et
qu'elle trouvait assez précieuse, se ranima tout à coup :

— Bestia! s'écria-t-elle en étendant brusquement la
main et en saisissant la boîte, tu ne penses donc pas
qu'une seconde mort dans la maison vous trahirait,
toi et ton maître?... Non! ta prévoyance ne va pas si
loin, valet de bourreau, bête maudite!... Crois-tu que
j'y toucherai à tes bonbons empestés et que je ne sais
pas tout?... Tiens, voilà pour racheter ton âme !

Elle lui jeta le billet de mille francs et s'enfuit, le
laissant terrifié à son tour.

Un instant après, elle rentrait dans son appartement
et appelait le baron d'Arvert, qui répondit par une
exclamation de colère et d'aise : il pensait qu'enfin il

allait être libre de quitter le chevet du blessé, où le caprice de cette folle le retenait depuis plus de deux heures.

Il la trouva enfoncée dans un fauteuil examinant les fondants roses. Tout à coup elle poussa un cri : elle venait de découvrir que l'un de ces bonbons de forme ovale était percé à son extrémité d'un trou presque imperceptible.

C'était par là que la goutte meurtrière avait coulé.

Elle en prit un second, puis un troisième, et constata sur chacun d'eux le même travail, accompli sans doute avec une aiguille. Le premier lit dans la boîte avait été formé de cinq de ces fondants; il en manquait un, celui que Carlotta y avait pris...

Mais elle chercha vainement sur les bonbons de la seconde couche la même trace accusatrice; ceux-là étaient innocents, tels que le confiseur les avait vendus... Si les doigts de Carlotta avaient cherché ce second lit, le plan d'Annibal eût été déjoué.

— Tenez, dit-elle, en présentant la boîte au baron d'Arvert, ce bijou porte la marque d'un marchand de Dijon. Le brave homme ne se doutait guère qu'un instant après être sortie de ses mains elle allait contenir la foudre et la mort.

— Madame! fit le commandant, je vous jure que cet accès d'humeur excentrique est un peu long; je suis votre serviteur.

— Comme il vous plaira. Je n'ai pas envie de vous retenir... Cependant ne m'avez-vous pas demandé d'où venait tout ce bruit qui s'était fait dans la maison tout à l'heure ?

— Tout à l'heure ! Sans vous contredire, il y a plus de vingt-cinq minutes. Votre première absence avait duré trois fois autant.

— Ce bruit avait une cause et j'ai promis de vous la dire... Écoutez !... La servante de la baronne Imbert, qui incommodait le comte Amiati, vient de mourir subitement, après avoir mangé l'un de ces bonbons que vous voyez...

— Encore ! fit le vieil officier. Tous les caractères de la manie. Dieu vous pardonne ! je croyais que vous vous étiez mise en route pour essayer de secourir mademoiselle Imbert et de protéger l'innocence ; je vous trouvais chevaleresque. Il paraît que le cours de vos idées a changé. Vous voici revenue au poison. Décidément je vous baise les mains.

— Ah ! c'est vrai ! murmura la veuve de Sainte-Anne, en se levant. Il y a cette pauvre fille.

— Je reviendrai sous peu pour prendre de vos nouvelles et visiter notre blessé, reprit M. d'Arvert. Ce sera même ma dernière visite ; vous n'ignorez pas que je vais quitter Dijon. Je souhaite de vous trouver plus calme, j'ai un entretien sérieux à vous demander.

Puis il sortit.

— Il y a cette malheureuse enfant! répéta madame d'Escarlat sans prendre garde aux dernières paroles du baron...

— Et que me fait à moi Marguerite Imbert? reprit-elle tout à coup, avec un bruyant éclat de rire. Ce vieillard avait raison, j'ai déjà charge d'âme.

Elle s'avança sur la pointe du pied vers la chambre voisine, et du seuil de la porte regarda le blessé. Le calme que M. d'Arvert lui avait souhaité en partant était bien plus près de rentrer dans ce cœur orageux que le vieillard ne le supposait. Elle revenait mentalement sur toutes ses démarches imprudentes depuis une heure, depuis sa dernière rencontre avec Annibal Amiati dans la grande salle.

Annibal l'avait défiée au passage, elle avait eu tort de relever le défi.

— Oui, oui, reprit-elle, que m'importe Marguerite Imbert? J'ai un bien plus précieux à garder que le bonheur de cette fille. C'est le mien!

Déjà elle en était à se reprocher d'avoir bravé le sort. Peut-être était-il un peu tard pour s'en repentir. Pourtant sa mobilité naturelle la servit mieux que tant d'indignation généreuse et de sainte colère imprudemment dépensées.

L'égoïsme décidément lui parut être la sagesse.

C'était déjà trop d'avoir tenté près de Domenico

une chose si hardie. Elle avait rassemblé des armes surtout contre le valet. Ce Domenico, elle le tenait. Mais le maître!

Devait-elle engager contre Annibal une partie dont l'issue pouvait être douteuse avec un tel joueur? Non, encore une fois, non! Le risque était trop grand.

— Sotte que je suis! se dit-elle, je ne sais pas résister à un désir. J'ai voulu cette boîte d'argent, je l'ai. Qu'en ferai-je à présent ?

En vérité, d'où lui était venue la force irrésistible de cette envie? Avant tout, de la passion de s'éclairer sur cette femme, cette baronne Imbert... madame de Nertia.

— Eh bien ! que m'importe cette femme elle-même ? que me fait madame de Nertia? s'écria-t-elle. Ce n'est plus Maurice d'Olivaie que j'aime !

L'évolution était accomplie.

— Je n'ai plus qu'un désir maintenant, pensait-elle, en se dirigeant vers le lit où reposait celui qui n'avait, en effet, que trop entièrement chassé Maurice d'Olivaie de son cœur. C'est de voir loin d'ici ce tigre d'Annibal. Le scélérat, qu'il parte ! Oui, qu'il parte !... J'aurai cessé de le craindre pour Luigi.... Je ne veux plus que cela !

Elle se pencha, suivant sa coutume, avec mille précautions sur le blessé. Les yeux du jeune homme s'ouvrirent et plongèrent dans les siens.

Elle recula.... tenant sa main sur son cœur qui lui semblait près de briser son enveloppe... Pourtant cette enveloppe était robuste :

— C'est trop d'émotions en un jour ! murmurat-elle.

Le moment était venu. Ces yeux si longtemps clos se rallumaient, le rayon tant espéré brillait enfin, ces beaux yeux la voyaient !

Ah ! voilà qui fixait ses hésitations, qui effaçait ses scrupules. Tant pis, cent fois tant pis pour Marguerite Imbert ! Ce n'était pas l'heure de se dépenser pour le profit des autres. Elle se rapprocha du lit : — C'est moi, dit-elle tout bas ; me reconnaissez-vous? C'est moi qui vous ai soigné, qui vous ai guéri, moi qui vais vous sauver encore, et mettre en fuite votre plus cruel ennemi...

Ainsi, elle ne craignait plus de combattre Annibal. Autre revirement, deuxième évolution. Les yeux brillants et vagues la regardaient toujours ; elle mit ses doigts devant les siens, comme pour conjurer cet éblouissement délicieux, puis gagna les abords de la cheminée et agita le cordon de la sonnette.

Une servante accourut, madame d'Escarlat demanda l'hôte. En l'attendant, elle dressa son plan de combat : il fallait qu'Annibal Amiati et ses deux compagnes eussent quitté l'hôtel et Dijon dans deux heures ; il fallait que le nom de son oncle ne pût venir frapper l'oreille du blessé se réveillant si subitement à la vie et lui causer peut-être une émotion funeste. L'hôte toujours docile, entra.

— C'est une triste curiosité qui m'a fait désirer de causer avec vous un moment, lui dit madame d'Escarlat. Ce qui vient d'arriver est un accident fâcheux pour votre maison.

— Comprend-on, s'écria l'hôte, que l'on mène des domestiques moribonds en voyage ? Encore si les maîtres voulaient partir, ce serait un soulagement !..

— Il y a beaucoup de personnes aussi curieuses que moi qui vous assiégent ?...

— Toute la ville. C'est une procession. Et ce sont des questions qui n'en finissent plus sur les dames et sur ce comte Amiati....

— Plus bas, plus bas ! interrompit la veuve de Sainte-Anne, le blessé repose.... Vous me dites que ces étrangers comptent demeurer chez vous. Ce ne sera pas malgré vous, je pense.

— Que puis-je faire ? reprit l'hôte désespéré.... Ce comte qui a la mine si peu gracieuse, ne demanderait qu'à se remettre en route : mais d'abord la jeune demoiselle est si accablée...

— Pauvre enfant ! murmura la veuve, reprise d'un accès de sensibilité passagère.

— Et puis, la dame, cette baronne Imbert.... Je connais maintenant son histoire...

— Ah !... je la connais aussi. Ce n'est pas une histoire édifiante.

— Il y a des gens en bas qui font de l'esprit, et qui
l'appellent la baronne ressuscitée. Quant à moi, je ne
savais rien, je n'ai point le temps de lire les journaux.

— Je conçois, dit madame d'Escarlat, que vous sou-
haitiez d'être débarrassé de clients de cette sorte. Pourquoi cette baronne Imbert s'opiniâtre-t-elle à rester?

— Parce qu'elle veut mener la morte en terre. Il
paraît qu'elle l'avait à son service depuis vingt ans ;
c'est pour tout de bon qu'elle la pleure.

— Elle n'était donc pas de moitié dans le crime !
pensa la veuve. Madame de Nertia n'empoisonne que
les cœurs... Pauvre Maurice !

— Pourtant, reprit-elle tout haut, il suffirait de vous
compter la somme nécessaire à ces pauvres funérailles.
Vous vous chargeriez de ces tristes soins...

— Eh ! fit-il, avec plaisir, si je voyais le comte et ses
deux femmes s'acheminer vers la gare. Alors, je fer-
merais la maison, et les indiscrets, et les oisifs, pourraient bien faire une émeute à la porte.

— Écoutez ! voulez-vous que je vous délivre ?

— Oh ! bien, s'écria l'hôte, comment le pourriez-
vous ?

— Ceci, c'est mon affaire. Le déjeuner de ces....
personnes a été interrompu.

— Ils n'étaient pas encore à table ; mais le couvert

est toujours dressé. Le comte est allé deux fois trouver les dames chez elles pour leur représenter qu'elles devraient prendre quelques aliments. Je crois qu'elles vont descendre.

— C'est bien. Alors vous me ferez avertir. Je réponds de tout, si vous êtes discret.

Plus émerveillé que persuadé, l'hôte s'éloigna. La veuve de Sainte-Anne se recueillit un moment. Le coup qu'elle allait essayer de frapper serait autrement hardi que sa démarche auprès de Doménico, et que l'achat de la bonbonnière. Elle sourit en pensant que chaque minute qui s'écoulait lui apportait un conseil différent de la minute précédente. Ces résolutions sans cesse changées, toujours nouvelles, toujours subites sont le propre des moments de crise...

Elle retourna vers le lit : les beaux yeux s'étaient refermés. Elle avait compté pourtant y puiser un redoublement de courage. — Ce que je vais tenter, dit-elle, c'est pour vous, Luigi; toujours pour vous....

Le blessé s'agita, ses lèvres s'entr'ouvrirent, la veuve attendit un mot qui allait être sa récompense....

— Édith! murmura-t-il, Édith !

— Édith ? lui cria la veuve... Pourquoi est-ce Édith que vous appelez? Pourquoi n'est-ce pas Olivia?

5.

IX

Voilà donc ce qui attendait la veuve aux yeux d'or
après tant de soins passionnés et de tendres fatigues,
— surtout après tant de rêves?

Les paupières du comte Luigi se rouvraient, son
regard tombait sur elle et il croyait voir Édith ; il recouvrait la voix et sa première pensée était pour
mademoiselle d'Olivaie.

L'orage éclata sur les lèvres de la veuve. Penchée
de nouveau sur *son* blessé, elle le traita de cœur ingrat
et stupide : elle lui dit qu'elle allait le quitter et le
laisser aux servantes qui le meurtriraient de leurs
mains rudes. Heureux si elles ne lui dérobaient pas
son bien dans la cassette ! Car elle ne se croyait plus
obligée à le garder.

Alors il se trouverait, après sa guérison, pauvre et

nu, il apprendrait que le dévouement et la tendresse avaient veillé à son chevet et qu'il les avait mis en fuite ; il pleurerait sur sa sottise.

Mais il resterait maître encore d'aimer son Édith, de la rechercher par le monde et il éprouverait de quel retour ces filles orgueilleuses payent un amour qui a cessé d'être doré !

Le jeune homme semblait retombé dans son insensibilité première, la veuve perdait sa peine. Autant user sa colère contre la statue d'un jeune dieu dont il avait l'insolente beauté ; le marbre n'est pas plus sourd.

La porte s'entre-bâilla, l'hôte remontait, alléché par les promesses de sa cliente : — Madame, dit-il, le comte Amiati réalise enfin ses vœux, il déjeune ; et il ne tient qu'à vous de voir de quel appétit !

— Qu'est-ce que cela me fait ? répondit militairement l'ex-colonelle.

Pourquoi se donnerait-elle désormais le souci de défendre le comte Luigi ? Puisque « ce cœur ingrat et stupide » se conservait à Édith d'Olivaie, il pouvait bien se conserver tout seul.

— Ce n'est pas ce que madame m'avait dit, balbutia l'hôte.

— Voyons ! reprit-elle. Votre Italien déjeune-t-il avec la baronne ?

— Avec la baronne seulement. Elle n'a pu décider sa fille à quitter sa chambre.

— Ah! dit la veuve... Je ne verrais donc pas cette jeune fille ! J'aime mieux cela.

Et se ravisant tout à coup. — Ce n'est plus pour *lui*, c'est pour moi, que je veux tenter l'aventure! murmura-t-elle. Je vais voir madame de Nertia, mon ancienne rivale!...

— Faites dresser de nouveau mon couvert dans le petit salon, reprit-elle tout haut.

— Madame croit-elle qu'on se serait permis de l'enlever?

— Surtout, ajouta-t-elle en le voyant s'éloigner, souvenez-vous que vous m'avez promis d'être discret.

Rapidement, elle fit tomber sa robe carmélite et en passa une autre de velours noir. C'est une étoffe précieuse et une couleur savante. Le velours noir amincirait une matrone ; il peut donner bien de la majesté à une ex-colonelle.

Elle se mit au cou celui de tous ses bijoux qu'elle aimait le mieux, un de ceux dont Luigi l'avait vue parée l'été précédent, à Haute-Fontaine, le seul qu'elle eût emporté à la guerre, une croix magnifique formée de sept perles noires séparées par des diamants. Reluisante comme un soleil, elle sourit non sans s'être retournée encore une fois vers le lit en répétant : Ce n'est plus pour lui, c'est pour moi !...

L'hôte n'exagérait rien quand il se plaignait d'être

assiégé. La grande porte de l'hôtel avait été fermée, ce qui n'arrêtait point le brouhaha de la place.

La complaisance du maître n'avait pas, du moins, refusé l'entrée à ceux qui ne croyaient point payer trop chèrement au prix d'un repas supplémentaire le plaisir de voir les lieux où l'accident était arrivé à la servante italienne. Une mort subite sera toujours après un crime ce qui éveillera le plus sûrement la curiosité publique : l'instinct lui dit que souvent ces deux choses se tiennent. La table immense en fer à cheval qui se dressait dans le grand salon était entièrement remplie. Au demeurant, la triste fin de Carlotta n'avait pas été une mauvaise affaire pour la maison. C'est ce que madame d'Escarlat dit à l'hôte qui, toujours empressé, accourait au devant d'elle. Comme elle lui reprochait à demi-voix de faire mauvais visage à la fortune qui lui amenait tant de chalands :

— Passe pour les curieux, dit-il ; mais je ne voudrais point voir aussi venir la justice... Et qui sait ?...

Ainsi il avait des soupçons à son tour ; la veuve tressaillit.

Cependant sa robe de velours et la croix aux sept perles n'avaient pas produit une médiocre impression sur les convives :

— Ah ! fit l'un d'eux, c'est la colonelle !

— On disait qu'elle ne quittait jamais le chevet de ce jeune homme qu'elle a sauvé.

— Eh ! dit un troisième, — un philosophe, — on a beau être amoureuse, on n'en est pas moins d'humaine nature ; il ne faut pas croire le proverbe qui dit qu'on vit d'amour et d'eau pure.

— Surtout quand on est construite comme l'officière, fit observer un méchant.

— Ce qu'il y a d'étonnant, c'est qu'on ne sait point du tout qui est ce jeune homme. Personne ne l'a vu ; on ne connaît pas même son nom.

Ces derniers mots arrivèrent distinctement à l'oreille de madame d'Escarlat, et bien qu'elle fut déterminée à ne plus défendre le comte Luigi, elle eut un nouveau tressaillement.

Par bonheur un autre convive fit une réflexion de nature à détourner l'attention générale.

— Peste ! dit-il, quelle parure ! Il faut que la dame soit riche.

Et le chœur tout entier de chuchoter : Oh ! très-riche ! Millionnaire, la colonelle !

— Tayaut ! tayaut ! répliqua le philosophe ironique ; puis il ajouta plus bas : Et puis, elle est veuve et le jeune homme de là haut peut mourir. Messieurs, en chasse !

Madame d'Escarlat arrivait à la porte qui faisait communiquer les deux salons.

A trois pas, dans l'angle du mur, se dérobant derrière un dressoir, Domenico ou l'ombre plutôt de

M. Polichinelle, une ombre tremblante, lui apparut. Il n'osait plus lui barrer le passage ; mais il la guettait.

Elle leva les épaules ; M. Polichinelle joignit les mains en la regardant. Ah ! la veuve triomphait déjà cruellement du valet. Restaient les maîtres. Elle ouvrit la porte d'un geste bref, et se trouva dans le petit salon.

La baronne Imbert tournait le dos ; le comte Annibal, assis en face de cette porte, bondit sur sa chaise en reconnaissant l'éternelle intruse. Décidément, que lui voulait cette femme ? Isabelle d'Escarlat supporta sans peur ce regard de fauve excité par un premier carnage : — Je ne suis pas Olivia ! se disait-elle fièrement.

Elle gagna sa table et tout en versant le potage fumant qui l'attendait, elle observa que le profil de *l'Oncle* Amiati, l'empoisonneur, donnait l'idée d'un sabre recourbé : — Si je lui disais que le palais de Bergame et la galerie de tableaux, c'est-à-dire le neveu Luigi, dorment là-haut, pensa-t-elle, comme j'aiguiserais la lame !

Elle bénit le chef de cuisine qui lui avait envoyé ce potage bouillant ! La fumée qui s'en dégageait enveloppait, en effet comme un nuage, la figure de la curieuse ; on ne voyait plus étinceler les yeux d'or de la colonelle.

— Mangez, chère amie, dit le comte Annibal à sa compagne qui s'oubliait à considérer la blancheur de la nappe.

Il poussa vers elle un plat superbement orné d'herbes fraîches qui contenait une truite du Doubs ; car c'était un vendredi, ils observaient le maigre.

Ce geste n'était pas d'un homme de cour précisément ; le comte Annibal Amiati, des seigneurs de Castel-Rosso, avait quelque peu perdu des grandes manières de sa race dans le demi-monde d'en deçà et d'au delà les monts.

Ce qu'il y eut de pire que le geste ce fut le ton :

— Mais mangez donc ! s'écria-t-il.

Annibal enrageait de ne point voir d'appétit à sa compagne. Pour lui, il en avait un d'enfer que la pensée de la pauvre Carlotta ne troublait point; il dévorait sur les traces encore chaudes de son crime. De temps en temps, sans perdre une bouchée, il examinait la veuve de Sainte-Anne. Bientôt il s'aperçut que ce n'était plus lui qu'elle regardait; et se penchant à travers la table il adressa quelques mots tout bas à la baronne Imbert.

La veuve les devina au mouvement de ces lèvres minces et à la contraction de ces joues creuses et tourmentées. Il disait : Mais c'est à vous que cette femme en veut! Est-ce que vous la connaissez ?

La baronne fit un geste négatif.

— Il est certain que la baronne Imbert ne me connaît pas, pensa la veuve; mais, moi, je connais madame de Nertia!

Elle voyait enfin, là, face à face, celle que Maurice d'Olivaie lui avait préférée: mais elle avait beau vouloir reporter vers les temps écoulés toute sa pensée et toute sa colère, le présent, en dépit d'elle-même, l'occupait davantage. Cette étrange ressemblance avec Luigi l'absorbait tout entière... Oh! ces yeux! oh! les jeux de la nature et les rencontres du sort!

Ces yeux sombres avec leur langueur brûlante, ce feu brillant sous du velours, « les portes de l'enfer », c'étaient bien les mêmes yeux qui venaient un instant de s'ouvrir si près des siens, les mêmes dont elle avait attendu le rayon bienheureux pendant plus d'un mois.

Le rayon avait lui et ne lui avait apporté que le contraire de l'espérance et la dérision de la victoire.

Ces yeux magnifiques étaient, d'ailleurs, la dernière, l'unique beauté qui restât à l'ancienne courtisane. Le teint de madame de Nertia n'était plus que terne et plombé, les lèvres décidément flétries; les rides profondes qui couraient dans les sinuosités du cou et qui sillonnaient la maigreur des tempes, disaient assez que la fin de la galanterie était venue. Isabelle d'Escarlat pensa même que la dame avait dû l'ajourner plus que de raison. Les fils blancs qui se trahissaient dans l'arrangement assez négligé de la chevelure la firent sourire de pitié.

Ne pouvant deviner que sa rivale n'avait pas été lentement atteinte comme toutes les femmes, mais foudroyée par la revanche du temps, elle se disait que le déclin de cet astre fameux devait remonter à bien plus d'une année. Or il y avait moins d'un an que Maurice d'Olivaie, un adolescent, un enfant, était encore l'amant aveugle et passionné de cette ancienne déesse. Pauvre Maurice !

La colère de la veuve s'aiguisait encore à la pensée qu'elle avait été dédaignée pour une vieille femme.

Le comte Annibal, en ce moment, reprit la parole, en italien, il est vrai, mais de ce même ton acerbe et hautain qu'il se croyait apparemment permis avec sa « chère amie. » La baronne répondit en français :

— Je vous ai dit, fit-elle d'une voix également irritée, que je ne quitterais pas Dijon avant d'avoir conduit en terre ma pauvre Carlotta, qui m'avait servie vingt ans...

— Et qui vous trahissait depuis dix, riposta l'Italien.

— Elle avait été associée à toute ma vie...

— Association édifiante ! se dit la veuve...

Carlotta l'avait aidée, sans doute, à voler Marguerite au baron Imbert ! Et sûrement ces deux sorcières avaient dû se conjurer ensemble pour perdre Maurice d'Olivaie. Le dégoût la saisit.

— Tout cela donne des nausées, pensait-elle. Eh ! décidément, que m'importe madame de Nertia ? Est-ce encore Maurice d'Olivaie que j'aime ? est-ce Luigi ?

La réponse à cette question n'était pas difficile. Seulement Luigi ne voulait pas qu'on l'aimât.

Vraiment les relations entre la baronne Imbert et le comte Amiati étaient sans douceur, les propos également. Comme le premier avait répliqué à demi voix, la baronne lui dit sur le même ton :

— Je sais bien que la mort de notre pauvre vieille amie vous arrange !

Mais non ! c'était lui qui l'avait arrangée !...

La veuve allait quitter la place et laisser son repas inachevé : elle en avait assez de ce qu'elle venait d'entendre ; les disputes entre ces deux complices du malheur de Marguerite ne l'intéressaient plus. Elle renonçait à son premier projet d'infliger à madame de Nertia quelque cruauté sourdement injurieuse, quelque chose comme le soufflet d'une main inconnue sur une joue infâme.

Mais la baronne se leva brusquement : — Et quand je consentirais à partir ! s'écria-t-elle, s'adressant à Annibal, croyez-vous que Marguerite m'obéirait ? Tenez ! la voici dans cette cour. Elle m'avait bien dit qu'elle irait embrasser la morte !

Le comte Annibal répondit plus que jamais en italien, plus que jamais de sa voix impérieuse et cassante. Ce baiser à la morte lui faisait horreur, peut-être ?

Ce qu'il disait, la veuve le comprit aisément : il ordonnait à sa compagne d'arrêter Marguerite au passage.

Il parut bien que sa volonté était toute-puissante, quand il la signifiait ainsi sans détour, car la baronne baissa le front et s'avança vers la porte-fenêtre.

Mais alors elle rencontra la table de la veuve que l'hôte avait fait reculer un peu depuis « l'accident » du matin ; si bien que cette table n'empêchait plus l'accès de la cour, mais le rendait seulement difficile. Isabelle d'Escarlat, indignée de la lâcheté de cette femme, quant il s'agissait de sa fille, la dévisagea et lui dit : Je vous prie, madame, de laisser cette porte ouverte derrière vous, car j'ai un ordre à donner...

Et quand la baronne fut sur le seuil, la veuve s'adressant à une servante imaginaire, se mit à crier : Ne manquez point de m'avertir si l'on me demandait. La personne qui viendra s'appelle M. Maurice d'Olivaie.

— Maurice d'Olivaie ! reprit une voix sonore sur le seuil de l'autre porte.

X

M. d'Arvert cherchait depuis quelque temps madame d'Escarlat à travers l'hôtel, et la rencontrait enfin.

Au nom qu'elle venait d'entendre, la baronne Imbert s'était retournée comme une couleuvre blessée; le comte Annibal s'était retrouvé debout.

— Eh bien ! oui ! répéta la veuve, sans prendre garde au commandant d'Arvert, et parlant toujours à la servante imaginaire dans la cour, j'ai dit : Maurice d'Olivaie.

Puis elle sortit fièrement, et remonta chez elle. Le commandant la suivit.

— Madame, lui dit-il, je vous ai avertie que je désirais avoir un entretien avec vous avant de quitter Dijon. J'ai réfléchi, je désire que ce soit sans retard...

Elle s'arrêta stupéfaite. Il lui semblait prodigieux

que ce vieillard, un simple mortel après tout, et même à son gré des plus simples, osât interpeller si familièrement la Justice en robe de velours, la déesse de la Vengeance.

Elle avait gravi l'escalier qui conduisait à son appartement avec une légèreté surhumaine, marchant comme sur une nuée rougie du sang de ces méchants cœurs brisés par un seul mot tombé de sa bouche. On n'accomplit pas de ces grandes missions tous les jours...

Et voilà qu'à elle qui venait de flageller l'ancienne courtisanne et la mauvaise mère, de terrifier les empoisonneurs, ce baron d'Arvert disait tout uniment :

— Je voudrais avoir un entretien avec vous.

— Ce sera même, reprit-il, un entretien sérieux, si pourtant...

— Si pourtant rien de possible est sérieux avec moi. J'admire, monsieur le baron, combien vous êtes juste!

— Eh! fit-il, j'y tâche; mais ce n'est pas toujours sans peine.

— Cela est cependant un peu fort! reprit-elle avec indignation. Je n'ai donc pas été sérieuse, monsieur, quand je me suis vouée au salut du comte Luigi, avec l'ardeur dont vous avez été témoin ?

— Trop d'ardeur! grommela le vieil officier.

— Je n'ai donc pas été sérieuse, quand j'ai soigné *votre* ami ?

— Oh! oh! fit le baron, ne serait-il plus le vôtre.

— Quant je l'ai veillé nuit et jour, oubliant le soin de ma santé, et mes intérêts qui me rappelaient chez moi, je n'ai donc pas été sérieuse?

— Je ne dis point cela.

— Je n'étais donc pas sérieuse tout à l'heure encore, quand j'ai trouvé moyen de le délivrer si heureusement d'un nouveau danger qui le menaçait?

— Pour le coup! s'écria M. d'Arvert, je n'en suis plus aussi persuadé.

— Faites-moi la grâce d'entrer chez moi, dit-elle en ouvrant la porte de son appartement. Je serais aise d'apprendre ce que vous attendez de votre servante.

— Je vous l'apprendrai, ma foi, sans détour, répliqua M. d'Arvert, en s'asseyant. Vous habitiez, n'est-il pas vrai, les environs de la petite ville de Mirey, dans la haute Bourgogne, avant la guerre?

— Je croyais vous l'avoir déjà dit.

— J'ai eu tort de n'y point prendre garde, et vous en tomberez d'accord avec moi tout à l'heure quand je me serai mieux expliqué.

— Pardonnez-moi, répondit la veuve, j'ai peur que nous n'en soyons arrivés à ne plus être jamais d'accord... Eh bien! qui est là?

On entendait une main discrète grattant la porte. L'hôte reparut :

— M'apportez-vous des nouvelles? s'écria madame

d'Escarlat cessant aussitôt de songer au commandant.

Singulière façon de forcer ce vieillard opiniâtre et
disgracieux à la considérer comme sérieuse.

L'hôte prit ses airs d'oracle, désignant M. d'Arvert
d'un geste savamment déguisé, comme pour demander s'il pouvait parler devant lui, et, sur un signe
affirmatif, il commença :

— Eh! dit-il, madame, c'est affaire à nous! Oh !
nous avons été bien adroits.

— *Nous ?* dit la veuve.

— Vous et moi, continua l'hôte imperturbable. Nous
avons mis tout ce monde suspect en fuite. La partie
est gagnée.

— Quoi ! Venez-vous m'apprendre que l'*on* s'apprête
à partir? Je m'y attendais.

— On part. Le valet est allé chercher une voiture.
La fameuse baronne chapitre sa fille qui voulait suivre
les funérailles de la servante; ils vont prendre le train
descendant dans une demi-heure. Je crois, madame,
que nous pouvons nous féliciter tous les deux...

— Gardez tous les compliments pour vous, interrompit la veuve. Je vous cède ma part. Et vous, monsieur le baron, prenez patience encore un moment.

L'hôte se rengorgea, le commandant frappa du pied;
madame d'Escarlat ne se souciant en rien de l'impatience de l'un ni de la sottise de l'autre, courut

dans la chambre du blessé et se mit à la croisée qui donnait sur la place.

Un moment de plus et il eût été trop tard pour jouir de son triomphe.

Le tableau était complet : Tous les vaincus réunis au pied de la maison, Domenico déjà sur le siége de la voiture ; le comte Annibal tenant la portière. Marguerite résistait encore ; mais la pauvre fille trouvait maintenant deux volontés armées contre la sienne, et celle de sa mère était devenue la plus impitoyable.

— Comme madame de Nertia sait bien que Maurice d'Olivaie peut revenir ! pensa la veuve.

Cette femme était donc moins hardie qu'Annibal ; son *crime à elle* lui faisait peur. Après la dernière scène dans le petit salon, elle s'était jetée dans les bras de son complice, n'ayant plus d'autre pensée que de lui obéir en partant à l'instant même et de mettre l'espace et l'inconnu entre elle et l'amant d'autrefois, l'enfant qu'elle avait perdu, dont elle redoutait à présent les reproches et la haine.

— Ah ! fit encore madame d'Escarlat, que je l'ai bien frappée !

Certes, si Maurice d'Olivaie avait reparu subitement, cela aurait pu s'appeler : *Revenir*. Ce qui avait fait la force de son ancienne amie contre la *Rivale* c'est qu'elle croyait que ce retour était possible.

Elle ne ressentit vraiment aucun remords de cette

exécution, mais seulement un petit serrement de cœur
à la vue du chagrin de Marguerite. Heureusement l'objet de ce dernier cri de la pitié, « la pauvre fillette, »
disparut, poussée par sa mère dans la voiture. La
baronne s'apprêtait à la suivre. Annibal lui offrit
la main, — la main qui avait percé les bonbons
roses...

Tous deux, en ce moment, aperçurent la mystérieuse ennemie qui les considérait d'en haut, et, rapidement, échangèrent quelques paroles. Le dernier regard du comte Amiati ne devait jamais être oublié de
madame d'Escarlat. Un avertissement secret lui dit
qu'ils se retrouveraient un jour face à face et que ce
serait un autre duel !

Mais elle secoua l'émotion qui l'agitait, et quand la
voiture eut disparu au tournant de la place, elle rentra
tra dans la chambre en murmurant :

— Pourquoi craindrais-je à présent de me l'avouer ?...
Non, ce n'est pas pour moi que j'ai fait tout cela !...

Il n'en coûte rien d'être sincère avec soi-même
quand la nécessité de dissimuler est passée. La veuve
se sentait prête à beaucoup pardonner au comte Luigi,
parce qu'elle était de nouveau résolue à combattre
pour se faire aimer. Les jeux de l'amour et du hasard
sont toujours étonnants : elle s'était servie du nom de
Maurice d'Olivaie pour assurer le repos et peut-être le
salut de Luigi. Oh ! les ironies de la destinée !

Isabelle d'Escarlat allait les éprouver sous une autre forme.

Le baron d'Arvert était entré derrière elle dans la chambre du blessé : elle le vit assis près du lit... Il tenait la main de Luigi dans la sienne.

C'était un autre tableau, mais bien différent de celui qu'elle venait de contempler du haut de la croisée sur la place, et il lui parut bien plus menaçant. A l'instant, il lui causa un atroce mouvement de jalousie.

Luigi reconnaissait donc le baron, qu'il n'avait vu pourtant qu'un moment sur le champ de bataille, avant de tomber sous les sabres allemands ? Quant à elle, le matin, lorsqu'il avait paru se réveiller pour la première fois à la vie, malgré les souvenirs de l'oratoire de Sainte-Anne et de la fontaine sous les hauts sapins, à Mirey, il ne l'avait pas reconnue !...

Une terrible lumière se fit tout à coup dans l'esprit de la veuve et ce que lui dit alors le commandant d'un ton moqueur acheva de l'éclairer.

— Eh bien ! fit-il, vous m'aviez encore très-joliment planté là, ce me semble. Vous me retrouvez en bon lieu.

— Oh ! dit-elle avec effort, il ne faut pas m'en vouloir...

— Je le crois bien ! Peste ! vous étiez agréablement occupée. Vous avez dédaigné tout à l'heure les compliments de l'hôte, mais vous ne refuserez pas les miens pour la façon dont vous avez écarté des personnes que vous croyiez avoir sujet de craindre. Il vous a suffi d'un mot.

— Oui, dit-elle, en essayant de sourire, un mot magique, je vous assure.

— Un nom que je connais...

Isabelle d'Escarlat atteignit d'un bond le fauteuil du commandant malencontreux :

— Ce nom, lui dit-elle tout bas, vous ne le prononcerez pas ici. Venez chez moi. A mon tour, il faut que je vous parle.

— Parbleu ! fit M. d'Arvert en se levant, moi aussi. Je n'avais pu obtenir de vous, jusqu'à présent, ce court entretien, si nécessaire.

Au même instant, il sentit la main du blessé qui retrouvant tout à coup des forces essayait de le retenir :

— N'ayez peur, dit-il en se penchant vers Luigi. Enfant, je vous ai deviné ; nous allons parler d'Édith.

Mais il ne s'était point exprimé sur un ton assez bas pour que, du seuil de l'autre chambre où elle s'était arrêtée, la veuve ne l'eût entendu.

Il la retrouva dans un fauteuil, au coin de son foyer, jouant d'un air contraint et les yeux baissés avec la croix aux sept perles :

— Monsieur, dit-elle, il est possible que vous connaissiez ce nom...

— D'Olivaie ! s'écria-t-il. Tenez, ne rusons point.

C'est le nom de mon meilleur ami d'autrefois, mon frère d'armes.

— N'importe! balbutia-t-elle, ce n'est pas généreux à vous de me rappeler la seule faute de ma vie!...

— Plaît-il? fit le commandant, que dites-vous?

— J'étais veuve, monsieur. Je pouvais disposer librement de mes sentiments et de ma main... Ah! si Maurice d'Olivaie ne m'avait point trahie pour cette baronne Imbert, autrefois madame de Nertia, de son nom de guerre, qui a pris un abominable plaisir à me gâter ce bon cœur, qui l'a poussé à des actions inavouables...

— Maurice! interrompit douloureusement le baron. Le fils de d'Olivaie!

— Vous ne le saviez pas? Comprenez-vous, à présent, pourquoi ce nom l'a mise en fuite?... Elle a terriblement conscience de ce crime odieux, car c'est un crime; elle redoute peut-être la vengeance de Maurice qu'elle croyait passé en Amérique...

— Je n'y suis plus! fit le baron d'Arvert, en portant la main à son front, comme pour remettre de l'ordre dans ses pensées!... C'est vous qui?... Avec Maurice? Je croyais que c'était notre jeune homme, ce comte Luigi qui avait rencontré sa sœur, la charmante et noble Édith, et qui l'aimait...

— Hélas! soupira la veuve, l'un et l'autre sont vrais. Rappelez-vous ce qui s'est passé sur le champ de ba-

6.

taille. J'ai dit au chirurgien que je connaissais le comte Luigi...

— Je ne m'en souviens pas, je n'aurai pas entendu.

— Je le connaissais seulement sous ce nom de Luigi, car il n'avait pris à Mirey que celui-là.

— Dans quel dessein ? s'écria M. d'Arvert. Voulait-il tromper mademoiselle d'Olivaie ?

— Je serais désolée, dit la veuve du ton le plus grave, de vous faire perdre quelques illusions sur ce jeune homme si brave et si malheureux ; mais comment croire qu'il n'ait pas eu des intentions assez... coupables ?

— Oh ! fit le commandant. Et moi qui m'intéressais si fort à ce Luigi, depuis que je l'avais entendu appeler Édith.

XI

La veuve commençait à se sentir cause gagnée. Et d'abord elle savait maintenant ce qui s'était passé entre le commandant et le malade. M. d'Arvert avait recueilli le nom d'Édith sur les lèvres de Luigi. Aussitôt il avait construit son roman. Elle respira, car il lui semblait qu'elle venait d'entamer assez vigoureusement cet édifice imaginaire. Encore un peu de courage et quelques coups bien portés, le château de cartes allait s'écrouler, et le péril s'évanouir.

Le baron, fort agité, se promenait à travers la chambre :

— Mais, s'écria-t-il tout à coup, vous connaissez la suite de cette histoire, vous avez reçu des nouvelles de Mirey depuis la guerre.

Ce fut un second trait de lumière; elle se souvint de

la lettre de Mirey, qu'elle avait laissée le matin sur une table auprès du lit du blessé. Cette lettre le commandant l'avait vue.

Seulement, elle se croyait bien sûre qu'il ne l'avait pas lue. Elle le jugeait entièrement incapable de dérober les secrets d'autrui; mais elle se rappela ce pli tout ouvert : les yeux du baron avaient pu être frappés involontairement par les deux noms d'Édith et de Luigi répétés à chaque ligne; voilà ce qui l'avait mis sur cette trace. Les mots encore sans suite qui échappaient au blessé étaient venus confirmer ce premier indice et échauffer ses suppositions.

Elle fit rapidement le calcul de toutes ces probabilités rassurantes et se trouva de plus en plus forte :

— Vraiment oui, dit-elle, j'ai reçu les nouvelles dont vous me parlez. Que voulez-vous que je vous apprenne? Interrogez-moi : je suis prête à vous répondre.

Il la regarda fixement. Ce regard avait un air de sévérité loyale qui ne laissa point que de la troubler un peu; mais elle se remit aussitôt.

— Sans détour? fit le commandant.

— Vous auriez tort de me soupçonner d'en vouloir prendre aucun. On peut apprécier avec malignité mon dévouement envers le comte Luigi...

— Morbleu! interrompit le baron, je ne suis pas en humeur maligne! je n'apprécie point ce qui n'est pas mon affaire ; je vous demande la vérité, rien que la vérité. Et d'abord je ne peux pas supposer que vous aimeriez le comte Luigi, puisque vous venez à l'instant de m'avouer que vous aimiez ce méchant Maurice. Il est vrai qu'il est en Amérique, et que les absents ont tort.

— Monsieur, dit la veuve avec un accent de fierté douloureuse si bien jouée qu'un esprit moins droit s'y serait laissé prendre, je ne sais pas où en est mon cœur. Je ne l'ai pas interrogé. Je suis libre et je peux aimer qui me plaît... Croyez-vous que ce serait une raison pour vous mentir ?

— Sûrement non! Mais, je vous prie, allons au fait. Qui avait amené ce jeune homme à Mirey ?

— Le hasard de ses voyages, j'imagine ; mais personne ne savait que ce fût le comte Luigi Amiati.

— Il était Luigi tout court... c'est-à-dire qu'il cachait son nom véritable. Pourquoi ?

— Je l'ignore. Madame d'Olivaie consentit à le recevoir et cela n'était pas bien prudent sans doute.

— Non ! non... cela n'était pas prudent.

— On le disait même fiancé à mademoiselle Édith. Tout à coup le bruit des tristes folies de Maurice et de son brusque départ pour l'Amérique... par crainte des juges peut-être...

— Oh! répéta le commandant en se couvrant le visage de ses mains, cela je ne veux point le croire. Le fils de d'Olivaie !

— Ces bruits fâcheux arrivèrent à Mirey. Le comte Luigi partit subitement, abandonnant sa fiancée, si pourtant les choses entre eux en étaient là... Le chagrin a rendu mademoiselle d'Olivaie assez gravement malade. Et puis...

— Et puis ?

— La guerre est venue ; l'Olivaie a été brûlé comme ma maison de Sainte-Anne. Ces dernières nouvelles que j'ai reçues et que je vous transmets me disent que les dames d'Olivaie ont quitté le pays.

— Ne sait-on point où elles sont allées ? s'écria M. d'Arvert. Si la ruine et la détresse les ont chassées, il leur reste des amis.

— Elles ont disparu. On croit qu'elles sont à Paris.

— A Paris ! Morbleu ! voilà une affaire qui demande bien de la réflexion, et il serait peut-être bon de ne point s'y mêler avant de l'avoir rendue plus claire...

— Je le crois, dit la veuve... Le comte Luigi Amiati est fait pour être aimé, et il n'est pas surprenant que mademoiselle d'Olivaie...

— Non ! vous ne devez point trouver cela surprenant, dit brusquement M. d'Arvert avec un retour de méfiance ; vous devez le comprendre.

— Mais, continua tranquillement madame d'Escarlat, on ne peut nier, que par ce départ soudain, il ne l'ait trahie.

— Je vais à Paris, reprit le commandant, qui sem-

bla prendre une résolution subite.. Vous recevrez ici
de mes nouvelles. Je retrouverai la veuve et la fille de
d'Olivaie.

— Ce sera une belle action de les secourir! dit madame d'Escarlat. Mais votre départ est-il si prochain?
Ne prendrez-vous pas congé de *notre* blessé, monsieur
le baron?

— Pour cela! non! Après ce que vous venez de
m'apprendre, je ne m'en soucie point. Je verrai plus
tard ce qu'il faut penser de ce jeune homme. En attendant, gardez-le, lui et son argent. Je vous laisse le
soin de ce double dépôt que vous avez déjà si bien
défendu contre l'oncle Annibal. Je me demande à présent si l'oncle et le neveu ne se valent pas bien...

— Oh! que dites-vous? interrompit la veuve. Vous
êtes trop sévère... Cependant, il faut encore, monsieur le baron, que je vous fasse une dernière confidence. Ne vous ai-je point dit qu'outre les trois titres
de rente et les autres valeurs que vous connaissez,
la chemise rouge du blessé contenait un portefeuille
et des lettres?

— Oui-da! y a-t-il ici encore un mystère?

— Le plus inexplicable de tous. Le comte Luigi
avait sur lui cinq cent mille francs et les lettres écrites
par son plus vieux serviteur et par une de ses maî-
tresses...

— Peste! s'écria M. d'Arvert, c'est un don

Juan que cet Italien! mais on ne séduit pas Edith d'Olivaie.

— On a bien perdu Maurice, riposta la veuve. Ces lettres, monsieur le baron, représentent le comte Luigi comme ruiné sans ressource...

— Oh! oh! dit le baron, c'est une raison de plus pour que je me lave les mains de son argent! Je baise les vôtres.

— Quoi, s'écria-t-elle, déjà! L'interrogatoire est-il vraiment terminé? Il me semble que je vous ai dit encore si peu de chose.

— J'en sais assez! Je ne suis plus curieux du reste.

Le commandant sortit par la porte qui s'ouvrait sur l'escalier sans passer par la chambre du blessé.

Isabelle d'Escarlat se mit à rire bruyamment.

— Il me l'avait donné, dit-elle, il voulait me *le* reprendre. Oh! que non!

Le commandant d'Arvert lui avait en effet *donné* le garibaldien sur le champ de bataille et ne croyait pas alors lui faire présent d'un bien appartenant à d'autres. Depuis, le donateur s'était ravisé, la donataire point. Ce bien précieux lui paraissait légitimement acquis, elle avait lutté pour le conserver sans choisir ses armes.

Seulement, sa conduite, dans un même jour, avait été bien diverse. Après avoir terrifié la ruse, la méchanceté, l'infamie, la courtisane et la marâtre dans la baronne Imbert, après avoir déjoué le crime dans

Annibal, elle avait pris le commandant d'Arvert et sa loyauté pour dupe et présenté à ce vieux chevalier un mélange assez analogue aux poisons de l'oncle Amiati — une deuxième édition des bonbons roses.

Un étrange ragoût où la vérité et le mensonge étaient confondus de façon à tromper un palais moins confiant et un regard plus soupçonneux. Aussi le succès avait-il été complet. Le commandant allait maintenant chercher les dames d'Olivaie dans ce grand Paris. Réussît-il même à trouver, que lui dirait Édith? Que Luigi l'avait abandonnée. Cela c'était vrai. Mais pourquoi cet abandon?

La fierté d'Édith ne permettrait pas au vieil ami de son père de revenir vers le blessé et de l'interroger. Jamais on ne reverrait le baron d'Arvert.

Oui, la cause était bien gagnée sans incident possible désormais et sans appel. Mais quelle journée !

Isabelle d'Escarlat éprouvait beaucoup de lassitude et ne pouvait également vaincre certain petit remords qui se traduisit encore sur ses lèvres, quand elle vint s'asseoir au chevet du blessé. Alors elle poussa un grand soupir : O Luigi, dit-elle, qu'il m'en a coûté pourtant tout à l'heure de vous faire une âme si laide aux yeux de ce vieillard !...

Il la regarda.

— Luigi, Luigi, répéta-t-elle, me reconnaissez-vous enfin?

Le blessé fit un signe... Adieu la fatigue et le re-mords ! Jamais elle ne s'était sentie plus vaillante, ja-mais plus confiante en l'avenir, jamais plus sûre de son droit.

Cette fois, il l'avait reconnue.

— Tout le monde vous abandonnait, dit-elle...

Encore un mensonge. Mais qui pouvait désormais la contredire? Le commandant d'Arvert était déjà loin.

— Moi, je vous suis restée, je vous resterai tou-jours ! C'est moi, Luigi, qui vous ai sauvé, moi qui vous ai pris aux mains du chirurgien, là-bas, dans la neige, vous en souvenez-vous? Je vous ai soigné comme la sœur la plus tendre. Luigi, vous ne devez la vie qu'à moi.

— Pourquoi m'appelez-vous Luigi? demanda le blessé de cette voix basse et tremblante des malades, un écho des frontières de l'autre monde, d'où ils ne reviennent que lentement.

La veuve jugea même qu'il n'en était encore que mal revenu, et sourit.

Tout à coup les yeux du jeune homme parurent s'égarer, comme s'ils couraient dans l'espace :

— Oui, dit-il, là-bas... Luigi est tombé dans la neige... nu, tout nu... il fait froid... je l'aurais cou-vert de mon habit... mais le canon... le canon m'ap-pelle !... J'ai la chemise rouge, je veux me battre !...

—. Luigi!!! s'écria la veuve... C'est la fièvre qui le reprend! Le médecin... Je vais faire chercher le médecin.

— Luigi?... qui est Luigi? C'est moi à présent... Je lui avais déjà pris son nom. Je ne savais pas... Pourquoi ses yeux ressemblent-ils aux miens?... Pourquoi me regardent-ils puisqu'il est mort?... Je les ferme... il va dormir... Qui peut dire que je ne suis pas Luigi, maintenant? J'ai sa bague.

— Mon Dieu! murmura d'Escarlat, quel délire!

Le blessé se dressa sur ses oreillers :

— Ah! s'écria-t-il, le bien de Marguerite...

Cette fois, elle recula en répétant :

— Marguerite!

— Son bien!... C'est celui-là qu'il faut sauver. Que m'importe le mien?... Je l'ai mis dans la chemise rouge avec les lettres de Bergame... Les titres sont là, là...

Il porta la main à sa poitrine, puis retomba épuisé.

— Marguerite Imbert! Édith d'Olivaie! murmura-t-il d'une voix rauque et près de s'éteindre... Mon père m'a fait jurer de sauver ma sœur... Je n'ai pas tenu mon serment... Édith... Édith...

La veuve se pencha sur lui et saisit sa main qui brûlait.

— Revenez à vous, disait-elle. Luigi! Êtes-vous Luigi?

Il se mit à rire : — Je ne suis pas Luigi. Je suis mort... A Dôle, dans le cimetière... elles m'apportent des fleurs, elles ont mis des inscriptions sur ma tombe... Sottes femmes !... Ah ! Maurice d'Olivaie est en Amérique !... ils le croient tous !... En Amérique !... Mais c'est lui qui est là sous la pierre... Il s'est noyé le misérable, il m'avait pris mon nom... J'ai bien pris celui de l'Italien, moi !... Maurice, le meurtrier, son frère à *Elle!*... Maurice d'Olivaie, l'assassin de madame de Nertia. On a dit : C'est le baron Imbert... c'est le mari !... Mon père, je retrouverai Marguerite... Ah ! les cavaliers... les Allemands... j'ai pris le guidon jaune et noir... Moi aussi, je meurs... Edith sera ma dernière pensée... Édith !

Il s'évanouit. La veuve de Sainte-Anne demeura au bord du lit, le visage caché dans ses mains.

Elle comprenait bien mieux, à présent, pourquoi le nom de Maurice d'Olivaie faisait peur à la baronne Imbert, autrefois madame de Nertia.

XII

Maxime Imbert, avant de prendre le terrible parti, étant déjà mort, de se substituer à un autre, à un véritable mort, pour recouvrer un état dans le monde, s'était agenouillé dans la neige devant le cadavre du jeune comte Amiati. Il se demandait alors s'il ne retrouverait pas d'autre moyen que cette fraude impie pour combattre les tyrans de Marguerite, leur arracher la jeune fille et tenir son serment ; s'il ne pourrait, par exemple, après la guerre, réclamer contre le faux acte de décès dressé par les magistrats de Dôle ; et il s'était posé cette question : Y aura-t-il des tribunaux au lendemain de la paix ?

Il y en avait d'une espèce nouvelle : le bagne alors légiférait dans le grand Paris en proie à une poignée de bandits de toutes les nations ; on était arrivé à la fin du mois d'avril ; là-bas le canon tonnait.

Un matin, vers dix heures, un bouffon et sinistre cortége fit irruption dans le coin le plus paisible du faubourg Saint-Germain — un passage qui s'étend entre la rue de Grenelle et la rue du Bac, — et s'arrêta au pied d'une maison d'apparence plus que modeste.

Ils étaient huit, venant de tous les points du monde; un commissaire marchait en tête, flanqué de son assesseur; le premier était Polonais, le second Italien.

Puis venait le peloton d'exécution; deux Provençaux, un Allemand, un second Polonais, un Portugais et un nègre.

Toute la canaille de Babel.

L'assesseur italien pencha vers son chef, qu'il dominait au moins de six pouces, son long visage, son énorme nez crochu et lui parla quelque temps à voix basse. Le Polonais lui répondit en levant les épaules. — Tout cela est entendu, citoyen Polichinelle, et si nous mettons la main sur ce mauvais garçon, nous ne le ferons point languir.

Ce commissaire était un peu différent de celui que nous avons vu, au début de ce récit, s'introduire avant le jour dans l'hôtel de madame de Nerlia. Quant à l'assesseur, vêtu d'une souquenille de grosse laine, serrée par une ceinture rouge, coiffé d'une casquette de soie, chaussé de pantoufles en tapisserie, tout un aimable déshabillé civique, il fit une pirouette.

Ce mouvement inconsidéré qui lui était, d'ailleurs, ordinaire, le rendit subitement pensif. Ses gros yeux impudents logés dans les parois du nez comme deux lucarnes dans un pignon, se mirent follement à rouler en rencontrant les dangereux instruments qui allaient épargner au patient que l'on cherchait les lenteurs d'une opération toujours difficile.

Ces six fusils chargés ne rassuraient point le citoyen Polichinelle qui se promit bien de se tenir à l'écart, lorsqu'ils prendraient la parole ; mais le citoyen Polichinelle n'avait point de bonheur en ce moment-là, car ses gros yeux aperçurent à une vingtaine de pas environ, à demi-caché dans l'angle d'un mur, un autre objet qui ne lui causa pas une émotion moins désagréable que les fusils : cet objet, c'était un homme.

Un visage osseux et blême, un profil de sabre recourbé, une barbe de bouc, une chevelure rare et noire, le comte Annibal Amiati enfin, embusqué là comme un tigre dans une jungle.

Cependant le bruit de cette marche militaire et ce cliquetis d'armes avaient éveillé les échos de ce lieu paisible ; quelques fenêtres s'entr'ouvrirent. Le Polonais alors échangea de loin un signe avec Annibal ; l'escouade franchit le seuil de la maison et s'engagea dans l'allée sombre. Le bonhomme de concierge accourut.

— Avance, vieil oison royaliste, lui dit gracieusement le commissaire, et dis-nous si l'on ne cache pas ici quelque part le citoyen Maurice Olivaie.

En ce temps-là, il n'y avait plus de particule ; une ancienne sentence rendue par des juges suffisait à constituer la noblesse : notre Polonais avait été aux galères en France, et se vantait de n'avoir pas été moins glorieusement traité en Autriche ; il était donc très noble.

Le concierge, tremblant à la vue de cet appareil inusité dans les arrestations ordinaires et de ces six méchants compagnons dont les fusils résonnaient sur les dalles de son vestibule, répondit d'une voix étranglée qu'il n'avait jamais vu ni connu le citoyen Olivaie, mais seulement une dame et une demoiselle de ce nom...

— Bon ! c'est toujours la même graine d'aristocrate ! fit l'assesseur Polichinelle.

Le première était morte cinq ou six jours auparavant. Sa fille habitait toute seule un petit logement, situé au quatrième étage de la maison.

Le bonhomme ajouta : Elle n'est pas riche.

Il croyait avoir trouvé le grand argument pour désarmer les bandits ; mais le commissaire Polonais leva les épaules :

— Si tu n'as pas vu celui que nous cherchons, dit-il, c'est que tu as des yeux pour ne pas voir.

— Tiens ! fit le deuxième Polonais, qui admirait

fort son compatriote et son supérieur, le gaillard parle comme l'Évangile.

— Si tu n'es pas un traître, continua ce magistrat d'aventure, tu es un imbécile. Holà! mets-nous sur le chemin du nid de la donzelle.

— Eh! fit Domenico, on a déjà vu des fauvettes qui cachaient des merles.

— Gomme il est tuchurs gai, monsieur Bolichinelle! grommela l'Allemand.

Le Portugais entendant dire qu'on allait avoir affaire à une dame, ôta son képi pour lisser sa chevelure. Le second Polonais demanda si la citoyenne qu'on allait voir avait de beaux yeux, et, n'obtenant point de réponse, se mit à sacrer, comme un païen; le nègre se frotta les mains, les deux Provençaux entonnèrent un refrain obscène et la bande hurlante s'engouffra dans l'escalier.

Le concierge, dont les vieilles jambes flageolaient à faire pitié, les guidait pourtant et s'arrêta devant une porte; il n'eut pas besoin d'y frapper. Cet effroyable tapage avait suffi pour attirer la locataire. La porte s'ouvrit, et une jeune femme vêtue de grand noir apparut aux yeux des huit coquins.

— Que me voulez-vous? leur demanda-t-elle.

D'abord ils la trouvèrent belle. Cette grande chevelure blonde, ce teint mat, cette souveraine tournure défiant la douleur et la pauvreté leur en imposa pour

7.

un moment; ils cessèrent leurs cris sauvages. Quant à elle, sans pâlir, elle répéta : Que me voulez-vous?

Sa voix résonna comme un timbre d'argent sous le marteau qui le frappe, puis se prolongea en belles ondes vibrantes. L'Allemand murmura :

— Boliginelle nous afoir pien tit que c'édait une faufette !

Mais le commissaire ne se laissa point gagner par l'harmonie et reprit brutalement :

— Vous cachez ici votre frère, Maurice Olivaie ; nous le savons.

— Celui dont vous parlez est bien mon frère, répondit-elle. Mais monsieur d'Olivaie n'est pas à Paris, il n'est même pas en France. Je ne le cache donc point.

— Voilà bien des simagrées, dit le beau Portugais, La citoyenne est une parleuse.

Le nègre grognait et les deux Provençaux demandèrent avec des jurons épouvantables si l'on prétendait les empêcher de visiter le logis.

— Oh ! dit mademoiselle d'Olivaie, nullement, je suis seule et vous êtes dix.

— Elle voit double, fit l'assesseur.

— Entrez et pillez, si cela vous plaît. Seulement n'ayez pas la pensée que vous me faites peur! je suis la fille d'un soldat !

Pour le coup, les vociférations recommencèrent : La fille d'un soldat !

— Eh! citoyenne, dit le commissaire avec une joie féroce, crois-tu que ce soit un titre cela?

— Elle se vante parce que son père était un grand sabre et qu'il a massacré le peuple.

— Elle nous brave!

Le rire de Polichinelle roula comme le tonnerre, puis se changea en un bruit de noix cassées et continua, mêlé de hoquets convulsifs et de grincements de dents.

— Tais-toi donc, valet du diable, lui dit le commissaire à l'oreille. Qui te fait rire, Jocrisse d'Italie?

— Bon! c'est un signal, répliqua Domenico, sur le même ton; je sais bien que cela s'entend dans la rue. Annibal va venir.

Mademoiselle d'Olivaie, quittant le seuil de la porte et laissant l'accès libre à la troupe, alla s'asseoir dans la première pièce et reprit la lecture qui l'occupait au moment où les huit scélérats s'étaient présentés.

Le beau Portugais, qui s'était placé derrière elle, en face d'un miroir, reconnut la nature de ce livre aux fermoirs d'argent en forme de croix : c'était, en effet un livre d'heures ouvert à l'office des morts. Le misérable le lui arracha et le fit voler par la croisée :

— On ne dit point de patenôtres devant nous! cria-t-il. Ah! tu crois ce que disent les prêtres!...

Elle ne se retourna même pas pour regarder le lâche agresseur, mais se croisa les bras, tenant toute droite sa belle tête, chaste et fière, dont le miroir lui renvoyait l'image. Le Portugais, déconcerté par tant de courage, s'éloigna en jurant. Toute la bande s'était jetée dans la chambre voisine et bouleversait les meubles avec un fracas épouvantable. Le commissaire, revint vers la jeune fille :

— Quel est ce lit découvert? lui demanda-t-il.

— C'est le lit d'une morte, répondit mademoiselle d'Olivaie. Peut-être le respecterez-vous !

— On a fu des gonsbiradeurs gachés tans tes lits ! cria l'Allemand.

— Aussi allons-nous chercher non point dans celui-là, mais dans le vôtre, la belle, dit le commissaire. L'Allemand a raison.

La jeune fille rougit et ne répondit pas.

En ce moment le bonhomme de concierge s'approcha d'elle et lui dit tout bas :

— Ils ont pris vos petits bijoux, ma pauvre demoiselle !

— N'importe ! fit-elle, ceux qui me restaient avaient si peu de valeur.

— Le noir s'est emparé de la montre de votre mère.

— De ma mère !...

L'épreuve, cette fois, était trop forte; deux grosses larmes roulèrent sur les joues d'Édith.

— Ont-ils pris aussi, demanda-t-elle, un collier

d'ambre que mon père m'avait rapporté de ses voyages, quand j'étais enfant?...

Les bandits s'alarmèrent sans doute de cette conversation à voix basse. Trois d'entre eux, un des Provençaux, Domenico et le Portugais accoururent et le
dernier s'écria :

— Que disais-tu donc, la belle?

— Je disais, que vous êtes des bêtes fauves...

Des cris de rage lui répondirent ; mais alors une
voix perçante et dure retentit sur le seuil de l'appartement :

— La citoyenne est encore trop peu sévère !
car elle aurait dû dire des bêtes brutes. Holà! vous
voyez bien que personne ne se cache dans ce logis ;
vous l'avez assez bien fouillé. Il serait temps de dé-
guerpir.

Mademoiselle d'Olivaie regarda le nouveau venu.

Cette longue tête osseuse, ce corps maigre, onduleux, menaçant, ces yeux aigres, cette chevelure noire
et drue, cette barbe rousse, laissant rases les joues
creuses et tourmentées, lui causèrent apparemment
plus d'effroi que les hurlements et les menaces des
envahisseurs, car elle tressaillit.

Il parut bien que le comte Annibal avait plein pouvoir sur ces brigands, car le commissaire s'empressa
de répéter l'ordre qu'il venait de donner.

— Eh ! dit ce magistrat pour rire, c'est vrai que nous

avons fait buisson creux. Nous serons plus heureux une autre fois. Maintenant, en route !

Ils poussèrent des grognements furieux, mais ils allaient obéir.

Le comte Annibal semblait se soucier assez peu de leur colère ; il examinait mademoiselle d'Olivaie, et, suivant la direction de son regard, il le vit attaché sur le nègre qui tenait dans sa main le collier d'ambre et la montre.

— Toi, dit-il, rends cela.

Le nègre se mit à rire bruyamment. Annibal s'avança vers lui ; le nègre fit passer son butin dans sa poche et abaissa son fusil.

XIII

Comment arriva-t-il que le comte Amiati ayant fait de côté un bond prodigieux pour échapper à cette démonstration menaçante et saisi l'arme par le canon, le coup partit et que ce fut le Portugais qui tomba? Ce sont apparemment les justices de la Providence qui avait choisi un de ces misérables pour faire un exemple. Annibal n'était pas mûr pour en servir.

La troupe s'envola, s'engouffra de nouveau dans l'escalier, les crosses des fusils battant la muraille, Domenico, le plus épouvanté de tous, en tête des fuyards. Annibal avait terrassé le nègre et lui arrachait la montre et le collier d'ambre. Le beau Portugais gisait sur le plancher; la balle l'avait frappé en pleine poitrine et à bout portant. Le commissaire, resté seul de toute la bande, regardait d'un air stupide le cadavre et la lutte entre les vivants ; le vieux concierge s'était mis à genoux.

Mademoiselle d'Olivaie était retombée sur sa chaise et tenait une de ses mains devant ses yeux pour ne point voir le mort et ce sang qui coulait.

Annibal demeura le plus fort, et remettant debout de sa poigne de fer, le nègre haletant, le jeta hors du logis à son tour ; alors il s'avança vers la jeune fille.

Cette admirable taille et les longs épis de cette chevelure blonde l'occupaient seuls en ce moment ; une contraction agita sa face osseuse, et ses yeux violents étincelèrent. Il avait eu le temps, quelques minutes auparavant, du seuil de la porte, d'observer la beauté de la sœur de Maurice ; l'horrible scène qui devait suivre n'avait point détourné le cours de sa pensée.

Ce n'était pas un meurtre involontaire qui pouvait troubler le comte Annibal.

— Mademoiselle, dit-il, je suis heureux de vous rendre ces bijoux auxquels vous paraissez tenir.

— Oh ! murmura-t-elle, heureux !... A quel prix !

Cependant, à la voix perçante d'Annibal, le commissaire polonais, subitement réveillé comme par le son d'un cor, s'écria : Le diable s'en est mêlé. Voilà une vilaine affaire.

— Mademoiselle, reprit le comte, qui ne se souciait ni du commissaire ni du diable...

Mais il ne put achever. La main de mademoiselle

d'Olivaie s'agitait comme pour supplier qu'avant tout
on écartât le cadavre.

— Toi, dit Annibal au Polonais, enlève cela. Le
bonhomme de concierge te prêtera de l'aide. Va, ne me
fais point cette figure effarouchée. Pour un bandit de
moins, faut-il que nous nous mettions en peine ?

— Eh ! riposta le Polonais, obéissant et traînant,
avec le secours du concierge, le mort sur le palier, je
vous prie de songer aux suites, comte Annibal. Encore
au premier moment, les choses se sont-elles assez
bien passées, ils ont détalé ; mais ils auraient aussi
bien pu tourner tous ensemble leurs fusils contre vous
et la citoyenne.

— Tais-toi, dit Annibal. Veux-tu donc achever
d'épouvanter mademoiselle ? Tu as vu avec quelle fermeté elle vous répondait tout à l'heure ; mais aux
plus fiers courages il y a des bornes. Quant aux suites
de cet accident...

Il allait dire qu'il en répondait ; mais son regard
ayant embrassé de nouveau le col et la chevelure de
mademoiselle d'Olivaie, ce complément d'examen lui
communiqua sans doute de nouvelles lumières sur
le langage qu'il devait tenir, car aussitôt il se ravisa.

— Le premier soin à prendre, reprit-il à demi-voix
comme s'il se parlait à lui-même, c'est de faire sortir
d'ici cette jeune fille. Ces brigands reviendront ; ils
connaissent le chemin.

En même temps, il s'engageait rapidement dans la chambre voisine ; il y prit un tapis au pied du lit, revint, et l'étendit sur la flaque de sang qui rougissait le parquet.

— Mademoiselle, dit-il alors, vous pouvez maintenant vous découvrir le visage ; et, en vérité, il est utile que vous daigniez m'écouter un moment.

— Qui donc êtes-vous ? fit Édith. Vous aviez une autorité sur ces malheureux qui m'insultaient si lâchement...

— Oui, dit-il avec une chaleur admirablement jouée, des malheureux et des lâches !

— On aurait pu croire même qu'ils n'étaient venus qu'envoyés par vous... Cependant...

— Cependant je les avais suivis pour vous défendre. J'ai certainement quelque pouvoir, mais comme il est très-mal défini, je ne peux aisément vous le faire connaître. Quant à mon nom, cela est différent, je ne le cache point : je suis le comte Amiati.

Il la regardait toujours fixement, impatient de savoir si ce nom était arrivé avec celui de madame de Nertia jusqu'à la sœur de Maurice. Un moment, il dut le croire, car la jeune fille tressaillit, et ferma les yeux.

— Ah ! murmura-t-elle, vous êtes Italien ?

Le comte Annibal, en dépit de sa perspicacité diabolique, ne pouvait deviner ce que renfermaient ces quatre mots. Mademoiselle d'Olivaie avait d'autres raisons que ses allures menaçantes et que son visage sinistre pour ne point prendre de confiance en un Italien.

Annibal ne pouvait voir ce qu'elle voyait alors : là-bas, à Mirey, sur le mont verdoyant, sous les sapins de Haute-Fontaine, le comte Luigi s'éloignant après la douce journée passée à la ferme ; — le comte Luigi recevant d'elle cet adieu qui semblait le rendre si heureux et si fier : — A demain ; soyez content, je vous aime !

Voilà ce qu'elle avait dit à un homme ! Et cet homme, avide de la tromper, menteur et lâche, avait emporté le trésor de cet aveu ! Il n'attendait que ce moment pour se jouer de son amour et de son orgueil, pour lui briser et lui courber le front. Jamais on ne l'avait revu.

Cependant mademoiselle d'Olivaie luttait contre ces douloureux souvenirs et réussissant enfin à se vaincre, elle dit au comte Annibal : Quel crime avait commis celui que vous cherchez? Pourquoi voulait-on arrêter M. d'Olivaie, mon frère? il est en Amérique depuis un an, et sûrement, vous ne le connaissez pas.

Annibal fit un signe négatif ; ses alarmes se dissipaient ; heureux de voir qu'on ne le connaissait pas lui-même, il eut un féroce sourire des yeux.

— Pourquoi l'on voulait arrêter votre frère? dit-il, je ne sais... Une dénonciation peut-être... Toutes les tyrannies font foisonner les délateurs... Race de vipères... Nous avons maintenant la pire tyrannie de toutes.

— Ne l'accusez pas, vous la servez.

— Je la conduis où il me plaît, fit Annibal, en secouant la tête ; et sa longue mâchoire de fer se mit à grincer convulsivement. Si vous voulez connaître la vérité sur ma présence chez vous, mademoiselle, je vais vous la dire. Je soupçonne que les ennemis de votre frère ne me sont pas inconnus, j'ai donc voulu suivre cette affaire. Si ces bandits avaient trouvé M. d'Olivaie, soyez sûr que je l'aurais défendu.

Sa voix, en ce moment le trahit ; le cor résonna si faux qu'un nouveau frémissement vint agiter Édith.

— Cette assurance est inutile, fit-elle, en le regardant fixement. Je ne vous crois pas.

Annibal demeura court ; se voyant pénétré, il n'en éprouva point de colère ; il y eut même comme un apaisement sur cette physionomie sauvage, quelque chose comme les attendrissements des tigres amoureux. Il se disait qu'il n'avait jamais rien vu de plus brave et de plus fier, jamais rien de plus enivrant que cette admirable fille.

— Je suis donc bien malheureux, mademoiselle, reprit-il, puisque vous soupçonnez dans tout ce que je vous dis la fraude et le mensonge, et il est sans doute inutile que je me mette à vos ordres, car vous n'ac-

cepteriez point mes services. Je conviens que je me
suis présenté à vous dans des circonstances qui devaient trop aisément vous porter à me méconnaître...

— Dites à vous connaître ! Je vous en prie, ne jouons
pas sur les mots.

Le comte Annibal se tut encore un moment. Ce
n'était point que le mépris de mademoiselle d'Olivaie
l'eût accablé. Il éprouvait une sensation bien différente et un sourire vague courut sur ses lèvres dé-
charnées. On eût dit qu'il savourait les coups dont le
frappait cette main pure ; son admiration envers
l'étrange fille croissait justement parce qu'elle le bra-
vait.

— Vous êtes impitoyable comme les anges, mademoiselle, dit-il d'une voix tout à fait nouvelle, qui
trouva des inflexions, presque de la douceur ; vous
me ferez regretter de m'être engagé au milieu de
ces brigands qui nous gouvernent, dans cette misérable bagarre, puisque je me vois si noir à vos yeux.
Des raisons puissantes m'y avaient conduit, votre
mépris m'en détournera peut-être.

— Dieu et les gens de bien me sauront gré de cette
conversion, dit ironiquement l'intraitable Édith.

— Au moins, si vous dédaignez mes services, ne
repoussez pas mon conseil...

— Je le connais votre conseil, répliqua la jeune
fille. C'est de ne pas demeurer ici. Je n'en sortirai

pourtant point, monsieur. Ma mère y est morte.

— C'est de ne point défier la méchanceté de ceux qui vous menaçaient, quand j'ai eu l'honneur et la joie de vous arracher de leurs mains ; car voilà l'unique raison de la méfiance que je vous inspire. Je pourrais bien la trouver injuste !

— Pensez-vous que ce soit la seule raison?

— On doit beaucoup souffrir d'une femme telle que vous, dit-il, sans s'apercevoir qu'il répondait de façon à fortifier toutes les répugnances d'Édith. Rien ne me découragera de vous servir. J'avais eu d'abord la pensée de vous offrir un asile chez des personnes honnêtes et sûres ; mais il faut bien que j'y renonce.

... Chez la baronne Imbert peut-être !... Eh ! vraiment, il y avait songé. Ç'eût été une piquante rencontre que celle de mademoiselle d'Olivaie et de l'ancienne madame de Nertia...

Mais le comte Annibal avait déjà changé de visées.

— Ainsi vous renoncez à m'offrir cet asile, reprit la jeune fille. C'est une retenue dont je vous sais gré. J'ajoute que je ne crains rien ni de ces bandits dont vous me menacez, en ayant l'air de vouloir m'en défendre, ni de leurs inspirateurs et de leurs maîtres. Je suis seule au monde, mais j'ai du courage et je ne tiens pas à la vie.

— C'est que Dieu n'est pas juste et n'a pas encore su vous la rendre belle, dit le comte Annibal, en s'inclinant profondément ; mais peut-être a-t-il voulu confier à un simple mortel le soin de la conserver.

« Simple mortel » n'était point de médiocre style et la révérence était noble. Le comte Annibal retrouvait en parlant à mademoiselle d'Olivaie, les façons des seigneurs de Castel-Rosso dont il descendait et qu'il oubliait quelquefois lorsqu'il s'adressait à la baronne Imbert.

Et il se retirait sous un charme autrement fort, en proie à des mouvements autrement vifs que n'en avait jamais éveillés en lui Marguerite.

XIV

A Dijon aussi le temps courait.

— ... Luigi ! dit par l'entre-bâillement d'une porte, sur le passage du jeune homme, une voix féminine naturellement un peu forte, mais qui se faisait si douce...

— Luigi, vous étiez donc sorti de grand matin ?

Depuis le rétablissement du garibaldien, madame d'Escarlat avait pris un appartement à l'étage inférieur, de l'hôtel. L'hôte disait en souriant : « La décence est sauve ! »

Il tenait fort à la décence. Aussi passait-il pour un hôte du vieux temps.

C'était le même jour précisément où mademoiselle d'Olivaie, désormais seule au monde, se trouvait exposée dans son petit logis du faubourg Saint-Germain aux violences des brigands cosmopolites et aux entreprises d'Annibal Amiati, suscité par l'ironie de sa destinée pour la défendre. Le comte Luigi accourait du bureau de poste. Et il n'avait pas eu médiocrement de peine à tromper pour s'y rendre la surveillance inquiète de celle qui se croyait et se disait son unique amie désormais. Il avait des lettres de Mirey à son tour.

Il les relut, dès qu'il se trouva seul chez lui, ces lettres cruelles qu'il avait déjà lues sur le chemin. Il y en avait une du meunier Langebaud; il la froissa et la jeta loin de lui :

— Pourquoi avais-je écrit? dit-il. Que m'importe cette affreuse réponse? Ruinée, dépouillée, cachée dans l'immensité de Paris ou vivant à Mirey, Édith n'est-elle pas perdue pour moi? Je prends plaisir à creuser ma plaie, celle qui n'a point répandu de sang, celle qu'on ne voit pas, celle qu'une autre main n'a point pansée et ne peut se vanter d'avoir guérie...

Quiconque l'aurait entendu n'aurait pas manqué de juger d'après ces derniers mots que la main d'Isabelle d'Escarlat n'était pas modeste...

Cette main, qui n'avait jamais été une menotte, autrefois hâlée par le grand air et la chasse : — sans parler de la guerre — était redevenue fort blanche depuis qu'elle recherchait le baiser du comte Luigi, au lieu des baisers du soleil et des morsures de la bise. Elle était toute chargée de bagues parmi lesquelles on en pouvait remarquer une fort grosse, un épais cercle d'or portant une pierre gravée aux armes des Amiati.

Trois étoiles et pour devise : *Speranza*.

La veuve secouait toute cette orfévrerie, sa main blanche passait devant les yeux du jeune homme, au milieu du scintillement de l'or et de l'éclair des pierreries. Quelquefois, le geste ne lui paraissant pas assez éloquent, elle y ajoutait la parole :

—C'est elle qui vous a soigné, Luigi, c'est à elle que vous devez la vie, monsieur le comte.

Puis la veuve le regardait fixement, car elle était armée d'un terrible secret contre lui, et toujours combattue, à son sujet, par la même angoisse jalouse :

— Luigi, à qui pensez-vous quand vous êtes près de moi?

Puis elle se rassurait en se disant qu'il pouvait bien penser à Édith.

Elle tenait le secret; elle connaissait l'abîme qui séparait Maxime Imbert de mademoiselle d'Olivaie; elle savait pourquoi Luigi s'était enfui si subitement de Mirey l'année précédente... C'est qu'alors il avait fait une horrible découverte.

Et maintenant, s'il n'était pas toujours le maître de ses souvenirs, devait-elle s'en émouvoir? Elle se croyait sûre au moins qu'il ne rechercherait jamais à revoir Édith.

C'est un cruel tyran que la passion. Qui le sentait mieux que la veuve? Pourtant il n'y a guère d'hommes

assez passionnés pour vouloir aimer la sœur du meurtrier de leur mère.

Il est vrai qu'on n'aime pas qui l'on veut, ni quand
on veut.

Quand elle avait fait toutes ces réflexions sans quitter du regard celui qu'elle nommait : — Mon beau
ressuscité, elle l'étourdissait aussitôt après d'un débor-
dement de paroles et d'un ouragan de caresses, recommençant pour la cinquantième fois le récit de la fameuse journée... Ah ! cette journée qui lui avait coûté
tant d'alarmes, lorsque le comte Annibal était des-
cendu dans l'hôtel, accompagnant la baronne Imbert
et sa fille... Elle voulait relire avec Luigi la lettre d'O-
livia.

— Votre première maîtresse, disait-elle en baissant
les yeux.

Elle savait bien le contraire, et c'est ce qui la charmait et la persuadait de son pouvoir.

Cette lettre d'Olivia lui avait servi d'abord à faire voir
à *son* blessé qu'elle ne connaissait que le comte Luigi
Amiati. Quand il avait recouvré la raison, après le terrible accès de fièvre et le délire qui devait, sans qu'il
le sût, le mettre à la merci de cette femme, elle l'avait
appelé de ce nom : comte Amiati.

Et cette fois, *il s'était reconnu.*

— Luigi, disait-elle, je ne serais pas femme si je n'a-
vais pas visité le portefeuille d'ivoire.

Il souriait.

— Luigi, puisque j'avais ce méchant billet de votre Olivia, je savais que votre oncle Annibal en voulait au palais de Bergame et à vos tableaux, c'est-à-dire à votre personne.

— Il répétait : Mon oncle Annibal !...

— Luigi, il vous aurait tué, comme il a tué la pauvre servante.

Il ne souriait plus ; elle ne l'entendait point redire un nom tout bas. Il se parlait à lui-même sans remuer les lèvres : Carlotta !

— Luigi, j'aurais voulu que vous vissiez cette belle jeune fille que votre vilain oncle Annibal épousera de gré ou de force, mademoiselle Marguerite Imbert.

— Il ne l'épousera pas !

— Hélas ! qui la défendrait ? Sur qui comptez-vous donc pour punir Annibal et lui arracher cette mignonne proie ? La pauvre fille ! On dit qu'elle est orpheline. Ni père, ni frère...

— Son frère est mort, en effet. Vous me l'avez dit.

— Ni frère, ni parents. Rien que cette mère.

— Une mère abominable, vous me l'avez dit encore.

— ... Qui est la complice de cet homme. Qui voulez-vous, Luigi, qui sauve cet ange opprimé ?

— J'ai été moi-même bien près de la mort ; je me suis accoutumé à en appeler à Dieu.

La veuve de Sainte-Anne n'insistait plus; elle admirait cette fermeté d'âme que le visage du jeune homme
toujours si beau, mais encore si pâle ne démentait jamais. Elle pensait qu'il devait avoir formé des résolutions terribles et achevait de s'enivrer auprès de lui
en se disant que, tôt ou tard, il prendrait assez de confiance en elle pour l'y associer; mais elle ne voulait
qu'être aimée à cette heure.

Quand elle le posséderait sans retour, elle aurait le
loisir de lui arracher son secret.

Tout avait conspiré pour son bonheur et pour sa
victoire; longtemps, elle avait vu venir avec épouvante
l'instant où il aurait retrouvé ses forces. Alors s'il lui
disait qu'un devoir l'appelait, s'il parlait de s'éloigner,
que lui répondre? Elle l'avait entendu dans son délire
invoquer un serment fait à son père.

Aucune prière ne pourrait donc le retenir.

Mais Paris s'était de nouveau fermé devant les soldats de France, comme naguère devant les Allemands.
Les alarmes d'Isabelle d'Escarlat s'envolèrent. Tristes
oiseaux de nuit aux lourdes ailes! Ce fut une seconde
épreuve pour la patrie; l'ancienne colonelle n'avait
plus la liberté d'être patriote; elle n'était plus qu'a-
moureuse.

En apprenant cette nouvelle funeste, le comte Luigi,
pour la première fois, eut une défaillance. Il laissa
tomber sur l'épaule de la veuve sa tête fière et char-

8,

mante, accablée par ce dernier coup du destin. Elle
reçut avec de célestes délices ce jeune cœur brisé.
L'anneau des Amiati que déjà elle portait au doigt,
lui avait bien dit d'espérer : *Speranza!* La belle devise!
— Je tiens mon héros désarmé, pensa-t-elle.

Ce qui augmentait sa joie, c'était la pensée qu'Édith
d'Olivaie ne se trouvait pas moins sûrement enfermée
dans Paris que la baronne Imbert et sa fille. Le comte
Annibal Amiati n'était point de ceux qui fuient les
troubles, mais se hâtent plutôt de s'y mêler, car ils y
doivent rencontrer des profits et de bonnes aventures:
la guerre civile assurait son repos à elle. Que le monde
entier se déchirât, pourvu qu'elle berçât en paix un
jeune demi-dieu endolori! L'égoïsme féminin est sans
scrupules et sans bornes.

Quant aux dames d'Olivaie, la détresse les rendait
encore plus étroitement prisonnières, à moins que le
baron d'Arvert n'eût auparavant trouvé leurs traces.
Or elle avait de bonnes raisons de croire qu'il n'en
était rien.

Mais elle redoutait donc encore Édith, malgré les révélations du délire de Luigi, en dépit du crime de
Maurice, malgré *l'abîme?* Quand elle s'efforçait de
croire que le jeune homme ne souhaitait pas de revoir Édith, elle cherchait donc à se tromper?

Il n'y a point de paix parfaite quand on aime. Jamais le nom de mademoiselle d'Olivaie n'avait été pro-

noncé entre eux; mais la veuve se souvenait de la
vision qui naguère assiégeait sans cesse la fièvre de
Luigi : Édith! toujours Édith! rien qu'Édith!

L'image alors avait tant de force. — Ai-je brisé le
miroir? se demandait-elle, ai-je détruit le charme?
Ah! comme elle le possédait! Qui me dit que s'il la
revoyait à présent, l'orgueilleuse fille, il ne serait pas
criminel et lâche?...

Et la preuve qu'Isabelle d'Escarlat avait encore bien
des craintes, c'est que cette question poignante qu'elle
s'adressait à elle-même, jamais elle n'avait osé la faire
à Luigi. Cent fois elle l'avait eue au bord des lèvres.
Il paraissait pourtant assez naturel qu'elle demandât
au jeune homme : Pensez-vous encore à mademoiselle
d'Olivaie?

Le courage lui manquait; elle se contentait de dire :
Luigi, à qui pensez-vous quand vous êtes près de
moi?

...Non, elle n'avait point triomphé de la possession,
elle n'avait pas chassé le fier et chaste démon, elle
n'avait pas brisé le miroir. Le plus souvent, il arrivait
que l'image y retrouvait toute sa puissance; qu'assis
aux côtés de la veuve, les mains unies aux siennes, et
tout enveloppé de cette robuste et active tendresse, ce
n'était pas elle pourtant que le jeune homme voyait.
Elle s'apercevait bien qu'il était noyé dans ses rêves,
et le réveillait en lui disant : C'est moi, c'est votre

Isabelle qui vous parle, c'est votre sœur de charité, votre tendre et fidèle amie.

Il sortait brusquement de la sombre nuit du passé, regardait la veuve et se disait : Pourquoi suis-je au pouvoir de cette femme ?

Pourquoi lui qui se sentait désormais si fort contre la douleur et l'épreuve, si implacablement armé pour la terrible bataille de la vie, quand l'heure de combattre aurait de nouveau sonné, pourquoi avait-il été si faible contre Isabelle d'Escarlat ?

Voilà ce qu'il aurait pu demander à sa jeunesse, à ses vingt ans et à la nature, à l'isolement de son cœur, à son désespoir et à son épouvante, au sortir de ce lit où il avait lutté deux mois entiers contre la mort.

— Je suis le pauvre oiseau battu par le froid et la faim qui est entré par la croisée, se disait-il. On le recueille, on le met en cage, et d'abord il se prête aux caresses de ses geôliers.

Mais quand l'oiseau est rechauffé, adieu la reconnaissance ; il ne songe plus qu'à sa liberté perdue...

XV

Vers la fin du mois d'avril, Luigi s'était caché pour écrire à Mirey. Il avait la réponse de Langebaud, qu'il venait de jeter loin de lui, et regrettait d'avoir écrit. En quelque lieu du monde qu'Édith et sa mère se fussent réfugiées, il ne devait plus essayer de les y joindre, il ne devait penser qu'à Marguerite.

Mais il y avait, dans cette réponse du meunier de la montagne, dans ce pauvre pli froissé une puissance de fascination, une magie du désespoir et de l'amour qui l'y fit retourner encore une fois ; il reprit la lettre.

Il l'avait lue plusieurs fois déjà, n'y cherchant qu'un nom. Voilà qu'un autre nom vint lui frapper les yeux : celui du baron d'Arvert.

Le meunier racontait que le commandant ayant essayé d'abord d'entrer dans Paris pour y retrouver les traces de madame et de mademoiselle d'Olivaie, la veuve et la fille de son ancien compagnon d'armes, et n'ayant pu y réussir, était ensuite venu à Mirey.

La mémoire de Luigi se réveilla : il se souvint de ce que lui avait dit M. d'Arvert penché sur sa fièvre, quand il était lui-même privé de la voix, pour répondre.

Le vieil officier lui avait parlé d'Édith.

En ce moment, il entendit un grand coup frappé contre le plancher de sa chambre : c'était madame d'Escarlat dont l'appartement se trouvait situé au-dessous du sien et qui l'appelait.

Cette fois il n'eut pas de révolte intérieure, et ne la traita pas de tyran ; il recevait un ordre, mais il avait une question à poser en retour : il descendit précipitamment.

Isabelle d'Escarlat était sous les armes. Comme il faisait au dehors un clair soleil, elle avait voulu se mettre en harmonie avec le printemps. Ce fut du moins ce qu'elle dit au comte Luigi, en se montrant à lui dans une robe blanche, ornée de broderies, enrichie de flots de dentelle. La vérité, c'était plutôt que cette parure lui semblait avec raison plus éloignée que d'autres de ses anciennes habitudes masculines du châtelet de Sainte-Anne, et de son fameux habit d'amazone. Jamais elle ne s'était retrouvée si entièrement femme.

— Regardez-moi bien, Luigi.

Elle était vraiment devenue fort bonne à voir. Son embonpoint s'était légèrement effacé, d'abord grâce à ses longues veilles auprès du malade, puis aux alternatives d'espoir et de tourment qu'elle venait de traverser, grâce enfin à l'excès même du bonheur présent qui entretenait en elle le feu des nerfs et une si douce fièvre. Elle adorait son mal et n'avait pas tort, car il lui seyait bien. Ses yeux d'or avaient trouvé comme des scintillements humides.

Deux étoiles attendries.

Elle prit la main du jeune homme et le fit asseoir près d'elle sur un sofa. Il se trouva enveloppé de ces plis éblouissants de batiste et de dentelle :

— Luigi, reprit-elle en riant, cette grande robe, c'est pour vous plaire ; mais je n'en ai point l'habitude, il me semble que je suis noyée dans ces vagues blanches. Et puis vous allez dire que je suis folle ; mais j'ai pensé qu'elles devraient vous rappeler...

Elle s'arrêta :

— Que doivent-elles me rappeler ? demanda-t-il d'un ton sec et irrité qu'elle ne remarqua point.

— La neige où vous étiez tombé, dit-elle, ce lit glacé où j'ai reconnu, pauvre ami, mon beau sauvage de Mirey !...

— Ah ! oui, répéta-t-il, Mirey.

Jamais ils n'avaient parlé non plus de leurs pre-

mières rencontres de l'année passée, car ils sentaient
bien l'un et l'autre que la figure d'Édith d'Olivaie viendrait se placer à l'instant entre eux et que tous les
mots seraient brûlants. Cette fois la veuve venait de
pécher par trop de promptitude; ce n'était nullement
une épreuve qu'elle avait voulu risquer.

La faute était commise; elle ne voulut pas reculer
lâchement. Et puis, le désir lui venait de tenter l'aventure. Ne s'accusait-elle pas elle-même de n'avoir jamais su résister à un désir?

Elle s'agita vivement sous ces grands plis imma-
culés qui n'étaient pas précisément l'image de son
cœur et de sa vie :

— En ce temps-là, Luigi, dit-elle, comme vous me
haïssiez !

Cela c'était bien pis que tenter l'aventure, c'était
vraiment tenter le diable. La veuve aurait médité
longuement le meilleur moyen de se perdre dans l'esprit du jeune homme qu'elle n'aurait rien trouvé de
comparable à cette imprudente fantaisie. Le comte
Luigi ne fit pourtant que pâlir très-légèrement; il
avait accoutumé son visage à demeurer impassible.

Mais il se souvint de ce qu'il s'était toujours efforcé
d'oublier afin d'excuser sa faiblesse à ses propres yeux.
Sa mémoire se réveillait impérieuse, impitoyable.

Qui avait été l'artisan de son désespoir à Mirey?
Qui avait amené la découverte funeste des véritables

causes de la mort de Maurice? Qui ne lui avait laissé
d'autre ressource que de tuer Édith en l'éclairant à
son tour ou de paraître la trahir et de prendre lâchement la fuite? Sans la châtelaine de Sainte-Anne, il
n'aurait pas interrogé mademoiselle d'Olivaie sous les
hauts sapins, il n'aurait peut-être jamais connu l'horreur de sa situation auprès de la jeune fille, il aurait
continué de l'aimer sans remords, sans trouble, il
aurait trompé sa destinée.

Tout ce qui était arrivé était l'œuvre d'Isabelle d'Escarlat. Et maintenant, il se voyait aux mains de cette
femme ; c'était elle qui lui disait :

— Vous me haïssiez en ce temps-là.

Sa pensée était assez claire : elle ne doutait point
qu'un grand amour n'eût remplacé cette grande
haine. Elle avait plus d'une raison de le croire. D'a-
bord, il lui en avait donné le droit ou le lui avait
laissé prendre ; il vit bien que les femmes sont insa-
tiables. Il ne leur suffirait point de mettre leurs lèvres
au bord de la coupe ; elles veulent le fond du verre.
La veuve aux yeux d'or ajouta :

— Maintenant, Luigi, ce n'est plus de même...
Pourtant, ce n'est guère facile de vous faire dire, la,
bien doucement, — bien fort aussi, — que vous m'aimez !

Le jeune homme ne répondit pas.

— Il me semble malgré tout... que je vous suis plus

II.   9

chère qu'Olivia... Ai-je tort de le croire? Dites-le !...
Mais qu'avez-vous, ce matin, Luigi?... Parlez donc !
Je veux absolument que vous me disiez si vous me
préférez à cette Olivia...

Comme elle avait jeté les bras autour du cou de
Luigi, ses yeux plongeaient dans ces beaux yeux noirs,
« les portes de l'enfer. »

« C'est par là que je suis entrée dans ton cœur, écri-
vait la courtisane de Bergame au jeune comte Amiati ;
j'y ai rencontré autant de tourments que de plaisir. »

La veuve de Sainte-Anne aurait pu en dire autant :

— Olivia ! Je vous parle d'Olivia ! s'écria-t-elle. Répondez ! dites laquelle vous avez le mieux aimée ?
Elle ou moi ?...

— Olivia ? répéta Luigi ; je ne sais ce que vous voulez dire...

— Eh bien ! fit-elle en le regardant jusqu'au fond de
l'âme, de quel pays des songes revenez-vous donc ?
Vous vous oubliez vous-même, comte Luigi Amiati.
On dirait que je vous parle d'un autre que vous !... Ce
que je veux dire avec Olivia ?... Ne vous souvenez-
vous plus de votre première maîtresse ?... Mais non,
cela n'est pas possible, puisque hier encore nous reli-
sions sa lettre ensemble.

— Je n'ai rien oublié, dit-il. Seulement ma mémoire...

— ... S'en allait ailleurs, interrompit la veuve avec un éclat de rire forcé.

Elle aurait bien fait d'empêcher ce dangereux voyage.

— Je ne sais pas pourquoi vous me parlez sans cesse de cette fille..., reprit le jeune homme.

— Une bonne fille, Luigi, car elle vous offre de vous rendre vos présents. C'est un désintéressement bien rare.

— Une bonne fille, cela est vrai. Cependant la lettre de *mon* vieux Beppo vous a dit ce qu'il faut vraiment penser d'elle.

— Ingrat! fit ironiquement la veuve... Mais vous avez raison, il y a la lettre de Beppo.

— Je n'ai donc guère de peine à vous préférer à Olivia.

Elle continua de le regarder un moment encore, luttant contre la tentation de lui faire voir enfin qu'elle tenait le secret; maudissant cette singulière force d'âme que rien ne pouvait démentir, et ce beau visage impénétrable que rien n'altérait. Luigi venait pourtant d'avoir une distraction assez périlleuse :

— O mon beau masque, murmura-t-elle, prenez garde à ces absences !

Elle aurait pu profiter de celle-ci, mais il n'était pas encore temps.

Ce masque si solidement attaché du comte Luigi

Amiati, elle se promettait bien de l'arracher un jour
à Maxime Imbert; il lui semblait qu'elle y trouverait
de nouveaux enchantements; ce serait une seconde
prise de possession de celui qu'elle aimait. Elle se dit
aussi, — et un sourire lui vint aux lèvres, — que jamais
on n'avait vu peut-être une femme dans une situation
si singulière que la sienne : dans un seul amant, elle
en avait deux. Ils étaient adorés l'un et l'autre : le
comte Amiati, des seigneurs de Castel-Rosso, éveillait
en elle plus d'orgueil; Maxime Imbert, poursuivi par
la destinée, plus de pitié brûlante et de tendresse.
Parfois le masque et le visage la remplissaient également tous les deux d'une superstition romanesque et
d'une peur délicieuse ; elle aimait deux morts!

— Oh! je vous crois, dit-elle.

Une folle envie lui venait d'avoir *une absence* à son
tour.

Par exemple, elle aurait pu dire : Je vous crois,
Maxime...

Non, non, ce n'était pas l'heure!

— Vous me montrez du moins bien plus de confiance que vous n'en aviez dans cette Olivia, puisque
vous avez voulu qu'elle vous supposât toujours pauvre... Quant à moi, vous m'avez dit que vous étiez
presque riche.

Confidence forcée. Il n'avait pas été maître de lui
cacher l'existence des trois titres de rente, puisqu'elle

les avait trouvés dans la chemise rouge sur le champ de bataille.

— Je vous ai même dit, répliqua-t-il froidement, en se levant pour échapper au flot de dentelles qui le tenait prisonnier sur le sofa, — que la moitié de cet argent sauvé par vous et par le commandant d'Arvert était un dépôt. Aussi je vous garderai à tous deux une éternelle reconnaissance.

— La reconnaissance n'est point l'amour.

La veuve apparemment le pensa. Cette réponse ne lui plaisait guère. Un dépôt ! Elle le savait bien que ces cinq cent mille francs étaient un dépôt et, pour moitié, au moins, la fortune de Marguerite. Mais il lui parut disgracieux de se voir rangée au même plan que M. d'Arvert, dans la gratitude de Luigi.

Cette fois, la tentation était trop forte, car le dépit l'échauffait :

— Quel dommage ! dit-elle d'une voix qu'elle s'efforçait de rendre indifférente... oh ! oui, quel dommage !... mais la pensée qui me vient est encore si folle... Je ne voudrais pas vous la dire,..

— Comme il vous plaira. En revanche, j'ai, moi, quelque chose d'assez sérieux à vous demander.

— Je me disais, reprit la veuve, que si cette pauvre petite, cette mignonne Marguerite Imbert dont nous ne parlons pas assez souvent, avait la moitié de ces cinq cent mille francs, Luigi...

Il ne la regarda pas, il avait confiance en son masque, mais pas à ce point. Il se disait : Aurais-je rêvé
près d'elle ?

— Elle serait la maîtresse de son sort, continua
la veuve, elle pourrait se dérober à votre méchant
oncle.

Isabelle d'Escarlat ne se doutait guère qu'en ce
moment elle prononçait son arrêt.

— Justement, répliqua Luigi, je désespère de retrouver la personne à qui ce dépôt appartient. Pourquoi n'enrichirais-je pas alors cette jeune fille ? Je
jouerais au près d'elle le rôle de Providence...

— C'est toujours un si beau rôle !

— Mais, reprit Luigi, ne vous avais-je pas dit que
je voulais vous adresser une question ?... Vous avez
sans doute des nouvelles du baron d'Arvert ?

— Je ne sais, répondit-elle d'un air de suprême in-
différence. Je crois qu'il a repris du service... Il est
encore devant Paris assiégé.

— Là où je devrais être, murmura Luigi.

— Luigi, s'écria la veuve, m'aimez-vous enfin ?...
M'aimez-vous ?

— Certes, répondit-il.

— Le comte Luigi Amiati a trompé Olivia, se disait-il, Maxime Imbert a trompé Édith. Tromper,
c'est ma double destinée ! Il faut que j'échappe à cette
femme.

XVI

En quittant mademoiselle d'Olivaie et la maison témoin de la scène hideuse et sanglante dont il avait été
l'artisan et qu'il n'avait pu dénouer tout à fait au gré
de ses désirs et de ses nouvelles convoitises, le comte
Annibal gagna d'un pas rapide la voûte qui donne
accès au passage du côté de la rue du Bac.

Là, il ne parut point surpris de trouver plantés à
droite et à gauche du portail, tous deux enfoncés dans
le mur comme deux saints grimaçants dans leurs ni-
ches, — quels saints ! — le commissaire polonais et
Domenico qui le guettaient.

Le premier lui dit quelques mots à l'oreille, et lui
fit de nouveau part de ses craintes ; mais Annibal ne
l'écouta point, et s'adressant à Domenico :

— Va, lui dit-il. Tu feras connaître à la baronne Im-

bert notre belle campagne ; c'est elle qui l'avait inspirée.

— Bon ! grommela le commissaire, je ne m'étonne
plus de la tournure que les choses ont prises, si c'était
une idée de femme !

— Tu lui diras, reprit le comte, que Maurice d'Olivaie
n'existe que dans ses rêves et que c'est un peu moins
qu'une ombre.

Ah ! si madame de Nertia avait été sûre qu'il disait
vrai !

Domenico obéit à l'instant. M. Polichinelle dévora d'abord le chemin. Les rues étaient à peu près
désertes, les boutiques closes. De loin en loin, il rencontrait une patrouille avinée en train, sans doute,
d'accomplir quelque expédition semblable à celle d'où
il revenait lui-même. Bien qu'il portât la ceinture
rouge, signe de ralliement fraternel, il se méfiait de
ces rencontres et prenait la traverse quand il pouvait ou bien s'arrêtait en observation sous l'auvent
d'une porte; ses grandes jambes tremblantes dessi-
naient l'accent circonflexe et il laissait passer la justice du peuple.

Tant de circuits le conduisirent à la hauteur du
Pont-Neuf qu'il traversa sans encombre, puis il s'engagea dans le labyrinthe des Halles et des ruelles
voisines, et arriva sur une place ronde que décore un
roi de bronze à cheval, sérieusement menacé d'être

renversé de sa monture, et de se voir converti en pièces de deux sous : encore la justice du peuple !

Enfin, il longea le haut mur d'une église ; il se trouvait dans la rue ci-devant Notre-Dame-des-Victoires, et s'arrêta au pied d'une ancienne maison qui devait avoir été la demeure d'un financier du temps jadis, un roi aussi en son genre. Elle avait encore une espèce de grande mine, mais bien enfumée.

Le rez-de-chaussée se trouvait presque enfoui par les exhaussements du sol, les balcons du premier étage dominaient à peine de quelques pieds le niveau de la rue ; si bien que Domenico put entendre au-dessus de sa tête un flou de jupes qui s'envolaient, un bruit d'ailes ; levant les yeux, il eut encore le temps d'apercevoir une forme légère qui s'enfuyait de la croisée.

— Diavolo ! s'écria M. Polichinelle, depuis l'accident arrivé à la pauvre Carlotta, la petite signora ne m'aime guère. Que serait-ce donc si la vilaine méchante femme de Dijon avait réussi à lui parler ?

M. Polichinelle ne savait pas combien le bonheur avait embelli la veuve de Sainte-Anne, qu'il désignait par cette épithète mal sonnante de « vilaine méchante femme » ; il commettait une injustice. M. Polichinelle avait une grosse rancune contre la veuve pour la façon leste et délurée dont elle lui avait dérobé les bonbons roses. Cependant il sourit. Après réflexion, il l'excusait, car il avait aussi le souvenir du billet de mille francs.

C'était bien mademoiselle Imbert qu'il venait de mettre en fuite. Elle se tenait à cette croisée depuis le matin, regardant vaguement passer des gens armés, écoutant d'une oreille distraite le bruit lointain du canon et considérant le grand mur aveugle de l'église. Comme elle était toujours demeurée fort pieuse, elle eût aimé à entrer dans le sanctuaire pour y tromper son ennui et adoucir son angoisse. La prière est un exercice et un baume. Seulement, au nom de la liberté des consciences, cette église était fermée.

Où porter ses regrets et l'effarement de son cœur ? Plus de confidente depuis que Carlotta était morte. Cette mort singulière ne lui causait pas seulement un vif chagrin, mais des frissonnements involontaires et des pensées qu'elle ne pouvait vaincre. Son horreur pour le comte Ánnibal en avait doublé... Pourquoi ? elle n'aurait pu le dire. Aucun lien, aucun rapprochement possible n'existait entre cette fin subite et foudroyante de « la pauvre vieille » et la méchanceté du comte Amiati... Aucun soupçon n'eût été fondé... Et pourtant il y avait une des dernières paroles de Carlotta : « Zé né sous point commode pour Annibal, il trouve que zé sous entêtée à ne pas mourir. »

Pauvre Carlotta, elle disait encore : Mon anzelo, tou n'as nulle part d'amis en ce monde !

Le plus cruel, c'est que Marguerite se demandait à quoi il lui aurait servi d'avoir des amis ? Tout était secrets, mystères, sourdes menaces autour d'elle ; et dans ces ténèbres, devant surtout accuser sa mère, elle ne pouvait se confier qu'à Dieu. Elle ne s'en faisait point faute, la pauvre fillette, et parfois se prenait à douter que le bon Dieu fût juste. Pourtant il s'appelait le bon Dieu.

Ces pensées la remplissaient aussitôt de scrupules et de remords ; sa révolte lui faisait peur. Elle se rétractait à l'instant, comme si elle venait de prononcer quelque gros blasphème et se mettait sérieusement en devoir d'excuser la volonté divine qui semblait ne se manifester que contre elle, en sa faveur, jamais ! jamais ! — La méchanceté des hommes qui ressemblent à Annibal aura fatigué Dieu d'être bon ! se disait-elle.

Il fallait bien que ce fût ainsi puisqu'il refusait d'entendre une pauvre petite voix comme la sienne, qui méritait pourtant d'être écoutée.

Il ne l'avait point vue souffrir depuis un an. Et l'on dit qu'il voit tout ! Marguerite se souvenait qu'il y avait au couvent de Bologne une vieille religieuse qui expliquait à sa manière les dénis de la justice divine en ce monde :

— Oh ! disait-elle naïvement, le bon Dieu n'est pas pressé.

La foi vive de Marguerite ne doutait point que

l'explication de la vieille sœur de Bologne ne contînt
la vraie vérité. Quand la Providence ne frappe pas
les méchants en ce monde, c'est qu'elle leur réserve
le châtiment dans l'autre. Seulement, si la jeune fille
avait été libre de choisir l'heure, elle aurait préféré
qu'Annibal fût châtié dans celui-ci. L'épargner, c'était
la punir elle-même, puisqu'elle était la proie désignée
de cet homme.

Et quel mal avait-elle fait?

Alors, descendant au fond de sa conscience et de
son cœur, elle reconnaissait tout à coup que, peut-
être, elle n'était pas sans péché. On aurait vu se
courber sa jolie tête; on l'aurait entendue qui murmurait :

— Il faut aimer et honorer sa mère.

Tout cela était d'une entière candeur; l'âme et le
visage de cette enfant avaient la fraîcheur des tranquilles aurores, et voilà où la Providence devenait visible. N'était-ce pas un miracle que Marguerite fût
demeurée pure au milieu de l'atmosphère qu'elle respirait? Ne fallait-il pas que cette jeune conscience
fût bien neuve pour se reprocher de ne pas honorer la
baronne Imbert?

Ayant brusquement quitté la croisée à la vue de
Domenico qui lui causait une répulsion profonde, elle
alla se réfugier au fond de sa chambre. Une chambre
d'hôtel garni, à l'aspect froid et banal, aux meubles

poudreux et souillés. La jeune fille passa l'examen du
fauteuil où elle s'apprêtait à s'asseoir ; elle ressemblait
au cygne qui cherche dans l'herbe une place nette pour
se poser sur le rivage. Alors elle vint à songer au
nid frais et coquet de la maison de la rue de l'Odéon
tressé par les mains de son père. Tout dans ce logis
lui avait semblé d'abord tranquille et rassurant ; elle
y avait éprouvé des sensations singulières, heureuse au
milieu des larmes que lui arrachaient encore le regret
de se voir éloignée de sa mère et quelque faible reste
d'indignation pour cet enlèvement brutal dont elle
avait été la victime un matin...

Mais justement, elle avait beau garder de tout cela
quelque petite rancune, elle ne se sentait point victime alors... tandis qu'à présent !...

A peine avait-elle connu les premières effusions et
reçu les premiers baisers de ce père si tendre... Puis
on l'avait reprise, emportée de nouveau comme une
proie qu'on s'arrache. On lui avait dit : Il y a deux
jours, vous ne saviez pas même que vous aviez un
père, maintenant, vous ne le reverrez plus. Et d'abord,
c'est un meurtrier ! il a échappé aux juges, il s'est dérobé à la honte ; il vous a pour jamais abandonnée.

Mensonge !... Ce n'était pas sa fille qu'il avait abandonnée, c'était la vie. Il était mort... Pourquoi ?...
Et Dieu aurait voulu que Marguerite honorât sa
mère !...

Elle avait été tendre aussi, vigilante, empressée, cette mère à présent impitoyable, devenue l'instrument aveugle du comte Amiati; elle avait bien su autrefois se mettre aux genoux de sa fille, confesser, justifier ses fautes et lui dire :

— Moi seule je te reste. Ton frère te délaisse.... ton frère qui n'est pas mon fils!...

Mensonge encore! Maxime ne délaissait pas alors l'enfant qu'il avait promis de défendre. Une circonstance inexplicable l'avait empêché sans doute de joindre au jour convenu cette sœur, qu'il n'avait jamais vue et qu'il aimait. Il l'avait peut-être suivie quand on l'emmenait loin de Paris, puisque c'était à Dôle qu'il était venu chercher la mort; il était sur ses pas alors, et ne se croyait pas si près d'elle.

Mensonge! mensonge! Le noyé de Dôle était-ce lui?... Ah! voilà le plus impénétrable de tous les mystères... Marguerite se souvenait des doutes de Carlotta. Ce n'était pas Maxime Imbert qu'elles avaient vu toutes les deux du haut de la croisée, dans la petite ville; c'était Maurice d'Olivaie...

Mais déjà la baronne Imbert avait réalisé ses projets et gagné la partie dont sa fille était l'enjeu. On arrivait en Suisse... Oh! le beau voyage qui devait entourer Marguerite d'amusements et lui faire oublier les chagrins passés!.., Mensonge! Mensonge! A peine

était-on à Genève que le *monstre* y rejoignait les voya-
geuses.

Dans le langage naïf et irrité de mademoiselle Imbert, quand elle ne parlait qu'à elle-même, le *monstre*
c'était le comte Annibal.

Hélas! la Suisse ne devait être que le chemin de
l'Italie; bientôt elle allait l'apprendre : — Je n'oublierai
pas le séjour à Bergame, murmura-t-elle, quand même
je devrais vivre cent ans... Mais cela n'arrivera point,
car, plutôt que de devenir comtesse Amiati, je mour-
rai.

Elle se leva et l'expression de son visage disait bien
que si le sang du baron Imbert courait dans ses veines,
il y rencontrait celui de Margherita Salvi; le mélange
n'était pas moins étonnant que l'union qui l'avait produit; cette enfant avait reçu de son père le courage et
de cette abominable mère une opiniâtreté invincible.

Elle avait lutté six mois entiers, à Bergame, contre
ses deux tyrans, et n'était point lasse. Joignant les
mains, elle s'écria : Jamais, dût-on me déchirer, dût-
on me mettre à la chaîne! jamais! Rien ne me fera
céder, ni les prières, ni les menaces, ni la force! On
ne connaît pas Marguerite !...

Cependant Domenico n'avait pas eu besoin d'in-
troducteur auprès de la baronne Imbert; il n'y en avait
point, d'ailleurs, au logis où ne se voyait plus qu'une
jeune servante française. M. Polichinelle alla tout

droit frapper à la porte du salon : Qui va là ? cria une voix altérée.

Il se nomma et reçut à travers ce visage de bois l'ordre d'entrer au plus vite. Le salon était obscur, les rideaux des deux grandes fenêtres étant fermés. Dans un fauteuil, protégée par l'avant-corps de la cheminée comme par un rempart, il vit une ombre maigre et convulsive se dresser devant lui :

— Eh bien ! dit la même voix tremblante, l'a-t-on trouvé ?

Domenico rendit son message, tel qu'il l'avait reçu de son maître, sans en retrancher un mot, sans y ajouter la moindre bouffonnerie italienne. Jamais il n'avait été si sérieux.

— Maurice d'Olivaie n'existe que dans vos rêves et c'est un peu moins qu'une ombre.

— Ce n'est pas vrai ! s'écria-t-elle. Il vit, il me saura bien joindre. Annibal veut-il que je meure ?

Et retenant le valet par le bras, elle lui fit raconter l'expédition du matin.

XVII

— Ainsi, dit-elle, les espions d'Annibal l'avaient trompé.

— Trompé, misère de moi ! abominablement trompé. Le jeune homme est loin d'ici.

— Ce n'était pas Maurice d'Olivaie qu'ils avaient découvert.

— Ce n'était que sa mère et que sa sœur. Encore la mère n'y est plus.

— Cette femme, à Dijon, me menaçait donc d'un ennemi imaginaire ? s'écria la baronne Imbert en se levant. Que lui ai-je fait à cette femme ? Sûrement, elle voyait en moi une rivale ?...

Le nez colossal de Domenico se mit à trembler, ses longues dents s'enfoncèrent dans sa lèvre inférieure : il réprimait une de ses grandes gaietés italiennes ;

toutes ces grimaces étaient inutiles puisqu'il faisait aussi noir dans cette chambre que dans la conscience de M. Polichinelle.

L'idée que l'ancienne madame de Nertia se croyait encore faite de façon à être « une rivale » lui avait paru trop bouffonne.

On ne se connaît point.

— J'ai demandé son nom, reprit la baronne, je l'ai retenu : comtesse d'Escarlat. Pourquoi me haïrait-elle, si ce n'est parce qu'elle aime Maurice et qu'elle est jalouse du passé ?

Elle continuait sans y prendre garde, à penser tout haut devant le méchant valet.

— Comtesse d'Escarlat... J'ai comme un souvenir qu'il m'avait parlé d'elle autrefois !... Que faisait-elle à Dijon ? Elle soignait un jeune homme, un blessé... J'ai eu le temps d'interroger une servante de l'hôtel... A peine cette fille avait-elle vu le malade, et le portrait qu'elle m'en a fait n'était pas le *sien*... Pourtant j'ai voulu fuir, tout me disait que c'était lui... Annibal refusait de le croire... Il soutenait qu'on ne le reverrait jamais... qu'il n'aurait garde de revenir en France, puisqu'il croyait m'avoir assassinée...

— Diavolo, murmura M. Polichinelle, voilà une confidence. On s'instruit tous les jours... Je ne savais point cela.

— Mon premier soin a été de le faire chercher ici,

reprit la baronne, à peine guéri, il avait dû m'y suivre.
Je le croyais... Et quand on est venu nous dire qu'il y
avait dans le faubourg Saint-Germain...

— Il n'y a plus de saint, dit plaisamment Domenico.
Ne mettez pas le saint, je vous en prie. Faubourg Germain...

— Des personnes du nom d'Olivaie...

M. Polichinelle prit un ton plaintif, il s'amusait
extrêmement.

— La mère est morte, dit-il.

— J'ai vu que mon pressentiment ne m'avait pas
trompée. A Dijon, c'était bien lui. On le croit en Amérique, il n'a point quitté la France. Sa mère et sa sœur
ne savent rien de ce qui lui est arrivé.

— La mère est morte.

— Il aura fait la guerre... Et pourquoi non?... La
guerre est un refuge pour ceux qui ont quelque chose
à craindre dans les temps paisibles... Et puis, je sais
bien qu'il était intrépide et brutal.

— Il paraît que oui, soupira Domenico. Vous devez
le savoir !

— Ah ! les Allemands m'ont donc bien vengée !...

— Bons Allemands ! fit M. Polichinelle.

— Il n'est pas guéri, mais il guérira. Il sait maintenant que je suis vivante et moi, il ne veut pas que je
vive !... Heureusement Paris est fermé.

— Heureusement pour nous !... C'est un bon temps.

— J'ai de longs jours et du repos devant moi. Enfin!... Ai-je mal entendu, Domenico? Ne m'as-tu pas
dit que la mère était morte?

— Cela tire des larmes des yeux. Allez! signora, je
sais que vous avez un bon cœur! Vous serez bien
triste quand je vous aurai dit que la pauvre demoiselle est toute seule au monde.

La baronne Imbert éclata de rire : Je te trouve bien
de la charité, aujourd'hui, s'écria-t-elle. Va t-en,
laisse-moi, je veux être seule... Je vais donc enfin
respirer.

Il y avait trois jours surtout qu'elle étouffait, — depuis
que les espions d'Annibal avaient enfin trouvé la trace
de ce nom d'Olivaie qu'ils avaient cherchée deux semaines. Il y avait trois jours qu'elle se tenait au fond de
son appartement, en proie à cette misérable épouvante,
les fenêtres closes, les rideaux fermés. Et d'abord, elle
alla les tirer et respira, ainsi qu'elle se l'était promis,
en revoyant la lumière du jour.

Mais aussi la lumière, en pénétrant dans la chambre,
lui montra deux choses qu'elle aurait voulu ne jamais
voir : les deux témoins parlants de sa double chute, —
autour d'elle un ameublement sordide ; en face, dans
un grand miroir, son visage flétri.

Où était le petit hôtel somptueux de l'avenue d'Eylau,
le nid doré des voluptés conquises et des paresses
assurées de ne point finir? Où étaient la serre et le salon

jaune... théâtre de la brusque tragédie qui avait consommé en un instant la ruine de cette audacieuse fortune et renversé l'édifice merveilleux du scandale ?

Où était la jeunesse de madame de Nertia ? Où était même l'insolente magie de ses quarante ans, ce robuste et superbe automne qui valait le printemps des autres femmes ?

Tout cela s'était évanoui en une heure. Pourquoi tant aimer la vie quand on n'y rencontre plus que ces deux causes d'humiliation et de colère : la laideur et la pauvreté ?

Voilà donc ce que Salomé était devenue : la reine d'un logement garni et une vieille femme !

Ce salon était de proportions magnifiques ; il avait vu se presser les clients et les flatteurs de ce prince de la finance qui, jadis, avait fait construire la maison et il aurait pu donner encore l'illusion de la grande existence d'autrefois. La hauteur du plafond était de vingt-cinq pieds ; trois larges fenêtres y avaient dû verser des flots d'opulente lumière, avant qu'on n'eût élevé le grand mur de l'église, quand elles s'ouvraient sur des jardins.

Maintenant, elles ne recevaient plus qu'un jour blafard quand le ciel était gris, et quand le soleil brillait, la réverbération incommode de ce mur.

Elles étaient garnies de vieux rideaux de damas, rouges autrefois, dont la teinte actuelle n'avait point

de nom dans la gamme des couleurs ; le reste du mo-
bilier était à l'avenant : de vieux fauteuils dont le
velours avait été rouge, un sofa couvert de taches ;
sur la muraille un affreux papier blanc à fleurs d'or ;
quelque chose de pis que la misère, la médiocrité de
louage.

Seulement, à droite et à gauche de la cheminée,
s'élevaient deux cadres magnifiques.

Enchantement, orgueil du passé, vision toute-puissante des vieux péchés et des anciennes victoires !
Ces deux portraits placés en lieu sûr pendant sa longue
absence, voilà tout ce que le comte Annibal avait sauvé
de l'ameublement princier de l'hôtel de l'avenue d'Eylau et de la décoration du terrible boudoir jaune vendus à l'encan.

La baronne Imbert s'en alla de l'un à l'autre, les
mains jointes comme si elle adressait une prière men-
tale à ces deux divinités téméraires qui avaient été sa
double image :

— Faites que je redevienne semblable à vous,
déesses infernales !

L'une était en légère et courte parure couleur de
feu, la jupe relevée au-dessus de l'un des genoux, et
laissant voir la jambe cerclée d'anneaux d'or ; la chevelure au vent, scintillante de diamants et de rubis, elle
s'accoudait sur un trépied qui supportait des torches,
et la vapeur enflammée l'enveloppait tout entière.

En un coin de la toile se voyait une devise en lettres rouges : « Je brûle tout ce qui me touche. »

L'autre déesse apparaissait presque nue sous les plis transparents d'un voile ; elle portait au front le croissant d'or ; ses pieds, chaussés de brodequins d'argent, couraient dans la rosée.

Sur cette seconde toile, comme sur la première, se lisait une devise : « Je viens, et l'on rêve. »

Et toutes deux montraient à l'envi les mêmes traits fins et puissants, les mêmes contours de bronze, les mêmes yeux menaçants et sombres à l'orientale, — des yeux éblouissants et voilés à la fois, empreints d'une langueur de feu, brûlants de corruptions redoutables.

— Oui, murmura la baronne Imbert, il n'y a pas si longtemps... un peu plus d'un an... qui voudrait le croire ? J'étais encore ainsi quand ce sauvage m'a frappée... Il adorait ces deux toiles... C'est lui qui les a rendues menteuses. C'est lui qui est la seule cause de ma misère. Sans lui, les plans que j'avais si bien formés allaient réussir. Je demeurais la plus forte même contre la loi, même contre les juges. Je recommençais une nouvelle vie, je serais honorée à cette heure, j'aurais reconquis ma fille et j'aurais pu être mère ! Marguerite m'aimerait, je l'aimerais encore !... Plus rien ne resterait de Salomé, plus rien de madame de Nertia, je serais pour tout de bon aux yeux

de tous, la baronne Imbert, la femme pardonnée, au
lieu d'être l'esclave d'Annibal... Si je m'étais souve-
nue que Maurice avait une clef de la serre, voilà pourtant ce qui serait arrivé. A quoi tient le destin !

Elle alla jusqu'à l'extrémité du salon, en se tordant
les mains : C'est lui qui est à Dijon, c'est lui qui est
le blessé, disait-elle, je le sens, j'en suis sûre. Il doit
me haïr doublement pour la vie qu'il a menée depuis cette terrible nuit ; il n'aura cessé de fuir et de
se cacher jusqu'à la guerre... Ah ! la guerre ! Comme
il devait bien se battre, le jeune loup !..... A présent, je songe qu'autrefois sa violence me charmait,
j'étais presque fière d'allumer son sang, je prenais
plaisir à exciter la bête fauve, je l'aimais ! Je suis seule,
je suis vieille, je peux bien me dire à présent que je
n'ai aimé que lui. Sotte créature !... Ces Allemands
pouvaient bien le tuer !

Certes les Allemands le pouvaient ; ce n'était pas
faute de bon vouloir s'ils n'avaient point achevé celui
que la baronne Imbert croyait être Maurice d'Olivaie
et qui tenait à elle, sans qu'elle s'en doutât, par des
liens autrements forts...

Maurice vivait, elle le croyait du moins ; et de son côté
l'ancienne madame de Nertia, si chétive et si basse
que fût alors sa vie, ne pouvait se guérir de cette furieuse passion de vivre.

Elle continua d'errer à travers ce grand salon banal

et morne en proie à une agitation qui ne s'apaisait
point :

— Annibal, se disait-elle, est plus que jamais mon
seul refuge...

Son unique refuge vraiment contre la haine de Maurice, et aussi contre la pauvreté. C'est ce qui faisait
dire à Domenico, avec ses grandes liesses de Polichinelle, et quand il riait dans l'office à ébranler la
maison :

— Nous sommes les maîtres ici, on a fait un marché
avec nous ; on s'est mis aux mains du diable.

Le prix du marché c'était l'âme et la possession d'un
ange.

— Mais si Annibal obtient Marguerite, reprit la baronne, une fois qu'il sera sûr de sa proie, pourquoi
prendait-il la peine de me défendre?... Oh ! je n'ai
point de foi dans sa reconnaissance !... Il n'aura pas
encore Marguerite !

Elle courut à une sonnette dont le cordon usé lui
demeura dans la main.

— Oh ! le beau logis ! s'écria-t-elle. Tout n'y est que
lambeaux et que poussière... Existence maudite auprès
de celle d'autrefois !... Mais qui sait? qui sait ?

— Priez mademoiselle Imbert de venir ici, dit-elle à
la servante.

Marguerite ne se fit point attendre. Quand elle parut
à la porte du salon, sa mère était assise sur le vieux

II.   10

sofa, les mains sur les yeux, cherchant à rassembler ses pensées. Elle leva la tête et toutes deux se regardèrent.

— Vous ne venez pas m'embrasser, Marguerite ?

— Je respectais votre rêverie, ma mère.

XVIII

Tout le drame de sa jeune vie venait de se trahir dans l'intonation que la jeune fille avait donnée à ce mot ordinairement si doux : Ma mère!

C'était un mélange cruel d'ironie et de reproche que la baronne Imbert parut sentir:

— Je songeais à vous, répondit-elle. Vous êtes une méchante fille, Marguerite.

Mademoiselle Imbert ne répondit pas.

— Venez vous asseoir près de moi sur ce sofa; Marguerite, depuis un an j'ai beaucoup souffert.

— Ma mère, je n'ai pas été non plus très heureuse.

— C'est votre faute. Vous n'avez plus assez de confiance en moi !... Mais, tenez, votre plainte réveille mes souvenirs ; nous nous sommes mal quittées hier soir. Je vous avais demandé une fois de plus de fixer l'époque à laquelle il vous plaira de devenir comtesse Amiati.

— Vous savez bien que cela ne me plaira jamais, ma mère.

— Et moi, je ne veux pourtant pas vous contraindre... Mais asseyez-vous donc et causons.

Marguerite obéit, avec une répugnance visible, prit place à l'extrémité du sofa et regarda les fentes du parquet. Son petit pied en même temps battait ces vieilles planches ; une nuée de poussière en sortit, et la baronne Imbert se mit à rire.

— N'est-il pas vrai, s'écria-t-elle, que nous habitons un aimable séjour ? Et tout neuf !.. Le palais de Bergame a du prix, Marguerite, et le comte Annibal finira bien par prouver qu'il est à lui...

— Il devra d'abord prouver que son neveu, le comte Luigi, est mort.

— Eh ! fit la mère avec un nouvel accès de gaieté, vous voilà comme les juges de Bergame. Vous demandez des preuves ? Il faut que vous n'aimiez guère ce pauvre Annibal pour croire et pour désirer que son neveu soit encore de ce monde.

— Oh ! dit Marguerite, je ne le désire pas pour ce jeune homme. Il serait si malheureux d'apprendre que son plus proche parent a convoité ce qui est à lui.

— De mieux en mieux. Vous êtes impitoyable comme l'innocence. Mais c'est pour vous qu'Annibal voudrait être un gros seigneur en son pays ! Quant à ce neveu, c'est bien fini, allez !..... C'était un prodigue, un jeune fou ; il aura rencontré quelque part le dénouement à ses aventures, tout nu sur la terre étrangère...

La baronne Imbert prophétisait sans le savoir.

— Hélas ! continua-t-elle, la détresse est une cruelle chose ! Songez-y bien, Marguerite.

— Je ne la crains pas autant que d'autres épreuves, répliqua la jeune fille. Et quant au comte Annibal, je lui souhaite tous les biens possibles...

— Pourvu qu'il les partage avec une autre que vous, cela s'entend. Vous seriez pourtant une fraîche et jolie dame du beau logis, là-bas. Grand Dieu ! chère enfant, je conçois vos... répugnances. Est-ce le mot qu'il faut dire ?...

— Il n'exprime pas encore tout ce que je ressens ! Vous le savez bien, ma mère.

— La, la, quelle chaleur ! quel mignon emportement ! Qui croirait à voir ce charmant visage tout en fleur que vous êtes sujette à la colère ? Je l'ai déjà bien vu plusieurs fois, hier soir, par exemple, et je crois vous avoir dit de qui vous teniez cette disposition, Marguerite.

— Vous me l'avez dit, répliqua la jeune fille d'une voix basse et tremblante ; mais il vaut mieux que nous ne parlions point de mon père.

— Cela vaut mieux en effet, reprit la baronne, toute frémissante elle-même de la colère qu'elle reprochait à sa fille. Ah ! je reconnais encore les mensonges de Carlotta... Elle se serait fait tuer pour vous et pour moi ; mais elle me déchirait volontiers de sa langue maudite. Je ne sais quels odieux mensonges elle vous aura faits, je ne veux pas le savoir.

— Aussi je ne vous les dirai point, ma mère, puisque je crois comme vous que ce sont des mensonges !

— Revenons à la recherche du comte Annibal, fit la baronne. Elle n'a rien de blessant pour vous, j'imagine.

— Oh ! dit Marguerite, ne me faites point de querelle, je vous en supplie, madame....

— Madame ! Est-ce ainsi que vous m'appelez ?.... Quel cœur avez-vous donc, *mademoiselle* ?

— Je crois avoir un bon cœur.

— Avec une tête romanesque et très échauffée contre votre mère. J'ai commis un grand crime envers vous, Marguerite, j'ai été prévoyante ; quant à vous qui n'êtes encore qu'une enfant, vous ne voyez rien au delà de je ne sais quels méchants petits rêves. Quand je vous conseillais de ne point repousser le comte...

— Quand vous me le commandiez, ma mère.

— Sa fortune à venir et son titre, vous tiendraient peut-être un autre langage si vous étiez plus raisonnable et si vous connaissiez mieux la vie.

— Pardonnez-moi. Vous dites vous-même que cette fortune est à venir. Serait-elle venue, serait-ce celle d'un roi...

— Qu'elle ne vous ferait pas plus d'envie. La fortune d'un roi ! Vous parlez comme les contes des fées, que vous lisiez, il n'y a pas si longtemps encore. Oui, vous n'êtes qu'une enfant. Mais le comte est déjà riche, et je suis obligée de vous refaire sans cesse le même aveu... Son dévouement nous aide à vivre.

— Cela est donc vrai ? s'écria mademoiselle Imbert. Carlotta me l'avait bien dit. Voilà un de ses mensonges !... Je le voyais, d'ailleurs, de mes yeux ; mais d'abord je n'ai pas voulu le croire ! Non, ma mère, je ne le voulais pas !

— Vraiment, dit la baronne, votre joli méchant visage est encore tout en feu... C'est bien de l'émotion pour une chose pénible, délicate, sans doute. Il est toujours fâcheux de recevoir des services de ses amis ; mais je n'ai pas besoin de vous le dire, il ne s'agit que de prêts...

— Je comprends bien, interrompit la jeune fille. Des prêts dont je suis le gage !

— Eh bien non ! dit la baronne Imbert, dont les mains sèches déchiraient l'étoffe du sofa, mais qui réussit encore une fois à se vaincre, vous ne comprenez point ! Si, en retour de son zèle à nous être utile, le comte Annibal a pu concevoir l'espérance de se voir agréé par vous, qu'y a-t-il donc là de surprenant et de déplacé ? Vous n'avez pas appris de votre mère, Marguerite, à donner des couleurs odieuses à une chose si naturelle, et je reconnais encore ici les leçons d'une servante. C'est notre pauvre Carlotta qui vous encourageait à me désobéir et à montrer toujours au comte un visage maussade ou tremblant..

— J'ai eu tort, dit Marguerite, j'ai manqué à la reconnaissance... Pourtant, je n'y suis pas tenue... Je n'ai pas accepté librement ce qui m'y obligerait.

— Oh ! fit la mère en se repliant sur elle-même par un de ces mouvements onduleux et menaçants qui faisaient autrefois l'un des charmes de Salomé...

Et sa voix eut un sifflement mal contenu : c'était le réveil de la couleuvre.

— Je n'ai pas reçu librement ces dons que vous invoquez, reprit Marguerite.

— Je n'invoque rien que votre raison et votre cœur, répliqua la baronne.

Ses lèvres arides tremblaient, ses yeux sombres et profonds s'illuminèrent.

— Vous me traitez mal, continua-t-elle, et vous choisissez pour cela le moment que j'avais choisi pour vous rassurer contre des craintes imaginaires. Ne vous ai-je pas dit tout à l'heure que je ne voulais pas vous contraindre ?

— Ma mère, s'écria Marguerite, souvenez-vous de ce que vous me disiez hier soir... C'était un autre langage.

— J'ai réfléchi. Le sentiment que vous avez inspiré

au comte Annibal et ce que nous lui devons toutes les deux, bien que vous en disiez, rendent notre situation embarrassante. Je ne vous ai fait appeler que pour causer franchement et sérieusement avec vous des moyens de sortir de peine, sans le désespérer, surtout sans l'offenser. Mais, si vous ne voulez point m'entendre...

Marguerite se tut et regarda de nouveau le parquet.

— Répondez !

— Ma mère, il n'y a qu'un instant, vous me reprochiez de céder à des rêves. C'est maintenant que je crois rêver.

— Approchez... mais approchez-vous donc de moi. Pourquoi restez-vous assise au bout de ce sofa, comme si vous vous teniez prête à me fuir? Et pourquoi ne voulez-vous pas me comprendre? Je vais vous le dire...

— C'est moi qui vous le dirai, ma mère. Parce que j'ai cessé de croire que vous m'aimiez.

— Ah! fit la baronne. Et depuis quand, je vous prie?

— Depuis que le comte Annibal nous rejoignit en Suisse, dans ce voyage que nous devions faire seules toutes les deux, pour me distraire de mes chagrins et pour achever de vous guérir...

— Fort bien. Vous m'avez accusée de vous avoir trompée. Je le savais.

— Depuis qu'en Italie vous m'avez infligé chaque jour le même supplice. Vous ne craigniez pas alors de me contraindre. S'il n'avait tenu qu'à vous, ma mère, il serait trop tard pour chercher les moyens de me délivrer du comte Annibal, car je serais déjà sa femme.

— Ai-je dit que je voulais vous délivrer? riposta la baronne Imbert; puisque voilà le beau mot que vous avez trouvé. Il est flatteur pour le comte! Vous avez bien raison de penser que vous manquez à la reconnaissance. Mais ne vous y trompez pas, ma chère enfant, je ne vous promets pas de rompre sans retour avec cet ami fidèle. Vous pouvez vous considérer comme libre envers lui; moi, je sais bien que je ne le suis pas. J'ajourne des projets que votre opiniâtreté mettrait en péril... Annibal a sa fierté... J'ai peut-être d'autres raisons, d'ailleurs, pour en agir ainsi, et celles-là je ne vous les ferai point connaître.

— C'est donc à ménager le comte Amiati pour lui et pour vous-même que vous travaillez, ma mère, riposta froidement l'enfant révoltée; ce n'est pas à me rendre mon bonheur à moi.

— Eh! s'écria la baronne en se levant, prenez donc le bien comme il vous viendra! Vous qui êtes si belle raisonneuse, ne devriez-vous pas savoir que c'est le premier degré de la sagesse? Nous n'avons que faire de continuer cet entretien, nous nous sommes expliquées assez clairement, ce me semble. Je deviens, à partir de ce jour votre alliée contre les empressements trop vifs de notre ami. Je ne vous offre rien de plus, entendez-vous, que cette alliance passagère?... Rien de plus.

— Vous m'avez avertie de ne pas m'y méprendre, dit Marguerite ; c'était un avertissement inutile. Je comprenais bien que vous m'offriez un répit, mais point ma grâce. J'accepte pourtant, madame.

Elle s'achemina vers la porte. La baronne Imbert avait repris sa place sur le sofa :

— Marguerite ! dit-elle...

La jeune fille se retourna ; de grosses larmes roulaient sur ses joues.

— Si je vous *délivrais* tout à fait, dit la baronne, recommenceriez-vous à m'aimer comme autrefois ?

Marguerite tressaillit.

— Je l'espère, balbutia-t-elle en baissant la tête. Du moins, je l'essayerais, ma mère.

La baronne eut un rire convulsif et moqueur ; elle se mit à songer avec quelle passion elle avait elle-même aimé cette enfant ; elle repensait à tout ce qu'elle avait fait un an auparavant pour la reconquérir. C'était de cette terrible lutte que tous ses maux lui étaient venus.

— J'aurais mieux fait de ne point la disputer à son père, dit-elle. Corps et âme, elle est trop différente de moi ; j'ai appris à la connaître... Et puis, étais-je née pour être mère ?

Marguerite heureusement était sortie et ne pouvait plus l'entendre. Le bruit d'un pas sec et précipité interrompit le cours de ces pensées sans voile qui préoccupaient alors l'ancienne Salomé ; la porte du salon se rouvrit devant Annibal.

— Ainsi, s'écria-t-elle, vous n'avez point trouvé Maurice.

— Non ! c'était une prise d'armes inutile et je suis fâché de ne point vous rapporter sa tête ; mais vous ne pensiez pas que j'irais la chercher en Amérique...

— Vous allez m'accuser encore de chimères, de folie... que sais-je ? de lâche épouvante...

— Oh ! que non ! je ne me plains pas de cette expédition. Je n'ai pas perdu mon temps.

— Ni moi le mien aujourd'hui ; j'ai bien chapitré Marguerite. Au fait cette enfant a raison... Peut-on se marier dans la bagarre où nous sommes ; et tenez ! au bruit du canon...

— Au bruit du canon ! répéta le comte Annibal d'un air distrait, en se laissant tomber sur un fauteuil.

Il se parlait tout bas :

— Édith ! Elle s'appelle Édith, un nom de reine barbare.

— Sans prêtre ? reprit la baronne. Enfin Marguerite demande. . Ah ! ce n'est pas aimable pour vous ; elle demande un répit.

— Je l'accorde, dit joyeusement Annibal.

La baronne Imbert le regarda.

XIX

Marguerite traversait alors une pièce assez étroite qui, étant située à la suite de la salle à manger, servait d'office et, en même temps, d'une sorte de vestibule entre sa chambre et le salon. Elle aperçut Domenico, enfoncé de plus de la moitié de sa longue personne dans un placard dont il avait essayé de refermer la porte sur lui.

Seulement cette porte perfide avait glissé sur ses gonds et le trahissait. M. Polichinelle ne s'en doutait pas.

La baronne Imbert avait eu bien raison un moment auparavant, quand elle repassait les aventures tragiques de sa vie, de s'écrier : A quoi tiennent nos destinées !

Si Marguerite avait obéi comme toujours à la répugnance que le valet lui inspirait, elle serait passée près de lui sans se faire voir, pour rentrer dans sa chambre; et rien de ce qui arriva ne serait arrivé.

Mais elle n'avait que dix-sept ans, et, si près de l'enfance, en dépit de tant de peines et d'amertumes ordinairement étrangères à son âge, elle avait encore le sourire bien voisin des larmes. La gourmandise de l'Italien l'amusa, car elle n'attribua point à une autre cause la présence de Domenico dans le placard; il s'y régalait apparemment de quelque morceau de choix, d'autant plus friand que les vivres alors étaient rares. Absorbé par son plaisir, il ne l'avait point entendue. La jeune fille s'approcha doucement, acheva d'ouvrir cette porte, et demeura stupéfaite en s'apercevant que le placard était vide. Les rayons même en avaient été enlevés, et l'on ne pouvait souhaiter un poste d'espionnage plus commode; on n'avait qu'à coller son oreille contre ces planches assez minces, recouvertes de papier, pour entendre tout ce qui se disait dans le salon.

M. Polichinelle était tout simplement aux écoutes. Il ne se troubla point en se voyant surpris.

— Eh! signora, dit-il tout bas, vous ne faites pas plus de bruit en marchant qu'une souris blanche!

Puis il mit un doigt sur ses lèvres pour inviter la jeune fille à ne point lui répondre.

Précaution inutile : Marguerite n'aurait pu parler et

ne respirait plus, car elle venait d'arriver là, justement
pour entendre sa mère qui disait au comte Annibal :

— Marguerite vous demande un répit.

Et le comte Annibal répondait, en riant : — Je vous
l'accorde !

Mademoiselle Imbert sentit la main de M. Polichinelle qui se mêlait de chercher la sienne et de la presser doucement. En tout autre moment cette révoltante
familiarité lui aurait arraché un cri ; mais la fine menotte alors ne songea pas à se dérober à cette énorme
patte.

Domenico qui possédait le don de chuchoter sans
bruit au même degré que mademoiselle Imbert celui
de marcher sans se faire entendre, se prit à dire :

— Signora, si l'église n'était pas fermée, ce serait une
occasion d'y brûler un cierge. Allez ! votre mère voudrait bien savoir d'où vient aujourd'hui cette patience
au seigneur Annibal ! Le pauvre Domenico le sait,
lui ; ce n'est pourtant qu'un valet.

La baronne Imbert, au même instant, de l'autre
côté de cette cloison de planches, disait à son « fidèle
ami » :

— Je suis bien aise de vous trouver de si belle humeur, Annibal. J'en profiterai pour vous adresser une
question, s'il vous plaît. Oh ! rien qu'une.

— Adressez, dit le terrible magot. Oui, vous ne
vous trompez point, je suis disposé le mieux du

monde, j'ai eu beaucoup de bonheur aujourd'hui...
Je vois le paradis ouvert, Dieu me damne !

— Ce qui ne vous manquera point, acheva la baronne ; mais vous vous abandonnez aux contradictions ;
ce n'est pas le moyen d'aller en paradis que d'être
damné.

— Bon ! vous parlez comme le catéchisme.

— Enfin, vous voilà tout joyeux, vos affaires ont
bien tourné ?

— C'est-à-dire qu'elles prennent une céleste tournure ! Et d'abord le siége menace de se prolonger...
Quand je dis qu'il menace, je parle pour les autres...
Je m'accommode de ce temps singulier qui fournit
aux gens comme moi des occasions... C'est bien le
moins qu'Annibal Amiati sache faire son chemin au
milieu de cette cohue bestiale qui nous environne.
Voilà le triomphe de l'esprit sur la bête.

— Il est vrai, dit madame Imbert, que vous avez
su vous tailler une petite royauté sur cette foule brutale.

— Ce n'est rien cela !... j'aurai mieux bientôt, je rêve
un autre pouvoir... Alors je me croirai le roi de ce
monde... Et vous aurez beau dire, vous ne me
ferez point peur de ce qui pourrait m'arriver dans
l'autre... Mais faites donc votre question.

— Quelle question ? dit la baronne d'un ton de distraction admirablement jouée... Vraiment je l'ou-

bliais... Oh! cela n'a guère d'importance. Curiosité de
femme. Je voudrais savoir si mademoiselle d'Olivaie
que vous venez de voir, ressemble...

— A son frère? s'écria le comte Annibal en éclatant
de rire.

— Votre mère a bien touché! les femmes sont fines,
dit Domenico à Marguerite.

Il parlait si bas que ses lèvres ne remuaient presque
point; la jeune fille, heureusement avait l'oreille bien
ouverte. Elle comprenait déjà qu'elle avait une rivale
aux yeux du comte Amiati. Alors ce fut elle qui se
trouva en paradis.

— Annibal va jeter la maison par terre, dit Domenico.

Le fait est que cette explosion de gaieté chez le descendant des seigneurs Castel Rosso faisait un terrible
bruit; elle prit, en se prolongeant, un si diabolique
caractère, que Marguerite, derrière la cloison, commença de trembler. Pour cette fois, ce fut la menotte
qui vint chercher la grosse patte : mademoiselle Imbert se mettait, d'elle-même, sous la protection de
Polichinelle. Les choses de ce monde sont sujettes à
d'étranges retours.

— Si cette fille sublime ressemble au jeune loup?
reprit Annibal qui riait toujours. Voilà votre question?... Je ne m'attendais pas à la trouver si plai-
sante.

— Sublime? fit la baronne. Vous avez dit : sublime ! Ces grands enthousiasmes sont bien de notre pays à tous les deux, Annibal ; mais chez vous ils sont rares. Je dois croire que mademoiselle d'Olivaie est bien belle.

Un bruit de fauteuil qu'on faisait reculer avertit les deux écouteurs qu'Annibal, en ce moment, venait de se lever. Il avait vu le piége, et répondit de sa voix de cuivre :

— Bast ! une blonde du Nord avec des yeux de France.

— Marguerite aussi a ce que vous nommez des yeux de France, dit la baronne.

— Ceux-là sont beaux !... Enfin, voilà en deux mots, le portrait que vous me demandiez. Je crois qu'il est bon... Je vous souhaite une nuit tranquille, car je ne vous reverrai point ce soir.

Le pas sec et serré du comte Annibal se fit entendre de nouveau, pressant le parquet. On aurait dit des jambes d'acier battant et déchirant ces vieilles plan-ches. La baronne Imbert n'avait fait aucun effort pour le retenir.

Sans doute, elle avait besoin de se retrouver seule avec ses pensées.

Elle aurait bien pu ne point se risquer à solliciter d'Annibal le fameux *répit ;* elle l'aurait eu sans le de-mander.

Marguerite attira doucement Domenico hors du placard et lui fit signe de parler bas :

— Depuis ce matin, je ne fais donc que rêver ? lui demanda-t-elle.

— Je n'en sais rien, dit le valet ; ce que vous venez d'entendre, ce n'est pas un rêve..., à moins que ce soit pour Annibal, et il le fait tout éveillé.

Marguerite le regarda. Son joli visage était encore en feu, ses lèvres tremblaient, ses *yeux de France* étincelaient. Elle était en proie à un grand combat intérieur, partagée entre deux sentiments contraires : d'un côté sa méfiance qui se réveillait envers ce sinistre drôle ; de l'autre, une immense curiosité et comme un instinct de reconnaissance qui lui disait :

—Sache du moins quelle est *cette fille sublime* qui usurpe si heureusement ta place dans le cœur d'Annibal. Apprends à qui tu dois cette espérance de salut. Qui sait si, en retour de ce bienfait, tu n'auras pas occasion de la servir un jour ?

Domenico vit bien ce qui se passait en elle.

— Je suis le laquais d'Annibal, dit-il, mais on a bien tort de croire que je sois toujours son bon ami... Il n'est pas tendre, il n'est pas juste, le seigneur Annibal !

Notre ennemi, c'est notre maître, Domenico prouvait une fois de plus la vérité de cet adage. Il se promettait, en parlant, les joies de la trahison.

N'est-ce rien, cela, dans une âme servile ? — en supposant que M. Polichinelle eût une âme.

Toutes ces causes l'agitaient ; mais, dans les replis de sa conscience et dans le fond du fond de ses sentiments, il trouvait un autre motif de faire du bien à mademoiselle Imbert. M. Polichinelle, en vérité, n'avait point les entrailles aussi racornies qu'on pouvait le croire.

Il s'était toujours plu à voir cette charmante figure, innocente et sereine, dans cette et ténébreuse maison. Tant de cœurs scélérats autour de lui, le sien même qui ne le cédait point aux autres, ne l'incommodaient pas ; mais enfin, la pureté de mademoiselle Imbert, et sa fraîche beauté lui reposaient les yeux, et souvent, au milieu de ses fanfaronnades italiennes, quand il tranchait du maître dans le logis, il lui était arrivé de dire :

— Ce n'est point si pressé que votre signora devienne *notre* comtesse. On ne la verrait plus rire et ses joues roses seraient pâles. Pour le pauvre Domenico, où serait le plaisir ?

Justement, il avait été témoin de cette pâleur maussade qu'il craignait, comme on craint, par une matinée d'hiver, de voir s'évanouir un rayon tremblant dans la chambre. La jeune fille avait été plaintive et abattue, durant d'assez longs jours après la mort soudaine de Carlotta. M. Polichinelle ne s'embarrassait guère de remords. D'ailleurs il n'avait pas pris d'autre part à « l'accident » de Dijon que de faire disparaître les bonbons roses suivant l'ordre qu'il en avait reçu et qu'il était libre de ne point s'expliquer. Pourtant il se faisait quelquefois des reproches.

Point à l'égard de Carlotta, seulement à cause de Marguerite.

Il rencontrait une belle occasion de faire amende honorable aux pieds mignons de celle qu'il appelait quelquefois la petite madone ; il prit brusquement son parti :

— Écoutez, dit-il.

Et il raconta la visite armée qui avait été faite le matin, par ordre d'Annibal, dans la maison du faubourg Saint-Germain ; seulement, il ne fit pas intervenir la baronne Imbert dans cette expédition, qu'elle avait inspirée : M. Polichinelle savait décidément se contenir quand il parlait à l'innocence.

Marguerite recevait la confidence avec une avidité bien naturelle.

— Oui, dit-elle, je crois me souvenir que ce jeune homme, qui s'appelait d'Olivaie et que j'ai vu autrefois, était un ennemi du comte, peut-être aussi de ma mère.

— Peste ! fit Domenico, un ennemi, je vous en réponds, signora !

— Mais ma mère ne peut en vouloir à sa sœur, à

11.

cette jeune fille... Et ne pensez-vous pas, Domenico, qu'elle voudrait protéger mademoiselle d'Olivaie, si cela était en son pouvoir, contre les desseins du comte Annibal?

Là-dessus M. Polichinelle se mit à rire, et Marguerite n'était pas si bien rassurée que cette affreuse grimace ne la fît reculer subitement.

— Ah! dit-il, ce serait un bon tour à jouer à Annibal... Je connais la signora Salomé, elle oserait peut-être bien...

— Salomé? fit Marguerite; de qui voulez-vous parler?

Domenico demeura la bouche béante, et ne répondit pas : il s'était oublié.

— Eh bien! reprit mademoiselle Imbert, c'est peut-être une inspiration : je vais parler à ma mère.

Elle rentra dans le salon, Domenico reprit sans hésiter son poste dans le placard. Il écouta Marguerite recommencer pour la baronne le récit qu'il venait de lui faire.

Tout à coup il se frotta les mains à la pensée du beau combat qui allait s'engager entre le seigneur Annibal et l'ancienne madame de Nertia, et qui serait son ouvrage. Il venait d'entendre la baronne qui disait :

— Il faut sauver cette jeune fille à tout prix. Vous avez raison, Marguerite.

XX

Cette année-là, tout comme l'an 1793, de mémoire
également sinistre, eut un printemps magnifique. Les
blés verdoyaient à plaisir, la vigne se couvrait de re-
flets dorés, les bois avaient déjà toutes leurs feuilles.
L'Allemand qui foulait encore cette vieille terre sacrée
aurait voulu reprendre cette cruelle paix qu'il nous
avait fait payer si cher : il avait vu la belle France
sous la neige, et maintenant il voyait nos moissons
grandissantes et jugeait mieux de nos richesses.

Un soir, le dernier d'avril, vers sept heures, un
jeune homme venant de Bourgogne, et arrivé à Saint-
Denis par un de ces fantastiques circuits que les portes
fermées de Paris imposaient alors aux voyageurs,
monta dans une voiture publique qui devait le con-

duire à Saint-Germain, d'où il comptait gagner Versailles.

Rien de plus pittoresque, en ce temps-là, que ce parcours de quelques lieues. Une foule disparate de fugitifs échappés de la fournaise parisienne encombrait des véhicules de toute forme et de tout âge. Les apôtres du progrès avaient en vain prophétisé qu'on ne reverrait point les pataches.

Ces vénérables machines reparaissaient au grand soleil, on avait mis en réquisition tout ce qui roule. Le jeune homme prit place dans une manière d'arche de Noé, montée sur roues et qui contenait un peu de toutes les espèces : des femmes effarées, un prêtre dont la soutane poudreuse disait assez qu'il venait de faire une longue course, deux ouvriers qui se mirent à raconter en jurant qu'on avait voulu leur mettre de force un fusil dans la main, et qu'ils n'avaient rien trouvé de plus sûr que de détaler pour s'en défendre ; enfin, une petite troupe de jeunes bourgeois, sortis de Paris sous des déguisements pour la même raison et dont l'un s'occupait gravement à se débarrasser d'une fausse barbe.

L'attention de tout ce monde se porta sur le nouveau venu. C'est qu'en effet, il avait la plus remarquable figure, aussi froide, aussi sévère que belle. Quant à lui d'abord, il n'eut d'yeux que pour les soldats Allemands au gros visage bouffi sous leurs casques

noirs qui se pressaient sur la place, auprès du bureau
improvisé des voitures; mais bientôt son regard tomba
sur le prêtre justement assis en face de lui; il tressaillit et mit la tête à la portière auprès de laquelle il
se trouvait naturellement placé, étant entré le dernier
dans l'arche.

Alors il vit un cavalier allemand qui arrivait au
trot sans songer à mal ni peut-être à rien, qui arrêta
son cheval tout court et se mit à le regarder fixement.

La machine roulante s'ébranla avec un terrible bruit
de ferrailles et, bientôt courut, — si l'allure des trois
maigres chevaux qui la traînaient peut donner l'idée
d'une course, — sur un long ruban de route à travers
les champs. Le jeune homme tout à ses pensées,
étranger à ce qui se passait autour de lui, considérait
les planches mal jointes qui formaient le fond de la
voiture; peut-être aussi ne voulait-il pas que les yeux
du prêtre rencontrassent de nouveau son visage.

Mais alors, il entendit l'un des jeunes bourgeois,
le fugitif à la fausse barbe, qui disait à ses compagnons :

— Est-ce que ce pandour va s'obstiner à nous suivre? Nous ferait-il à lui tout seul une escorte d'honneur?

Le voyageur distrait releva la tête et vit son cavalier qui suivait, en effet, la voiture de si près, que les
naseaux du cheval touchaient presque la portière.

L'Allemand lui fit un geste de menace qui arracha un cri aux femmes; c'était bien à lui qu'il en voulait.

Le jeune homme le regarda attentivement à son tour : cette large face ne lui rappelait rien. Naguère il s'était battu comme tout le monde, mieux que tout le monde, et il n'avait pas oublié certain guidon jaune et noir, conquis par un trait de folle bravoure, un trophée qui avait failli lui coûter la vie; mais n'eût-il pas été insensé de croire qu'il pouvait avoir été reconnu par un de ceux qui l'avaient rencontré dans la mêlée? D'ailleurs, pourquoi lui en aurait-on voulu à lui plus qu'à tout autre Français qui avait porté les armes?

Tout à coup l'Allemand, qui continuait ses gestes menaçants, à l'effroi croissant des femmes, les accompagna de cris d'abord inarticulés et furieux, puis de quelques mots en sa langue. Un des deux ouvriers l'entendait, il était lorrain; il dit au jeune homme :

— Que chante-t-il donc, *Monsieur Choucroute?* Il prétend que vous avez tué son frère derrière un buisson.

La mémoire revint au jeune voyageur; il se souvint de son premier fait d'armes dans le bois, au pied du coteau, alors qu'il descendait du village où, depuis la veille, une vieille femme le tenait caché; il se souvint de cette troupe ennemie qui passait dans le vallon et de ces deux éclaireurs qui l'avaient chargé...

Alors il s'était retranché derrière un buisson, la

main sur son arme. Les deux ennemis arrivaient : le premier avait roulé sur les rochers avec son cheval ; le second...

Ah ! le second, il l'avait tué d'un coup de pistolet au moment où il allait être sabré lui-même. Ces deux ennemis l'avaient vu de fort près ; il se pouvait bien que le survivant fût le frère du mort et n'eût pas oublié son visage.

— Bon ! dit-il ; c'est donc un défi ?

Il se leva. Les femmes s'agitèrent de plus belle, le prêtre étendit la main comme pour le retenir, l'un des jeunes bourgeois s'écria :

— Il va nous faire tuer tous !

Mais les autres se mirent à huer le poltron et l'ouvrier lorrain à dire :

— Avez-vous besoin d'un coup de main, mon brave garçon ? Je suis là.

Le *brave garçon* répondit par un acte, non par des mots. A l'instant où l'Allemand poussait son cheval de plus près encore contre la voiture, il asséna entre les deux oreilles de la bête un coup si violent qu'elle recula et se cabra. Quant à lui, il avait ouvert la portière et sauté sur la route.

La diligence roulait entre deux rangées de grands peupliers ; d'un bond, il atteignit l'un des arbres et s'en fit un rempart. L'Allemand redevenu maître de sa monture, revenait sur lui, le pistolet haut. La balle

s'enfonça dans l'arbre, le jeune homme avait son re-
volver à la main.

C'était le même duel que dans la forêt de Bourgogne
et il devait avoir la même fin. Le cavalier faisait maintenant tournoyer son sabre, il crut frapper son ennemi et ne fit qu'une large entaille au peuplier. Le jeune
homme eut un rire éclatant et tira. L'Allemand oscilla
sur sa selle.

Le cheval épouvanté de sentir ce poids flottant, se
mit à ruer et à hennir. Le vainqueur sans doute pensa
qu'il ne devait point le laisser retourner vers les postes
prussiens pour y donner l'éveil; il fit feu deux fois encore; la malheureuse bête tomba.

Des cris aigus partaient de la diligence qui s'éloignait au galop de ses trois haridelles fouettées à
toute volée. Le conducteur qui, du haut de son siége,
avait aussi vu le combat, venait de prendre le
parti le moins héroïque, mais le plus sage. Tant pis
pour l'imprudent voyageur qui se trouvait seul sur la
route! La nuit tombait.

Le voyageur se mit en marche, mais à travers champs.
Dans ces campagnes opulentes, la terre est chère et précieuse, et la propriété de chacun promptement bor-
née. Ces champs étaient étroits, les cultures variées.
De distance en distance se rencontraient des pépi-
nières de jeunes arbustes qui devaient rendre plus
difficile la poursuite des cavaliers allemands, si les

coups de feu avaient été entendus. Aux endroits plus arides s'élevaient des bouquets d'acacias qui pouvaient abriter le fugitif.

Car il était doublement fugitif désormais : il fuyait la veuve de Sainte-Anne et les Prussiens ; et il se trouvait un égal sujet de craindre les suites de l'amour et celles de la guerre.

Cependant, ce n'était pas Isabelle d'Escarlat qu'il devait craindre à cette heure, sur ce chemin désert et semé d'embûches d'un tout autre genre que le sentiment. L'obscurité grandissait, des nuées d'orage couraient au ciel que bordait une large bande rouge du côté du couchant. Il avait laissé la grande route à sa droite, et s'efforçait de ne point la perdre de vue, car il se serait alors égaré sans ressource jusqu'au matin.

Cette lueur sanglante à l'occident lui servait de guide, et en même temps lui apportait une vision étrange qui aurait effrayé un cœur moins résolu ou moins indifférent à la vie. Les grands peupliers se courbaient sous le vent, on eût dit justement une longue file de cavaliers galopant à fond de train, courbés sur leurs montures ; malgré lui, le jeune homme s'arrêtait et écoutait : tout était bien silencieux ; il n'était donc pas poursuivi ; les quatre coups de feu n'étaient donc pas arrivés aux postes allemands. Ordinairement on y faisait meilleure garde.

Mais bientôt l'autre danger lui apparut ; il le redoutait peut-être davantage : la route tournait brusquement et semblait remonter vers le nord. Les peupliers avaient cessé de la border ; et d'ailleurs la bande lumineuse s'effaçait au ciel. Il ne voyait plus, là-bas, dans un village assez lointain, que deux ou trois lumières tremblantes ; les maisons où elles brillaient longeaient certainement le chemin. Il n'y avait pas à hésiter. Il fallait s'en approcher, au risque de tomber dans un piége. Il pressa le pas, serrant dans sa main son arme rechargée.

Au moment où il abordait le hameau, la dernière lumière s'éteignit ; il rasa, en étouffant le bruit de ses pas, les maisons obscures et muettes, et désormais ne quitta plus la route.

A minuit, il arrivait à Saint-Germain. La petite ville était devenue une grande ville, grâce aux milliers de réfugiés qui l'encombraient. Une foule très-animée se rendait à la fameuse terrasse, d'où l'on découvre tout Paris, pour y assister au spectacle toujours intéressant d'un combat de nuit. O race gauloise, curieuse et légère ! Le jeune homme ne suivit point ce flot empressé ; il entra dans un café sur la grande place, devant le pittoresque château où naquit celui des rois du monde et de tous les temps, qui aima le moins les rebelles. Plusieurs officiers d'un corps qui n'avait pas été appelé pour l'attaque nocturne y étaient assis. Il s'approcha de l'un d'eux et lui demanda s'il ne connaissait point le commandant d'Arvert.

L'officier lui répondit négativement ; mais alors une voix s'éleva d'une table voisine et dit : M. d'Arvert, je le connais, moi ; il a reçu le commandement d'un bataillon venant de l'armée de la Loire et qui campe dans la forêt.

— Je vous remercie, monsieur, dit le jeune homme, le renseignement que j'avais recueilli se trouve confirmé. J'en suis heureux.

— Je verrai le commandant demain, de grand matin, reprit l'officier... Dois-je lui dire le nom de la personne qui le cherche ?

Le voyageur hésita ; il y eut comme un redoublement de pâleur sur son beau visage.

— Le comte Luigi Amiati.

Et il s'éloigna rapidement.

Il se fit conduire au bureau des voitures qui venaien de Saint-Denis ; on lui remit son léger bagage. Ce bureau se trouvant situé dans une auberge, il demanda également une chambre et l'hôtesse lui accorda justement le réduit du conducteur de la voiture, contigu à l'écurie. Encore fallut-il faire lever l'homme et le déloger.

Il dormait, on l'éveilla ; mais il reconnut celui qui venait prendre sa place.

— Ah ! dit-il, c'est vous qui tuez des Prussiens pour vous distraire ?

L'hôtesse écouta le récit du duel sur la route.

— Holà ! dit-elle, ce n'est pas une bonne affaire, et je ne sais trop si je dois vous loger. Au moins, il faut me donner votre nom.

Elle le ramena dans le bureau, prit une plume, attendit sa réponse. Cette réponse ne venait point. Pourtant le jeune homme fit un dernier effort.

— Comte Luigi Amiati, dit-il.

— Ah ! vous êtes Italien !

Elle fit son marché... un prix pour étranger.

Enfin, il avait la liberté de se retirer dans son logis dérisoire, et il reçut des mains de sa bienfaitrice un peu trop vénale un flambeau de cuivre qui contenait une bougie allumée.

Mais sur le seuil de la porte, il fit une bien autre rencontre que celle du conducteur de la voiture. Le prêtre qui s'était embarqué à Saint-Denis, qui se trouvait assis en face de lui dans l'arche, et qui avait été aussi témoin du duel, entrait dans le bureau.

Le jeune homme se déroba précipitamment détournant la tête ; mais la lueur de la bougie avait encore une fois montré distinctement à ce prêtre un visage qu'on n'oubliait point.

— Monsieur Maxime Imbert! dit-il.

Le voyageur s'éloigna sans paraître avoir compris à

qui s'adressait cet appel ; il pouvait moins que jamais répondre au nom de Maxime Imbert, puisqu'il en avait fait inscrire un autre sur les livres de l'auberge ; mais il n'avait également que trop bien reconnu le vicaire de la petite église de l'avenue d'Eylau.

XXI

... La baronne Imbert se mit à appeler de toute sa force : Domenico ! Domenico !

Puis à parcourir ce triste salon, comme si elle y cherchait des objets à briser pour tromper sa colère. Sur une console boiteuse, elle avisa un pauvre vieux vase de porcelaine, le saisit, le lança contre la muraille...

Tout à coup revenant vers sa fille qui la suivait des yeux, muette de surprise : Quand je dis qu'il faut sauver mademoiselle d'Olivaie, s'écria-t-elle, peut-être trouvez-vous l'expression singulière. C'est que le comte Amiati n'a pas apparemment sur cette jeune fille les mêmes desseins qu'il avait sur vous, ma chère enfant... Mais vous ne comprenez pas !...

Et comme Domenico entrait :

— Domenico, reprit-elle avec la même violence, dis donc à mademoiselle Imbert qu'il y a deux hommes dans ton maître...

— Deux ! murmura M. Polichinelle, et le diable, cela fait trois !

— Celui qui veut la faire comtesse Amiati, celui qui veut séduire là-bas une jeune fille abandonnée. Deux hommes qui ne se ressemblent guère, comme vous le pensez-bien, Marguerite... Oh ! moi, je les connais tous les deux !... mais je n'ai pas cessé d'avoir confiance dans le premier...

— Ma mère, dit Marguerite, vous avez raison de croire que je ne comprends pas. J'aimerais mieux vous entendre avouer que le comte Annibal est un homme méchant et pervers qui vous avait amenée à ses desseins contre moi...

— Contre vous ?... J'aurais partagé des desseins contre vous !

— Sur moi, si vous l'aimez mieux, ma mère. Maintenant, vous voyez bien qu'il ne voulait que nous tromper, puisque, malgré la parole que vous aviez échangée tous les deux, il a maintenant d'autres vues.

O logique de l'innocence !

M. Polichinelle se mit à rire :

— La jeune signora a des yeux pour voir, dit-il. C'est bien cela.

Mais la baronne Imbert frappa sur l'épaule du valet
qui, heureusement, était moins fragile que le vieux vase :

— Oui, lui cria-t-elle, c'est cela! Toi aussi, tu connais bien ton maître... Bestia! Bestia! Tu possèdes
bien plus de secrets sur lui que moi-même... et tu le
hais.

— Oh! répliqua M. Polichinelle en joignant ses
deux énormes mains, si l'on peut dire!...

— Tu le trahirais avec délices, tu te croirais au
paradis si tu le voyais souffrir, et pour cela tu donne-
rais ton âme, si tu as une âme...

— Bon! fit Domenico avec son impudent sourire,
ce n'est pas bien de parler comme vous faites... surtout devant la petite signora.

La baronne froissait sa robe dans sa main et déchirait l'étoffe avec ses ongles.

— Que faire?... que faire? murmurait-elle... Comment amener cette jeune fille à moi?...

— Mademoiselle Imbert, reprit-elle tout haut, ne
peut se tromper sur ce que je viens de te dire. Elle
sait bien d'ailleurs, que je veux sérieusement défendre la pauvre délaissée du faubourg Saint-Germain et
que, toi seul, tu peux m'y aider.

Marguerite, qui s'était assise sur le sofa et qui se
cachait le visage releva brusquement la tête :

— Lui! dit-elle.

— Eh! sans doute, reprit la baronne décidément

plus calme ; — elle trouva même un sourire, — je
conviens que je faisais appel tout à l'heure aux mauvais sentiments de ce pauvre Domenico, mais parce
que je sais qu'il en a de bons ; je ne voulais que l'exciter au bien... Songez-y donc, Marguerite, il faut
avant tout que mademoiselle d'Olivaie quitte son logis
où le comte Annibal essayera de rentrer.

— Et Domenico lui chercherait un refuge où nous
pourrions la conduire ? s'écria Marguerite.

— Un refuge... il n'y en a pas d'autre, ou du moins
il n'y en a pas de plus sûr que cette maison même.

Marguerite poussa un nouveau cri :

— Cette maison ? répéta-t-elle.

— Réfléchissez, dit la mère ; n'est-ce pas le seul
endroit au monde où le comte ne saurait avoir l'idée
de la chercher ?

— Oui... mais alors Domenico ?...

— Domenico saura tout puisque je vous fais part de
mon projet devant lui. Il peut devenir notre complice
en le favorisant, ou celui de son maître en nous trahis-
sant. A lui de choisir !... Il n'a rien à gagner avec le
comte Annibal.

— Bon ! dit sentencieusement M. Polichinelle, Annibal est avare.

— Quant à nous, il sait bien que nous ne sommes
pas riches ; mais tout me dit qu'il penche de notre
côté, et vous devez le croire aussi, Marguerite, puis-

qu'il vous a conté la triste histoire de mademoiselle d'Olivaie. S'il l'a fait ce n'était pas sans dessein, il a parlé et il pouvait se taire.

— Voilà! fit le valet. Vous connaissez mon faible pour la jeune signora ; et, parce que le pauvre Domenico se plaît à voir son joli visage, vous lui demandez de s'exposer à la colère de ce diable d'homme...

— Monsieur Domenico aime le printemps et les roses, interrompit la baronne avec un rire forcé. Ce qu'il ne ferait pas pour moi, il le fera pour vous, Marguerite, il le dit assez clairement ; mais il me semble, ami Domenico, que nous n'avons pas plus envie que toi de nous exposer à la revanche du comte, et tu peux penser que nous prendrons soin de ne pas nous laisser découvrir! Marguerite, êtes-vous sûre de la servante ?

— Je crois que je le serais, ma mère.

— C'est une fillette de votre âge qui vous admire ici comme tout le monde. D'ailleurs, vous gouvernez la maison, dont je ne m'occupe guère depuis notre retour à Paris... J'avais assez de mes pensées avant ce qui nous arrive pour m'en distraire!... Allons! tout est-il enfin entendu? Domenico veut bien s'associer à la bonne action que nous allons tenter.

Domenico inclina la tête : il prenait sa part de la bonne action. Une fois n'est pas coutume.

— Il va nous guider auprès de mademoiselle d'Olivaie,

reprit la baronne. Nous aurons du loisir pour achever cette expédition sans aucun sujet d'alarme : le comte ne nous rendra pas visite ce soir... Marguerite, vous ne me demandez pas où nous cacherons notre belle réfugiée, car il paraît qu'elle est belle, plus belle même que vous... Oh ! je ne voudrais point vous inspirer de la jalousie... Ma chère enfant, je ne vois guère que votre chambre.

Marguerite se leva et s'avança lentement : — Ma mère, dit-elle, parlez-moi franchement, je vous en supplie. En recueillant ici mademoiselle d'Olivaie, si pourtant elle consent à y venir, quel est vraiment votre projet ?

La baronne Imbert ne se troubla pas et lui prenant la main : Mais, répondit-elle, je crois vous l'avoir assez dit. Vous doutez encore de moi, Marguerite !

— Non ! non ! seulement, vous teniez si fort à me voir un jour la femme du comte Annibal !... N'en voulez-vous pas, malgré vous-même, à cette jeune fille qui vient traverser tous vos désirs ?...

— Je vous répondrai d'un mot, Marguerite : est-ce sa faute ?

Mademoiselle Imbert baissa la tête : — Et puis, reprit-elle, je crois vous avoir entendu dire que son frère était votre ennemi...

Cette fois la baronne tressaillit : Ce devrait être une raison de plus, répliqua-t-elle avec un nouveau rire

plus sec et plus contraint. Si je voulais me faire de la
sœur un rempart contre le frère, ne serait-ce pas une
bonne politique ?

— Un rempart ? dit Marguerite... Ce jeune homme
était donc disposé à vous faire beaucoup de mal ?

— Beaucoup ! dit la mère, qui ne respirait plus.

— Quant à moi, j'ai des raisons pour croire qu'il ne
vous en fera point, et qu'il est mort...

— Qu'il est mort !... Vous avez des raisons pour le
croire ? s'écria la baronne Imbert... Ma chère enfant,
vous êtes folle.

Jamais elle n'avait rien su de la vision que Marguerite et Carlotta avaient eue l'année précédente à Dôle ;
encore moins de ce que Carlotta disait sans cesse à la
jeune fille :

— C'est ton frère qui s'est noyé là-bas, c'est pourtant
Maurice d'Olivaie que nous avions vu.

— Ne nous égarons point, reprit-elle. Ce n'est aucun
intérêt qui me guide, soyez-en sûre, Marguerite ; je
suis bien loin de ces calculs. Je veux empêcher le
comte Amiati de faire le mal, peut-être de perdre une
âme.

— Une de plus ! murmura Domenico. Moi, j'aurai
donné une amie à la petite madone, puisque ce méchant Annibal lui a pris la pauvre Carlotta... Quant à
Salomé, je sais bien ce qu'elle veut !

La pensée de l'ancienne courtisane éclatait aux

yeux de Polichinelle : la baronne Imbert voulait avoir dans mademoiselle d'Olivaie un double ôtage contre Annibal et contre Maurice.

Mais comment l'innocence de mademoiselle Imbert, si clairvoyante que l'eussent rendue tant de périls et tant de peines, aurait-elle deviné cela ?

— Ma mère, dit la jeune fille, en secouant la tête d'un air de vaillance et de défi qui répondait à ses pensées, à elle, également cachées, — quand nous mettrons-nous en chemin?

— Mais à l'instant ; il le faut, dit la baronne. Les fiacres sont rares en ce temps, Domenico saura pourtant nous en trouver un qu'il fera stationner au bout de cette rue. Quant à lui, il nous précédera et nous attendra près de ce passage qu'il nous a décrit et que je ne connais pas. Et d'abord il dépistera les émissaires du comte...

— Oh ! fit Polichinelle en se frottant les mains, j'aurai l'air de les surveiller, ce sera plaisant ; mais il n'y a pas encore d'émissaires. Ce ne sera que pour demain. L'oiseau sera envolé.

— Nous laisserons passer une demi-heure avant de monter en voiture, afin qu'il ait pris de l'avance. L'ami Domenico a de longues jambes... Encore une fois, tout est-il bien convenu?... Toi, tu nous aides contre ton maître, tu nous jures le secret... Va, l'idée que tu lui joueras un méchant tour le servira de récompense. Jamais tu n'auras été si heureux.

12.

Le valet se mit à rire silencieusement d'abord.

— Et vous, Marguerite, reprit la baronne, n'êtes-vous pas enfin contente de moi et ne venez-vous pas m'embrasser ?

La jeune fille courut à sa mère.

Alors le rire de Polichinelle ne se contint plus et roula dans le salon, dans le vestibule, dans l'escalier, remplit toute la maison; car il sortait, il allait à la recherche du fiacre.

Une demi-heure après, madame et mademoiselle Imbert montaient dans ce fiacre, Domenico, l'ami Domenico, n'aurait point reconnu en ce moment le frais éclat qu'il aimait tant à voir sur ce jeune visage : l'émotion de Marguerite était vive, et ses joues ne portaient plus que des roses rouges d'automne.

La baronne, au contraire, avait retrouvé toute l'intrépidité des anciens jours. Elle ne se dissimulait point les risques encourus dans cette aventure : elle jouait le tout pour le tout.

Si mademoiselle d'Olivaie, qui n'ignorait certainement pas le nom de madame de Nertia, connaissait celui de la baronne Imbert, — la courtisane qui avait perdu son frère et la noble et respectable matrone qui venait lui offrir sa protection et son appui, allaient lui apparaître en une seule et même personne.

Alors l'obligeante protectrice devait s'attendre à être

honteusement confondue et chassée sous les yeux même de Marguerite.

Mais comment mademoiselle d'Olivaie aurait-elle appris le nom d'Imbert? Les journaux qui avaient raconté le drame de l'avenue d'Eylau n'avaient donné que le vrai nom, le nom légal de la pécheresse. Ils avaient beaucoup parlé de sa mort, car alors on la croyait mortellement blessée, très-peu de sa vie. Le baron Imbert avait été le meurtrier au nom des droits du mari : c'était donc la baronne Imbert que l'on avait nommée; la courtisane avait disparu devant la victime.

Aussi, dans la voiture, l'ancienne madame de Nertia, penchée sur sa fille, lui recommanda-t-elle entre deux baisers de ne jamais parler à mademoiselle d'Olivaie du nom qu'elle avait autrefois porté, de ne jamais lui dire qu'elle avait connu son frère.

C'étaient des recommandations inutiles, peut-être, autant que les baisers. Marguerite avait le sentiment amer de ce qui se cachait sous les uns et sous les autres; elle était attendrie, mais non persuadée. On arriva sans encombre au passage, ce qui était presque un miracle dans un temps où les fiacres mêmes paraissaient suspects d'aristocratie et se trouvaient souvent arrêtés sur le chemin. Le cocher avait reçu de Domenico l'ordre de stationner devant l'issue qui s'ouvrait sur la rue de Grenelle. Les deux femmes descendirent.

De loin, sous l'auvent d'une boutique fermée, elles aperçurent l'ombre de Polichinelle. L'ombre leur apprit d'un signe que tout allait bien et s'évanouit.

Mais les indications que Dominico leur avait données se trouvèrent assez exactes pour leur permettre de reconnaître aisément dans le passage la vieille maison qu'elles cherchaient.

C'était le dernier soir d'avril, à sept heures, au moment même où celui qui avait été Maxime Imbert, puis le comte Luigi seulement, enfin le comte Luigi Amiati, celui qui tenait aux deux visiteuses par des liens si proches et à mademoiselle d'Olivaie par d'autres chaînes, montait, à Saint-Denis, dans la voiture qui devait le conduire à Saint-Germain.

XXII

Lorsque le comte Luigi Amiati s'éveilla le lendemain dans la chambre basse que lui avait assignée la munificence de l'hôtelière, il se prit d'abord à sourire, songeant à la fable de l'Enfant prodigue élevé dans un palais et réduit à coucher dans une étable. Quant à lui, ce n'était pas des biens matériels, mais des richesses morales qu'il avait dissipées ou dédaignées généreusement, follement, peut-être : c'était le repos, fils de l'égoïsme, c'était l'amour, source de l'oubli. En retour de tout cela, il avait l'espérance de remplir enfin le devoir de sa vie ; il avait la liberté.

Aussi s'enfonça-t-il avec de sauvages délices dans ce lit qui ressemblait bien à un grabat. Ses yeux ne se trouvèrent point offensés par la cloison de planches qu'on n'avait pas même pris la peine de recouvrir du papier peint à fleurs, décoration ordinaire des chambres d'auberges. Les senteurs de l'écurie lui arrivaient à travers les fentes de cette cloison rustique, et vraiment il les respirait comme il aurait respiré des roses.

Du moins, il était sûr de ne pas entendre, comme à Dijon, dans le plus confortable appartement du meilleur hôtel de la ville, les coups frappés au plafond de la chambre inférieure, l'appel de la veuve de Sainte-Anne, une prière qui était un ordre et qui lui disait : Si je ne suis pas l'amour, je suis la reconnaissance. Si je ne puis être la passion, j'ai été la surprise de tes vingt ans. Ta faiblesse t'a mis dans mes bras. Continue donc d'être faible. Cela est tranquille et cela est doux.

Et peut-être Isabelle d'Escarlat lui aurait-elle persuadé de prolonger à ses côtés cette existence à deux qui pour lui n'était que le sommeil, qui pour elle était le plus beau de tous les rêves, si elle n'avait un jour commis l'imprudence de chercher à pénétrer sous le masque du dormeur, et sous la caresse des paroles, laissé se trahir la menace.

Alors il s'était dit : Cette femme me connaît ou veut me connaître...

Alors il avait secoué le poids d'une gratitude trop exigeante et la servitude des sens. Désormais il était libre.

Libre !... Et le masque plus que jamais rivé au visage ! Il avait de grandes choses, de cruelles aussi peut-être, à accomplir avant de permettre qu'on le lui enlevât... A mesure qu'il se rapprochait du théâtre de son enfance et de sa jeunesse, le péril croissait autour de lui... Cette foule de fugitifs au milieu desquels il allait se mouvoir devait amener plus d'une surprise qu'il faudrait déjouer par un redoublement de sang-froid et de courage. Cette pensée lui rappela le prêtre dont il avait fait rencontre la veille...

Il avait bien cessé de songer à Isabelle d'Escarlat.

La matinée s'avançait déjà. Il se leva, s'habilla rapidement et sortit pour chercher un guide qui le conduirait au campement dans la forêt, où maintenant il se croyait sûr de rencontrer le baron d'Arvert.

Le prêtre était dans la cour.

Il allait et venait, tenant un livre ouvert à la main, récitant son bréviaire, car pour lire il ne lisait point, et il fallait qu'il eût une heureuse mémoire. Ses lèvres s'agitaient, ses yeux, sous leurs paupières abaissées, coururent au jeune homme. Cependant il n'essaya point de l'arrêter au passage.

Le comte Luigi put même se croire délivré de ce vénérable fâcheux, car bientôt il se trouva dans la rue, et se fit indiquer le chemin de la Grande-Place ; il marcha vivement et se retourna plusieurs fois : le prêtre ne le suivait point.

Tout à coup, il se crut le jouet d'une hallucination, il eut envie de se frotter les yeux, il revoyait son opi-

niâtre vicaire, mais devant lui, sortant d'une rue trans-
versale, toujours son bréviaire à la main, toujours
murmurant ses patenôtres, toujours les yeux baissés.

Il devina le piége. Le vicaire, qui connaissait la ville
bien mieux que lui, s'était hâté de prendre la traverse,
et, à présent, lui coupait le chemin ; la rencontre devenait inévitable, à moins qu'il ne battîten retraite.

·Or le jeune homme n'avait jamais reculé devant
l'ennemi.

Cet ennemi ne paraissait, d'ailleurs, animé que de
trop de bonnes intentions. Arrivé à deux pas de Luigi,
il étendit la main, une main de prélat vraiment,
grasse, blanche et paterne, comme pour l'inviter à
s'arrêter un moment et à l'attendre. Comme la veille,
il lui dit : — Monsieur Maxime Imbert ?...

Le masque ne se dérangea pas. Tout au plus, un
observateur attentif et le vicaire en était un, — aurait-
il pu voir comme une ombre convulsive, mais si légère,
quelque chose de plus pâle encore dans la pâleur ordinaire au jeune homme.

Ce fut tout ; il répondit : — Vous vous méprenez, monsieur, je ne suis point celui que vous venez de nommer.

Le regard du prêtre plongea dans le sien. Ce regard
était une interrogation sévère et disait clairement :

— Espérez-vous me le faire croire ? Vous-même, en
êtes-vous si sûr ?

— Monsieur, répondit le vicaire, vous me causez beaucoup de peine. Je ne doutais point que vous ne fussiez le jeune baron Imbert...

Il n'en doutait point !

— Ma joie eût été si vive, comme chrétien et comme prêtre. Vous me comprendrez lorsque je vous aurai dit...

Luigi s'inclina, en homme de mœurs polies, résigné à recevoir une confidence qu'il n'a point sollicitée.

— ... Lorsque vous saurez, reprit le vicaire, que celui que je croyais reconnaître en vous s'est oublié naguère au point d'attenter à sa vie... C'est du moins le bruit public...

— Heureux celui qui ne fait point parler de soi ! répliqua Luigi toujours impassible. Je vous comprends, monsieur. Si j'eusse été ce jeune homme, et si j'avais répondu au nom dont vous m'avez appelé, le bruit public se trouvait démenti. Vous auriez eu la joie d'apprendre que le jeune baron Imbert n'avait pas attenté à sa vie, puisqu'il aurait encore été vivant.

— Ce jeune homme s'est trouvé mêlé à de tristes choses, dit le vicaire sans le perdre un moment des yeux, il a subi de terribles chagrins...

— Et il a brisé sa chaîne ! s'écria Luigi, qui s'anima tout à coup.

— Il s'est exposé trop tôt à l'arrêt du souverain juge,

dit le prêtre. Dieu l'aurait dédommagé de tant d'é-
preuves, parce que Dieu est bon.

— Il ne s'agissait que d'attendre ! riposta Luigi avec
amertume.

— Je ne l'ai vu qu'une fois et bien peu d'intants. Je
le connaissais à peine, mais assez pour savoir qu'il
avait l'âme honnête et belle...

— Ah ! fit le jeune homme, il devait donc être malheureux, il a subi sa destinée.

— Il a perdu cette belle âme par sa faute. Ce pouvait
être un élu.

— Oui, dit Luigi, d'une voix profonde et retentissante, un élu de la douleur !

— Je crois, répliqua le prêtre, que vous avez vous-
même beaucoup souffert. Vous êtes pourtant bien
jeune... Mais je ne voudrais pas empêcher votre promenade...

— Je me rends dans la forêt, dit le jeune homme qui
ne voulait pas avoir l'air de se dérober trop vite et
encore moins de s'entourer de mystère ; j'y vais chercher le campement d'un bataillon de l'armée de la
Loire...

— Que commande le baron d'Arvert.

Cette fois Luigi tressaillit.

Il se remit aussitôt, réfléchissant que le commandant
d'Arvert, puisque ce prêtre le connaissait, serait auprès de lui le meilleur garant du comte Luigi Amiati

et le confirmerait dans la croyance qu'il s'était trompé
en reconnaissant Maxime Imbert.

Loin d'être un embarras, c'était un secours qui lui
arrivait pour le délivrer de cette obsession douloureuse.

— Précisément, répondit-il, c'est le baron que je
veux voir.

Le vicaire, en effet, secoua la tête ; il perdait une
espérance qui lui semblait vraiment assez chère :
l'âme de Maxime Imbert n'était point sauvée. Sa pensée
lui échappa dans quelques mots prononcés à demi-
voix, comme s'il ne parlait plus qu'à lui-même...

— J'aurais donc été le jouet d'une merveilleuse ressemblance.

Luigi le salua et se remit à marcher ; le prêtre n'hésita pas à le suivre.

Cette opiniâtreté devenait choquante. Il y eut entre
eux un assez long silence.

— Monsieur, dit le vicaire, vous devez vous souvenir que je vous ai rencontré hier dans la voiture publique... J'ai été le témoin...

— D'un duel, monsieur l'abbé, interrompit Luigi.
Témoin involontaire, — pour la première et la dernière
fois de toute votre vie, sans doute.

— Peut-être avez-vous inutilement versé le sang....
Mais vous êtes brave. Je dois croire que vous avez été
soldat.

— Je l'ai été, dit froidement Luigi.

— Les hommes appliquent trop souvent leur courage au mal, poursuivit le prêtre au bout d'un moment. De toutes les vertus terrestres, c'est celle qui procure le plus d'honneur ; il me semble que c'est la moins chrétienne.

— Sûrement! fit le jeune homme avec un sourire quelque peu railleur; puisque c'est une vertu qui consiste volontiers à tuer son prochain.

— Les tigres aussi sont braves. Je viens d'en avoir la preuve sous les yeux, là-bas, dans cette grande ville; j'ai vu des monstres qui sont des héros en leur genre. Ils ne se seraient point battus pour la bonne cause, le crime leur donne du cœur.

— Ces bandits défendent leur proie, répliqua Luigi d'un ton distrait. Vous aurez eu sans doute beaucoup de peine, monsieur l'abbé, à sortir de Paris, où l'on n'épargne point les personnes de votre robe ?

— J'aurais pu en sortir plus tôt et plus aisément, dit le prêtre ; un devoir qui m'était bien doux m'y retenait auprès d'une pauvre âme en peine, la plus intéressante, la plus noble des orphelines.... Je ne me console point d'un ordre supérieur qui m'a imposé le départ. J'étais vicaire d'une église située dans le faubourg Saint-Germain.

— Ah ! répéta le jeune homme, dans le faubourg Saint-Germain.

.... Il arrive que les vicaires changent d'église, se disait-il; mais celui-ci ne sait point tout ce que ce changement lui fait perdre à mes yeux.

— Monsieur l'abbé, reprit-il tout haut, je vais avoir le regret de me séparer de vous. L'heure est impérieuse et il faut que je presse le pas.

Le vicaire cette fois ne fit point difficulté de comprendre que c'était un congé poli, et s'inclinant à son tour : Monsieur, dit-il, nous nous rencontrerons plus d'une fois, sans doute, dans les tristes promenades de notre commun exil. Vous pardonneriez la méprise qui m'a conduit à vous aborder aujourd'hui... puisque c'est une méprise.

Et il soupira.

— Puis-je savoir, reprit-il, à qui je viens d'avoir l'honneur de parler? Quant à moi, je suis l'abbé de Cazenove.

— Et moi, dit le jeune homme, je suis le comte Luigi Amiati.

Le prêtre tressaillit, le saisit par le bras :

— Luigi Amiati ! répéta-t-il. Ne vous seriez-vous pas fait appeler autrefois le comte Luigi seulement?...

— Monsieur, fit Luigi, cherchant à se dérober, de quel droit ?...

— Oui, reprit le vicaire, ces traits... cette beauté du visage... ces yeux qui m'ont été dépeints... ce maintien triste et fier... C'est vous !

XXIII

— Je crois, dit Luigi, que vous auriez quelque peine
à justifier cet interrogatoire, monsieur l'abbé Cazenove.

— Rappelez vos souvenirs, dit le prêtre.... il y a un
an ?... en Bourgogne...

— Je me faisais appeler le comte Luigi... cela est
vrai... Dois-je penser que vous avez rencontré des
personnes qui m'ont alors connu ?

— Ah ! s'écria le prêtre, c'est donc une volonté
mystérieuse qui m'a mis sur votre chemin ! Maxime
Imbert ou comte Luigi, vous m'appartenez...

— Répondez, monsieur, murmura le jeune homme,
qui se sentait défaillir, répondez ! Ces personnes ?...

— Eh ! ne comprenez-vous pas quelle est cette orpheline dont je vous parlais à l'instant, dit le vicaire ?

n'avez-vous pas deviné que j'étais son confesseur et
que je vous connais.

— Ainsi, dit Luigi, qui ferma les yeux, mademoiselle d'Olivaie est maintenant deux fois orpheline.

— Chassées de leur maison brûlée, la veuve et la fille
du colonel d'Olivaie se sont réfugiées à Paris, dans
une maison qui appartient au baron d'Arvert. C'est là
que je les ai connues. Le baron ne sait point qu'elles
étaient logées chez lui. Je vais le lui apprendre. Je lui
apprendrai également la mort de madame d'Olivaie qui
n'a pu résister à ses derniers chagrins ; sa fille est à présent seule au monde.

— Seule, babultia Luigi, et m'accusant de l'avoir
trahie, sans doute !

— Ecoutez le dernier mot qu'elle m'a dit hier matin,
quand je suis allé prendre congé d'elle : Monsieur le
vicaire, je vous promets de ne plus penser à *lui*.

La visite d'adieu du prêtre avait précédé d'une heure
celle du comte Annibal et de ses hommes. Il ne connaissait point cette dernière menace pesant sur Édith
d'Olivaie.

— Eh bien ! oui, s'écria le jeune homme, vous me
connaissez ; j'ai été Luigi, ou plutôt je ne sais qui je
suis, monsieur... Je suis le malheur, je suis l'instrument des pires destinées pour ceux qui m'ont aimé et
que j'aime toujours, que j'aimerai jusqu'à la mort....

— Vous êtes le défenseur suscité pour l'orpheline,

interrompit l'abbé Cazenove. Vous êtes celui qu'elle avait choisi pour son compagnon dans la vie et vous étiez dignes l'un de l'autre, car la noblesse de vos deux âmes est écrite sur vos visages. Vous portez tous deux le signe auquel on ne se trompe point. Je ne descendrai pas dans votre conscience, je veux ignorer pourquoi vous avez fui votre bonheur. Il faut que l'an passé vous ayez eu de cruelles raisons pour quitter brusquement Mirey.

— Oh! oui, répéta Luigi, de cruelles, de terribles raisons!

— Je les accepte sans les connaître, reprit le vicaire, et je les vois s'évanouir devant le péril que mademoiselle d'Olivaie court à cette heure. Qui peut pénétrer dans Paris sous un déguisement si cela est nécessaire? Vous seul. Qui voudra jouer son existence pour protéger cette jeune fille? Vous. Je connais votre courage et vous venez de me faire voir que vos sentiments n'ont point changé. Oh! je cherchais le sauveur et je l'ai trouvé. Je viens de vous le dire : Vous êtes à moi!

— Monsieur, murmura Luigi, avez-vous vraiment le dessein de m'envoyer à Paris pour secourir mademoiselle d'Olivaie et pour la revoir? Vous ne savez pas ce que vous faites!

— Il me semble, répondit l'abbé Cazenove, que nous devons d'abord nous rendre auprès de M. d'Arvert et prendre son conseil.

C'était lui, maintenant, qui guidait Luigi. Il lui avait pris le bras; tous deux passèrent devant le vieux château, atteignirent le parc.

— Non, répéta Luigi, vous ne savez pas ce que vous faites. Vous ne savez pas ce qui me sépare d'Édith.

— Taisez-vous ! Taisez-vous ! dit le vicaire. Je ne veux connaître que ce qui doit vous rapprocher.

— Je vous dis qu'entre elle et moi, il y a un abîme. Vous le voyez bien puisque je l'ai quittée et que je l'aime toujours.

— Écoutez, dit le prêtre qui s'arrêta ; vous me forcez à aborder un sujet pénible que je voulais éviter. Je sais aussi pourquoi vous êtes parti de Mirey sans revoir les dames d'Olivaie et j'ai peut-être eu tort de vous dire tout à l'heure que vous aviez du courage. Vous en avez alors manqué, vous n'avez eu ni celui d'étouffer votre honnête amour pour cette jeune fille, ni celui de mépriser les fausses opinions qui vous faisaient craindre désormais de devenir son mari. On vous avait appris les désordres de son frère...

— Monsieur ! s'écria Luigi, c'est à mon tour de vous dire : Taisez-vous ! Je vous reprochais de ne point savoir ce que vous faisiez tout à l'heure ; maintenant, vous ne savez guère ce que vous dites.

— Je ne me tairai point. Quant à moi, je n'avais pas à les apprendre ces cruels désordres du fils d'un si loyal soldat. Souvenez-vous qu'en vous rencontrant

13.

hier et ce matin, je vous ai pris pour le jeune baron Imbert. C'est une ressemblance surprenante! Mais celui-là est bien mort.

— Votre compassion n'est sans doute pas la seule qui ait honoré sa tombe, dit Luigi d'une voix sourde; continuez....

—Ce fut une triste victime de la passion et de la méchanceté des siens, comte Luigi, que le malheureux Maxime Imbert! J'étais naguères le voisin de celle qui avait été pour lui une mère sans cœur et sans pitié, de celle qui avait été la baronne Imbert et qui se faisait appeler madame de Nertia. Et tenez! cette femme exécrable était connue d'une personne qui portait votre nom. Encore un souvenir que je retrouve. Il venait chez elle un certain comte Amiati, une méchante figure.... Je l'ai vu.... c'était un de vos parents, peut-être.

. — Il y a beaucoup d'Amiati, répliqua le jeune comte, avec un geste moqueur; je ne les connais pas tous et ne suis pas bien sûr de me connaître moi-même; il paraît que j'ai entre autres un oncle que ma présence en ce monde embarrasse et qui serait aise de s'en délivrer.

— Ce doit être celui-là...

— Continuez, continuez, dit ironiquement Luigi. Vous parlez de cette exécrable femme...

— C'est elle qui a perdu Maurice d'Olivaie. Elle cou-

ronnait une vie perverse par ce dernier crime. Tout
cela devait se dénouer dans un drame retentissant.....

— Que vous aurez raconté à mademoiselle d'Olivaie,
peut-être ? interrompit Luigi, en lui saisissant la main
qu'il broya dans les siennes. Elle sait que la baronne
Imbert n'est autre que cette madame de Nertia ? Vous
auriez singulièrement servi les intérêts de ce pauvre
Maxime Imbert que vous plaigniez si fort, monsieur
l'abbé, si par malheur pour lui, il était encore vivant !

L'abbé Cazenove n'avait pu retenir un cri de douleur.

— Jeune homme, je crois que vous perdez l'esprit,
dit-il, tout pâle encore de cette brutale étreinte. Moi
qui suis prêtre, j'aurais initié cette jeune fille à des
choses si troubles et si laides !... J'ai reçu de Dieu
mon ministère pour sauvegarder la pureté des
âmes.

— Voulez-vous toujours m'envoyer auprès de mademoiselle d'Olivaie pour la secourir ? reprit violemment
Luigi.

— Je le veux, dit le vicaire ; je le veux plus que jamais, car elle ne doit pas être comptable des fautes de
son frère...

— Alors, dit le jeune homme, ne parlez pas de Dieu.
Vous êtes prêtre, et je vous dis que vous allez contre
ses arrêts.

— Ainsi, riposta l'abbé Cazenove, vous refusez d'aller défendre celle que vous aimez et qui vous aime....

— Qui m'aime !... répéta Luigi en se couvrant le visage.

— Certes, dit le prêtre ; et l'amour est permis aux cœurs faits comme le sien parce qu'ils le purifient, parce qu'ils l'ennoblissent.

— Vous êtes prêtre, murmura Luigi, et vous ne savez que tenter les malheureux... J'irai à Paris s'il le faut, je ferai ce que vous souhaitez, et tout ce qui doit ensuite arriver retombera sur vous.

— Oh ! fit l'abbé en souriant, je le veux bien, je me sens la force de porter tant d'iniquités, et je ne craindrai pas de me présenter plus tard avec ce fardeau devant Celui qui nous juge tous. Je lui dirai : « Sei- » gneur, j'ai violenté deux jeunes cœurs afin de les » rendre heureux. Punissez-moi si j'ai péché...»

— Non, répéta encore Luigi tout bas, vous ne savez pas ce que vous dites.

Un moment après, l'isolement qu'ils avaient trouvé d'abord tous les deux dans les parterres allait cesser ; ils gagnèrent le pied de cette riante suite de villas assises entre le château et la terrasse. Ces villas étaient remplies d'hôtes élégants attristés à leur manière par le malheur des temps. A l'intérieur, on entendait le son des pianos ; ils ne jouaient point de marches funèbres.

Des femmes, le cœur déchiré sans doute, mais bat_

tant sous des dentelles, le front chargé de soucis, mais aussi la chevelure ornée de fleurs printanières, se montraient aux balcons. Elles souriaient. A qui ? Sans doute à la mauvaise fortune, suivant le précepte qui commande de lui opposer une âme sereine et de lui faire bon visage. Ce n'était pas leur faute si les passants s'attribuaient une part de ces sourires.

Sur la terrasse, le spectacle était encore plus mêlé de tristesse et de joie. Excellent théâtre d'observation pour un philosophe ! La foule, qui ne s'était écoulée que fort avant dans la nuit, était accourue de nouveau, dès les premières heures de la matinée, car le combat au loin durait encore. Le caprice du vent, qui soufflait dans une direction contraire, gâtait pourtant un peu la fête, en emportant le bruit du canon. A peine pouvait-on saisir un grondement sourd ; mais, la nuit, on avait vu la flamme, maintenant on voyait la fumée !

La flamme, image de tes colères si promptement éteintes ; la fumée, symbole de tes ressentiments et de tes tristesses, ô race gauloise, race autrefois de héros et d'enfants !

Pour les appétits diligents, l'heure du premier repas était venue ; des groupes joyeux se dirigeaient vers le pittoresque pavillon royal devenu le plus célèbre de tous les cabarets de la villégiature parisienne ; mais d'autres tenaient bon au bord de la terrasse, et les grandes lorgnettes marines que louaient des industriels empressés circulaient de main en main.

D'autres encore se promenaient moins curieux de la bataille.

C'est que du côté opposé, sous les grands quincon-ces de marronniers, il y avait une curiosité différente. C'était un combat, mais d'un autre genre, et une autre guerre civile : pour armes, au lieu des obus et des balles, des flots de soie, des étincellements de bijoux, des œillades et encore des sourires.

Là, cinquante ou soixante femmes étaient assises. Des fugitives aussi : princesses de la rampe, courti-sanes en renom, toutes en grande parure matinale. On aurait dit les feux et les couleurs de l'arc-en-ciel, ré-pétés cent fois.

Le demi-monde triomphait encore au milieu de ce qui semblait être l'écroulement du monde.

Autour de ces astres dont plusieurs semblaient ap-procher de leur déclin et n'en avaient que plus de gloire, gravitaient leurs satellites, jeunes ou vieux. Sauf l'étrangeté des costumes masculins, cette scène rappelait les grandes assemblées galantes du Palais-Royal en 1798, telles que nous les a décrites Saint-Aubin dans ses vignettes célèbres. Mêmes colloques attendris, mêmes arrangements furtifs, mêmes pi-rouettes des vainqueurs ; et toujours les petits propos volants. La vanité des hommes et la galanterie des femmes se ressemblent en tous les temps, rien n'est nouveau sous le soleil. Celui qui brillait ce matin-là était magnifique et ajoutait à l'éclat de cette parade.

Dans l'avenue, des cavaliers passaient au galop ; au loin les trompettes sonnèrent. Une vive agitation alors se manifesta dans le camp des reines galantes ; c'était un régiment de chasseurs qui se mettait en marche.

L'abbé Cazenove et le comte Luigi fendirent la foule des promeneurs. Voilà ce que l'abbé appelait les « promenades du commun exil. »

Tous deux ne se parlaient point : le vicaire, pourtant, fit une tentative pour ranimer l'entretien, et dit quelques mots à voix basse ; mais un signe de son compagnon l'arrêta. Il voulait être tout à ses pensées ; elles étaient cruelles et profondes. Encore un combat !

Une lutte déchirante, désespérée dans cette jeune âme si éprouvée et pourtant si forte, entre l'amour qui le ressaisissait dans sa serre puissante, l'amour qui l'avait marqué pour être sa proie, quoi qu'il fît, et la vision de l'*abîme* qu'il allait franchir pour se rapprocher d'Édith et l'horreur du passé...

L'amour qui prenait encore une fois le pas sur le devoir :

— Et Marguerite ?... murmura-t-il.

En ce moment, ayant gagné le couvert de la forêt, ils aperçurent de loin le campement du bataillon de la Loire. Un officier de haute taille, dont ils purent bientôt distinguer la chevelure et la moustache blanches, venait lentement au-devant d'eux le long de l'allée.

— Vous! s'écria le baron d'Arvert, en reconnaissant son blessé de Dijon.

— Monsieur, dit Luigi, vous ne m'attendiez point...

— Non! non! je ne vous attendais pas. Même on vous avait fait assez noir à mes yeux... Mais tout ce qu'on m'avait dit de fâcheux contre vous tombe de soi-même, puisque vous venez librement trouver le vieil ami d'Édith d'Olivaie.

Luigi ne lui répondit pas, mais se tournant vers le prêtre :

— Parlez, monsieur l'abbé, dit-il.

Le commandant écouta non sans donner plusieurs fois les signes d'une vive et douloureuse surprise :

— La fille et la veuve de mon frère d'armes étaient chez moi et je ne le savais pas ! s'écria-t-il. Jeune homme, l'abbé a cent fois raison : il n'y a que vous qui puissiez secourir cette jeune fille. Vous avez bien contracté quelques dettes envers moi : vous les payerez à mademoiselle d'Olivaie.

XXIV

« — Ce qui m'a été dit contre vous tombe de soi, puisque vous venez librement trouver le vieil ami d'Édith d'Olivaie. »

Voilà les paroles du commandant d'Arvert. Luigi les répétait mentalement. Qui donc avait parlé contre lui ?

Et qui pouvait avoir intérêt à l'accuser, sinon la veuve de Sainte-Anne ? C'était Isabelle d'Escarlat qui avait raconté sa fuite de Mirey. Il voyait bien maintenant qu'elle n'avait pas dit autre chose ; il ne lui avait donc pas livré son secret, comme il le craignait, dans son délire ou dans son sommeil ; car elle en aurait abusé pour achever de le perdre dans l'esprit du vieil officier, de peur que le baron un jour ne lui répondît : Ce jeune homme est le bien d'Édith, et j'entends le reprendre.

Cette femme aurait rallumé la guerre, elle aurait mis le feu aux quatre coins du monde si elle avait, à ce prix, espéré de le retenir près d'elle. A cette heure même, elle ne devait point se tenir pour battue ; elle essayerait de ressaisir sa proie ; il devait s'attendre à la revoir.

Mais bien des choses ne seraient point arrivées si, à Dijon, il avait mieux connu le baron d'Arvert.

Comment donc se faisait-il que, durant leur trop court bonheur et leurs longs entretiens à l'Olivaie, Édith n'eût jamais prononcé en sa présence le nom du baron ? Ah ! c'est qu'en ce temps-là, elle était aussi sous la puissance du charme. S'occupait-il des *autres* alors, lui ? Non. Elle, pas davantage. Il oubliait ses devoirs et son serment, elle pouvait bien avoir oublié ses amis. *Elle* et *lui*, il n'y avait plus autre chose au monde.

— Demain, dit-il, je me retrouverai donc près d'elle ! Ils le veulent.

... Non, ce prêtre, non ce vieillard ne savaient point ce qu'ils faisaient.

Il était seul, il n'avait d'autre témoin de son épouvante et de son tourment que les grands hêtres de la forêt, car l'abbé Cazenove, par délicatesse, sentant bien que son compagnon avait besoin de solitude, s'était éloigné dans la direction opposée, sous le pré-

texte d'une visite dans une villa voisine du camp.
Luigi refaisait la route de Saint-Germain sans autre
compagnie que ses pensées.

Pourtant il était calme : point de cris, point de
sanglots ; il s'arrêta au pied de l'un de ces grands arbres. Ses lèvres remuaient, mais il n'en sortait plus
aucun son. Ce qu'il se disait aurait eu peur de s'exprimer tout haut. Il invoquait ses deux morts ; celui
qu'il avait laissé sous la pierre à Dôle, celui qu'il
avait laissé sous la neige du champ de bataille
près de Dijon ; celui qui tenait sa place dans l'ombre éternelle, celui dont il avait pris si hardiment la
place au soleil.

Et il se disait une fois de plus : « Ceux-là sont heureux ! »

Il se garda bien de suivre l'allée qui longe la terrasse, il marchait sous le couvert du bois. Pourtant, il
fallait traverser le parc pour rentrer dans la ville et
regagner son hôtellerie, où l'appelait le soin de pré-
parer son expédition du soir. Comme il passait sous
les quinconces, assez près de la terrasse, et justement
derrière le groupe des reines galantes que l'heure du
déjeuner avait dispersé et l'après-midi reformé pour
une nouvelle bataille, il s'aperçut qu'on le regardait.

On chuchotait même à son approche. — Voilà, dit
une voix, ce jeune homme qui s'amuse à démonter

les cavaliers allemands sur les routes. On me l'a désigné ce matin. Il pouvait faire tuer tous ceux qui voyageaient avec lui, et il aurait dû lui-même être sabré. C'est un fou.

— C'est une charmante figure, fit observer l'une des reines galantes, qui était une personne de jugement et de goût.

— Oh! Phèdre! dit moqueusement une autre qui appartenait au théâtre, et qui connaissait son Racine, ne t'abandonne pas à ce feu qui dévore! Il a l'air du bel Hippolyte.

Un jeune homme, l'un des papillons voltigeant autour de cette corbeille, qui s'était trouvé le soir du jour précédent assis dans le café de la grande place au moment où Luigi s'informait auprès des officiers du lieu où il pourrait rencontrer le baron d'Arvert, le reconnut et dit : C'est un étranger ; il s'appelle le comte Luigi Amiati.

La première femme qui avait parlé fit un geste de vive surprise, et s'adressant à l'une de ses rivales placée un peu plus loin au pied d'un arbre :

— Entendez-vous, Violetta? dit-elle. Ce beau jeune homme est un de vos compatriotes ; c'est un italien.

Celle à qui l'on venait de donner ce nom de Violetta répondit négligemment :

— Quel jeune homme? De qui me parlez-vous, ma chère?

Puis elle détourna la tête et reprit l'entretien sans
doute très-attachant qu'elle poursuivait depuis une
heure avec un homme assis près d'elle, derrière l'arbre, qui le dissimulait à moitié.

Un étrange personnage, avec sa longue tête massive, ses cheveux ras et noirs, ses yeux froids et durs,
ses joues maigres et convulsives, et le bouquet de
barbe rousse qui ornait son menton anguleux.

Tout le parterre galant l'avait bien remarqué ; quelques-unes de ces fleurs animées avaient même baissé
les yeux en le voyant.

— Eh ! dit le jeune homme, l'innocent papillon qui
avait reconnu le comte Luigi, — il s'adressait à la belle
personne qui venait d'interpeller Violetta, — savez-
vous quel est cet intrus ?

— Je le connais, dit-elle.

— Il est plaisant derrière son arbre ! Apparemment,
il craint de montrer plus de la moitié de sa vilaine figure. Ce qu'on en voit est bien assez.

— Vous ne savez pas ce que vous dites, répliqua la
courtisane en levant les épaules. Vous parlez d'un
homme qui ne craint rien, parce qu'il s'est arrangé
pour n'avoir jamais rien à craindre.

— Mais d'où sort-il ? Nous ne l'avions pas encore
vu.

— Il sort de Paris, fit-elle en baissant la voix ; il y
rentrera ce soir, si cela lui fait plaisir. Vous n'avez

point les mêmes priviléges. Vous ne les aurez jamais ; d'ailleurs vous ne sauriez point vous en servir. Mais je vous conseille de vous taire ; il y a des gens dont il vaut mieux ne pas parler.

— Ah !... que m'apprenez-vous là ?... balbutia le papillon confondu... Violetta !... car enfin Violetta lui prête son aide...

— Pensez de Violetta ce que vous voudrez, dit la courtisane en se levant avec impatience... Encore s'il n'y avait qu'elle !

Luigi cependant allait quitter l'ombre des quinconces ; mais alors il fit une rencontre.

Le jeune officier qui l'avait mis la veille avec tant d'obligeance sur le chemin du baron d'Arvert l'aborda.

— Monsieur, lui dit-il, je viens à l'instant de recevoir l'ordonnance du commandant qui me prie de me tenir à votre disposition, et je suis heureux que le hasard m'ait fourni si tôt l'occasion de vous être utile et de lui plaire. Mais il est bon que je me fasse connaître ; je me nomme Louis d'Olivaie de Sainteny.

Luigi tressaillit.

— Monsieur, répondit-il avec effort, vous aurez donc rencontré devant vous un bel exemple, en entrant dans l'armée où figurait autrefois une personne de votre nom...

— Le colonel d'Olivaie... On le cite toujours comme

un exemple, en effet. C'était le type de l'honneur militaire ; mais je ne l'ai pas connu.

— Vous êtes de ses parents ?

— Parenté très-lointaine, dit l'officier. Ma famille est bien d'Olivaie ; mais nous ne nous faisons ordinairement appeler que Sainteny.

Luigi respirait. M. de Sainteny paraissant disposé à continuer l'entretien sans interrompre sa promenade, il ne pouvait faire autrement que de se conformer à ce désir. Tous deux remontèrent donc sous les arbres ; ils rasèrent celui qui abritait la belle Violetta et ce singulier compagnon qui paraissait avec elle en si intime confidence. Cet homme n'aurait point vu Luigi au passage, car il ne regardait guère autour de lui.

Mais les yeux de Violetta étaient plus agiles :

— Voyez-donc ! lui dit-elle. Ce doit être le jeune homme qu'on me signalait tout à l'heure. Il est beau, vraiment, comme on ne l'est que dans notre pays, comte Annibal.

Annibal leva la tête, étouffa un cri, et se trouva debout :

— Maxime Imbert ! murmura-t-il.

Ses joues tourmentées étaient devenues livides, et, malgré lui, il ferma les yeux.

Jamais Violetta n'avait vu se déranger ce sinistre visage ; elle en demeura d'abord interdite.

— Eh bien? fit-elle en riant ; vous me donnez un spectacle auquel je n'espérais assister de ma vie... Le comte Annibal ému!... Grand Dieu, qu'y a-t-il donc entre vous et ce jeune homme?

— Tout et rien, dit Annibal.

— Allons ! Ce doit être un de vos ennemis que vous ne comptiez plus rencontrer en ce monde.

Le comte Annibal aussi trouva un sourire, et se laissant retomber assez lourdement sur sa chaise auprès de Violetta, il prit les deux belles mains grasses et satinées de la courtisane italienne dans ses mains osseuses.

— Rien ne va plus qu'à rebours dans le temps où nous sommes, dit-il. L'ordre de la société et celui de la nature sont renversés. J'ai lu hier dans un journal que l'enfer nous vomissait l'arrière-ban de ses démons dans Paris.

— Cela, dit la courtisane, c'est vrai.

— Il paraît que le ciel veut aussi nous renvoyer ses élus... Violetta, les morts reviennent.

— Ce jeune homme aurait donc mérité d'aller au ciel, répliqua Violetta. Oh ! bien ! je suis fixée sur les relations que vous avez eues ensemble. Ce n'a jamais été un de vos amis.

En ce moment, Luigi, toujours accompagné de M. de Sainteny, repassait auprès de l'arbre. Les mains d'Annibal serrèrent plus fort celles de Violetta. Au bout de l'allée, les deux promeneurs se séparèrent. Luigi s'achemina vers la ville. Annibal se leva et le suivit.

Il croyait bien ne pas se tromper, il avait vu Maxime une seule fois, un jour qu'il l'épiait sur le chemin de la prison où le jeune homme allait visiter son père ; mais n'aurait-il jamais eu l'occasion de le voir, qu'il l'aurait encore reconnu !

Est-ce qu'il n'avait pas sans cesse vécu depuis vingt ans auprès de madame de Nertia ? Est-ce qu'il n'avait pas connu dans son redoutable et merveilleux éclat la beauté de Salomé, dont la figure de ce jeune homme lui rapportait la parfaite image ?

Luigi marchait d'un pas assez rapide, et atteignit bientôt son hôtellerie. Il traversa la cour pour gagner sa chambre ; le conducteur de la voiture de Saint-Denis, délogé la veille pour ce beau seigneur, et qui lui en gardait rancune, se tenait sous la voûte du portail et le suivait des yeux en grommelant.

— Mon ami, lui dit Annibal, pourriez-vous me dire le nom de ce jeune homme ?

— Cela ! fit le rustre, c'est un Italien, un comte... il s'appelle Luigi Amiati.

Annibal ne se contenta point d'une indication si peu vraisemblable ; il entra brusquement dans le bureau ; il y trouva la confirmation de ce que cet homme lui avait appris ; mais il n'y croyait pas encore.

— Qu'est-ce que cela ? se disait-il. Ou mon neveu

disparu qui s'avise de reparaître, ou le fils de Salomé qui n'est point mort !

Il s'éloigna lentement, examinant l'un et l'autre cas : la résurrection de Maxime Imbert l'aurait agité bien plus fort, car elle aurait dérangé sa vie, deux jours auparavant, quand il n'avait pas encore vu mademoiselle d'Olivaie, alors qu'il était tout à sa passion pour Marguerite.

La réapparition de son neveu Luigi ne lui offrait-elle pas, au contraire, une occasion précieuse, unique de rendre cette vie décidément plus belle ?

Seulement, il avait besoin d'assurances plus positives, et il espérait bien les avoir trouvées avant le soir ; il s'agissait de ne point se tromper. Tout lui disait que ce jeune homme était bien Luigi... Et pourtant cette ressemblance ?... Mais si ç'eût été Maxime Imbert, pourquoi se serait-il fait appeler Amiati ?

Une idée diabolique vint au comte Annibal : pourquoi se compromettre, en cherchant la vérité ? Il valait encore mieux se tromper que de laisser passer l'heure...

Depuis ce moment, c'est-à-dire du milieu de l'après-midi à la nuit tombée, Annibal disparut ; à six heures, il se montrait à deux lieues de Saint-Germain, à Versailles, où il s'était rendu par la voiture publique.

... Luigi, quand la nuit fut tout à fait venue, sortit de son hôtellerie et gagna le parc. Là, le baron d'Arvert devait le joindre ; le rendez-vous était dans le cabaret du pavillon royal.

Le parc était désert : point de combat ce soir-là ; le jeune homme s'arrêta sous les grands marronniers et s'assit sur un banc.

Il crut alors entendre derrière lui le bruit de pas étouffés, se retourna, ne vit rien, prêta l'oreille encore un instant, et se reprit à rêver.

La soirée était magnifique ; la tendre odeur des feuilles nouvelles sous les quinconces et les lilas en fleur dans les parterres embaumaient l'air attiédi.

Cependant, au-dessus de la tête du jeune homme, un engoulevent jetait son cri sinistre et monotone.

Le baron d'Arvert arriva bientôt au cabaret à la mode ; il avait suivi à cheval la longue terrasse et, durant le chemin, avait amassé tout un trésor d'instructions nouvelles « pour le fiancé de sa belle amie, » avant le départ.

Luigi ne vint pas.

En ce moment, le comte Annibal Amiati prenait un sorbet, tranquillement assis devant le café des officiers, sur la grande place.

XXV

On n'était qu'aux premières heures de la matinée, et dans la chambre de mademoiselle Imbert, au fond de la vieille maison poudreuse de la rue Notre-Dame-des-Victoires, mademoiselle d'Olivaie encore en déshabillé, achevait de peigner ses beaux cheveux.

Quand elle eut lié la gerbe blonde, elle se prit à sourire, en se retournant vers Marguerite, qui la regardait les mains jointes et comme en extase, assise au bord d'une couchette, car elle avait cédé son lit à la fugitive.

— Eh bien ! fit Édith, je vous ai déjà demandé deux fois si vous aviez passé une bonne nuit.

— Non, répondit mademoiselle Imbert, une mauvaise, très-mauvaise nuit, et bien triste ; car je vous épiais. Est-ce que je pourrais dormir quand vous ne dormez pas, que vous souffrez, Édith ?

Puis la jeune fille se leva et courut à sa nouvelle amie.

Comme elle était de bien plus petite taille, elle ne put, même en se haussant sur la pointe des pieds, qu'arriver à poser sa tête sur l'épaule de mademoiselle d'Olivaie, par un mouvement d'une câlinerie charmante.

— Que je vous remercie, dit-elle, et que vous êtes bonne de vous être laissé persuader par ma mère et par moi et d'être venue ici avec nous !

— Se laisser persuader par vous ce n'est pas bien difficile, répondit mademoiselle d'Olivaie. On vous voit et l'on devine tout de suite que vous ne sauriez point mentir. Lorsque vous priez, c'est dans la franchise de votre cœur... mais votre mère ?...

— Ne pensez pas de mal de ma mère, interrompit vivement Marguerite ; elle n'était pas alors moins sincère que moi.

— Je n'en doute pas, reprit mademoiselle d'Olivaie ; vous me comprenez mal. Je voulais dire que j'ai eu d'autres raisons peut-être que les instances de la baronne Imbert et que la situation même où je me trouvais pour accepter l'hospitalité qu'elle m'offrait. Ces raisons je ne puis vous les apprendre.

— Je sais bien que je ne suis pas encore tout à fait

votre grande amie, répliqua Marguerite d'un ton de reproche. Vous ne me confiez point vos secrets. Mais vraiment, ma mère a observé, et depuis, elle me l'a dit, que vous la regardiez cemme une personne dont le visage ne vous aurait pas été inconnu.

— Non, non... j'avais rencontré un visage semblable au sien... autrefois.

Et mademoiselle d'Olivaie mit sa main devant ses yeux comme pour chasser une image importune.

— Je connais bien ma mère ! dit Marguerite, d'un air entendu ; elle me cacherait difficilement ce qui se passe en elle, et je me demande encore pourquoi en ce moment-là elle paraissait si émue.

— Je crois, dit froidement Édith, qui se remettait de son trouble passager, que son émotion n'était que de la charité envers moi.

— Oh ! Dieu ! s'écria Marguerite, c'était sûrement une triste, une cruelle pitié que la solitude où nous vous avons trouvée dans cette grande maison déserte ! Le portier même avait pris la fuite.

— Oui, fit Édith, jamais personne n'a été plus véritablement seule au monde que je ne l'étais ce soir-là.

— Si ces misérables qui avaient forcé votre porte le matin étaient revenus, vos cris n'auraient pu se faire entendre. Ils vous auraient tuée...

— Je serais morte comme je suis condamnée à vivre, seule, toujours seule, ma chère Marguerite.

— Et quand je songe que le comte Annibal !...

— Pourquoi ne pouvez-vous prononcer le nom de cet homme sans frissonner, Marguerite ? demanda mademoiselle d'Olivaie... On dirait que vous ne vous sentez pas plus en sûreté contre lui que je ne l'étais moi-même. Le comte Annibal Amiati est votre parent...

— Notre parent, balbutia mademoiselle Imbert.

— Il y a de ces êtres pervers dans plus d'une famille, dit une voix brève sur le seuil de la chambre. Mademoiselle d'Olivaie est plus âgée que vous, Marguerite, elle a surtout bien plus d'expérience du monde. Elle sait bien que le fils ne ressemble pas toujours au père, le frère à la sœur...

— Cela est vrai, madame, fit Édith en regardant fixement la baronne Imbert qui venait d'entrer.

— Si vrai que ce n'est presque pas la peine de le dire, reprit la baronne Imbert. Cela s'applique à tout le monde et à personne.

— Je le crois, madame ; mais souffrez que je passe une robe. Je ne m'attendais pas au plaisir de vous voir sitôt aujourd'hui.

— Et après tout, le comte Amiati n'est que notre cousin, même assez éloigné continua la baronne qui se mordit les lèvres.

Elle avait compris la leçon que la jeune fille venait de lui donner ; mademoiselle d'Olivaie ne trouvait point que les droits de l'hospitalité fussent une excuse suffisante à cette visite matinale. Elle vivait en intimité avec Marguerite ; mais dans cette cachette même, — et devant tout en apparence à celle qui l'avait recueillie, l'ombrageuse et vaillante fille entendait demeurer libre.

Jamais, depuis quatre jours, elle n'avait accordé à la baronne Imbert que cette froide politesse mêlée d'une méfiance invincible qui se déguisait à peine.

— Comme elle me hait ! se dit l'ancienne Salomé avec son cruel sourire. C'est l'instinct du sang... Pourtant *lui*, avant de me haïr, il m'aimait.

Elle attira Marguerite vers la croisée tandis qu'Édith s'habillait dans un cabinet attenant à l'alcôve.

— Vous n'avez rien dit ? demanda-t-elle tout bas à sa fille.

— Rien, fit Marguerite sur le même ton.

— Prenez garde... Votre cœur est si tendre envers votre belle amie...

— Oh ! oui, répéta mademoiselle Imbert, bien belle et bien digne d'être aimée, ma mère.

— Toute l'affection que vous me refusez à moi, vous l'avez donnée à une étrangère, reprit la baronne. Vos lèvres ne demeureraient pas longtemps closes si elle devenait un jour vraiment curieuse de les ouvrir.... Souvenez-vous de ce que vous m'avez promis.

Mademoiselle d'Olivaie sortait du cabinet dans ses

vêtements noirs. Et comme la baronne Imbert se trouvait alors placée dans l'embrasure de la croisée, sous
une lumière très-vive, cette ressemblance dont la pensée ne cessait de la poursuivre, lui apparut de nouveau;
elle s'arrêta brusquement, et une légère contraction
passa sur son visage.

La baronne, de son côté, baissa la tête, et un frémissement non moins significatif, non moins inexplicable
aussi aux yeux de Marguerite, qui les considérait toutes
deux, agita ses mains amaigries.

Comme si Édith obéissait encore une fois à un avertissement caché. Comme si la baronne cédait de nouveau à une terreur secrète.

Cette dernière ne fit plus que balbutier quelques
mots qui expliquaient sa présence dans la chambre où
elle n'était venue, dit-elle, que pour prendre des nouvelles de mademoiselle d'Olivaie ; puis elle sortit.

Édith saisit les deux mains de mademoiselle Imbert,
l'entraîna au bord de la couchette et la fit asseoir près
d'elle :

— Je vais vous faire, lui dit-elle, une question
étrange. Votre mère, avant d'épouser le baron votre
père, qui est mort, n'avait-elle jamais été mariée?
N'avez-vous pas un frère dont il vous est interdit de
parler et qui ne porte pas votre nom ?

— Ma mère n'a jamais été mariée qu'au baron Imbert, répondit Marguerite d'une voix tremblante ; j'ai

eu un frère qui s'appelait Maxime et qui est mort comme mon père.

— Je suis folle! dit mademoiselle d'Olivaie en se evant... oh! que le cœur est lâche! Je ne tiens point ce que j'avais juré à l'abbé Cazenove!

Et tout bas, elle ajouta : J'avais promis de ne plus songer à lui!

— Pardonnez-moi, reprit-elle en revenant vers Marguerite, je reconnais mal tout ce que votre mère et vous avez fait pour me sauver... mais il y a des choses que je ne comprends pas... Marguerite, je vous supplie de me redire une fois de plus qui vous a conduites toutes deux vers moi...

— Vous le savez, dit Marguerite, c'est Domenico.

— Ce domestique italien qui faisait partie de ces horribles gens envoyés à la recherche de mon frère, vous avait raconté la scène du matin. Vous avez été émues d'une compassion généreuse...

— Oh! fit mademoiselle Imbert, une compassion si naturelle! Et pourtant nous ne vous avions pas encore vue.

— Voilà justement ce qui me paraît inexplicable! reprit Édith. Vous avez voulu, sans me connaître, me protéger contre cet Annibal Amiati...

— Oui, oui, dit Marguerite. Lui, nous le connaissions!

— Votre parent, l'ami de votre mère. Il vient ici, tous les jours, à toute heure... Vingt fois vous m'avez

dit vous-même : Il faut vous tenir mieux cachée......
Annibal est au logis.

— C'est vrai...

— N'avez-vous rien autre chose à m'apprendre ?
continua mademoiselle d'Olivaie... Je veux avoir la
clef de cette énigme... Marguerite, il faut que vou
parliez ; il faut que vous me fassiez comprendre ce qui
me paraît plein de contradiction , peut-être de menaces...

— Que craignez-vous ? demanda mademoiselle Imbert d'une voix éteinte... Ne suis-je pas près de vous?..
Vous ne me soupçonnez pas, moi ?..

En ce moment, on gratta doucement à la porte de
la chambre ; Marguerite s'élança et l'entr'ouvrit. Par
l'entre-bâillement apparut la face grimaçante de M. Polichinelle qui dit à la jeune fille un mot à voix basse et
se retira.

— Cet homme vient vous avertir que son maître est
encore ici ? reprit mademoiselle d'Olivaie. Qui trahit-
on ? Est-ce le comte Annibal ! Est-ce moi ? Vous voyez
bien qu'il faut parler.

— Oh ! s'écria Marguerite, en jetant ses bras autour
du cou de son amie, n'exigez pas cela !....

... La baronne Imbert parcourait, suivant sa coutume, son grand salon morne aux meubles boiteux ;
elle pensait à l'orgueilleuse fille qu'elle venait de quitter, « son otage », et se disait :

— Que cherche-t-elle dans mes traits ? Sûrement, elle ne connaît point madame de Nertia, puisqu'elle a accepté le secours de la baronne Imbert. Pourquoi ce regard obstiné à me pénétrer jusqu'au fond de l'âme ?

Annibal entra.

Elle ne l'avait point vu depuis quatre jours ; son premier mouvement fut une joie cruelle : ces quatre journées, sans doute les avait-il passées à la recherche de la belle solitaire du faubourg Saint-Germain.

En ce moment, l'ancienne Salomé ne se repentait point de ce qu'elle avait fait ; elle s'applaudissait de tenir son ôtage.

Le bruit d'une porte qui grinçait et qui sembla trahir les précautions de la main qui l'entr'ouvrait, attira l'attention d'Annibal ; il avait gardé jusqu'alors un silence farouche.

— Qui va là ? demanda-t-il. Êtes-vous bien sûre qu'on ne pourra nous entendre ? J'ai à vous dire d'étranges choses.

— Bon ! fit la baronne ; c'est Marguerite qui rentre chez elle. Ne craignez donc rien.

Mademoiselle d'Olivaie et Marguerite traversaient alors la pièce étroite qui servait d'office et séparait leur chambre du salon. Édith tenait par le bras mademoiselle Imbert, tremblante et tout en larmes.

— Vous m'avez donc forcée à vous le dire ! fit tout bas Marguerite. Eh bien, oui, c'est moi qui épiais avec

Dominique une conversation entre le comte Annibal et ma mère; c'est moi qui ai compris en les écoutant tous les deux le danger qui vous menaçait...

Et, lui montrant du doigt le placard, elle ajouta plus bas encore : J'étais là.

Mademoiselle d'Olivaie hésitait.

XXVI

Ainsi, elle avait arraché à Marguerite ce premier aveu.

C'était la jeune fille qui avait conçu la pensée de venir à son secours quatre jours auparavant; c'était Marguerite qui s'était prise à l'aimer sans la connaître,

qu'un élan de l'âme et du cœur avait emportée vers elle.

Mais comment et pourquoi la baronne Imbert s'y était-elle associée?

Et puis était-il sûr que Marguerite ne la connût pas?...

Plusieurs indices lui donnaient envie de croire que son nom n'était pas tout à fait ignoré dans cette maison mystérieuse. Voilà l'une des choses qui la rendaient inquiète.

Cette idée, si peu raisonnable, si peu conforme aux

précautions qui règlent les actes mêmes extraordinaires de la vie, — cette folie généreuse consistant à courir et à se dévouer à une inconnue — si vraiment Édith d'Olivaie était une inconnue pour Marguerite Imbert, — pouvait bien avoir germé dans une tête de seize ans. Était-il possible de croire que la baronne s'y fût prêtée uniquement pour plaire à sa fille ?

Mais depuis quatre jours, mademoiselle d'Olivaie n'en était plus à s'apercevoir qu'entre Marguerite et sa mère, il n'y avait aucun lien de tendresse... C'est ce qui rendait la complaisance de la baronne plus inexplicable.

— Comment avez-vous gagné votre mère ? demandat-elle tout bas à Marguerite. Comment l'avez-vous amenée à faire ce que vous désiriez ? C'était au moins une démarche singulière. Votre mère n'est pas volontiers si complaisante envers vous ni vous envers elle. Vous n'avez guère toutes les deux les mêmes sentiments et les mêmes pensées.

— Nous les avons eus une fois, dit Marguerite.

Mademoiselle d'Olivaie, au lieu de répondre d'abord, s'abandonna pendant une minute au courant des souvenirs. Il n'y avait pas non plus autrefois union des pensées entre elle et sa mère ; mais des deux parts quelle tendresse profonde, bien que peu expansive sur la bouche d'Édith ! Et quel respect dans le cœur de la jeune fille !

Édith serra plus fort le bras de sa compagne.

Elle s'était également aperçue que cette enfant de dix-sept ans jugeait sévèrement sa mère. Voilà ce qui avait donné le premier éveil à sa méfiance.

— Tout cela, reprit-elle à l'oreille de Marguerite, ne me fait point comprendre les véritables desseins de la baronne Imbert, quand elle m'a offert un asile dans sa maison. Surtout, rien de ce que vous me dites ne m'explique la présence presque continuelle ici de ce comte Amiati, et la peur qu'il vous fait, ma mignonne...

L'explication que cherchait mademoiselle d'Olivaie était à sa portée ; elle fit un pas vers le placard ; mais ce moyen de s'éclairer, que lui avait indiqué la faiblesse de Marguerite, lui inspirait encore une vive répugnance.

— Oh ! dit mademoiselle Imbert, s'efforçant de la retenir, n'écoutez pas ! n'écoutez pas !

La voix de cuivre d'Annibal vint à résonner au même instant ; il disait :

— Vous ne vous plaindrez pas de moi, je pense. Vous devez trouver que je ne fais point de façons pour satisfaire Marguerite, et que je lui accorde largement le répit que vous m'avez demandé en son nom.

— Aussi, riposta la baronne, je vous jure qu'elle vous en est reconnaissante. Vous êtes trop éclairé sur ses sentiments envers vous pour en douter.

... — Je vous disais bien qu'en tout ceci, il s'agissait de vous... Ai-je bien entendu, Marguerite ? dit mademoiselle d'Olivaie à sa compagne contre laquelle, dans leur cachette, elle était étroitement pressée.

La réponse à cette question arriva au même instant, claire et précise ; Annibal reprit :

— Cependant mademoiselle Imbert pourrait trouver désormais d'assez précieux avantages à devenir comtesse Amiati...

— Sans parler de l'honneur ! s'écria ironiquement la baronne.

— Je crois que mon neveu, le comte Luigi, est décidément mort.

Marguerite, dans le placard, ne put retenir une exclamation douloureuse qui fut heureusement couverte par un grand cri de la baronne Imbert.

La jeune fille alors se sentit attirée violemment hors de la cachette. Arrivée dans l'étroit vestibule, obéissant toujours à cette main qui l'entraînait avec une force surnaturelle, Marguerite se hasarda pourtant à lever les yeux sur mademoiselle d'Olivaie.

Elle la vit mortellement pâle, mais calme en apparence, bien que ses lèvres fussent agitées d'un tremblement que la courageuse fille ne pouvait vaincre :

— Édith, murmura-t-elle, qu'avez-vous ?

— Grand Dieu ! fit Édith, c'est vous qui, tout à

l'heure, avez laissé échapper une plainte, et c'est moi
qui recevais une affreuse blessure. Au nom du ciel !
quel est ce Luigi dont parle le comte Annibal, votre
fiancé ? Car à présent, je sais tout...

— Vous l'avez entendu, répliqua Marguerite. C'était
son neveu.

— ... Pourquoi dites-vous : c'était ?... Vous aussi,
vous croyez donc qu'il est mort ?

— Je ne sais... Il avait disparu depuis plus d'un an
de sa ville natale en Italie.

— Un an... Il était en France, où il cachait le nom
de sa famille ?...

— On le disait. Le comte Annibal prétendait qu'on
ne le reverrait point.

— Et qu'il était mort ?... répéta mademoiselle
d'Olivaie d'une voix qu'on n'entendait plus qu'à
peine.

— Annibal voulait son héritage...

— L'avez-vous vu ? reprit Édith... Il était jeune,
n'est-ce pas ? Il était beau, très-beau... Répondez.

— Je ne l'ai jamais vu... J'ai entendu dire qu'il
avait une figure charmante, et je sais qu'il avait vingt-
deux ans.

Édith passa la main sur son front d'un air égaré :

— Rentrons dans votre chambre, dit-elle.

Marguerite la suivit; mademoiselle d'Olivaie alla
d'abord s'agenouiller au pied du lit, fit une courte et

ardente prière; puis revenant vers sa compagne, elle lui posa la main sur l'épaule comme pour prendre possession de cette jeune âme qu'elle allait forcer à s'ouvrir :

— Maintenant, achevez, fit-elle. Dites-moi tout.

. . . .

— Et quelles raisons, je vous prie, disait dans le salon la baronne Imbert au comte Annibal, avez-vous bien de croire qu'enfin votre héritage est ouvert?

Elle eut un éclat de rire sec et provoquant ; elle était trop animée contre le « fidèle ami » pour n'avoir pas cessé de le craindre. Et puis ne le tenait-elle pas bien ? N'avait-elle pas *son otage*?

— On prend aisément ses désirs pour des réalités, continua-t-elle sur le même ton. Vous aurez passé une nuit agitée, une nuit ambitieuse, comte Annibal ; vous vous serez vu en songe dans le beau palais de Bergame. Il ne manque plus que cela vraiment à votre fortune !... Un palais ! Vous y porteriez les fruits de votre habile conduite depuis quelques semaines...

— Assez habile, en effet, dit Annibal ; j'ai le pouvoir, la sécurité...

— Et le profit! reprit-elle. Je ne vous parle pas de vos gains au jeu depuis un an. Vous devez être riche à présent, et je sais mieux que personne, comte Amiati, que vous êtes un seigneur magnifique... Pourtant, vous n'avez pas l'écrin pour enfermer ces richesses et

le nid doré pour en jouir. Point de logis digne de
vous ! Il n'y aurait que ce fameux palais de Bergame,
le bien de votre neveu. La galerie de tableaux achève-
rait votre splendeur... Aussi, vous avez tué ce pauvre
comte Luigi.

Annibal se leva brusquement.

— En rêve, dit la baronne... Quel malheur encore
une fois que tout ceci soit un rêve !

— Ce n'est point un rêve, répondit-il froidement.
J'ai vu de mes yeux à Saint-Germain le comte Luigi
Amiati, le chef de ma famille. Et je vous assure qu'il
lui aurait fait longtemps honneur, sans ce fatal accident...

Ce fut au tour de la baronne Imbert de se lever :

— Ah ! fit-elle d'une voix sourde, votre rencontre
avec ce jeune homme a été suivie d'un accident !

— Inexplicable. Quand on m'avait montré sur la
terrasse ce dernier de nos aînés, beau comme un Dieu,
je m'étais senti tout de suite entraîné vers lui par un
mouvement que je ne pourrais définir...

La baronne tressaillit.

— Il s'était fait connaître dans la ville, le jour précédent, par un trait de courage. Quant à moi, je con-
çus alors un projet.

— Je le crois, dit-elle, les dents serrées et les mains
tremblantes.

— D'ailleurs, une circonstance singulière m'avait

frappé... Savez-vous que j'ai eu comme une vision...
c'est une hallucination que je devrais dire... en présence de ce beau neveu... J'ai cru vous revoir, Salomé,
dans tout l'éclat de votre jeunesse...

— Moi ! moi ! s'écria-t-elle. Et d'où pourrait venir
cette ressemblance ?

— Un jeu de la nature... Je ne voudrais point réveiller en vous de cruels souvenirs, car je sais ménager mes amis.

— On n'hérite que de ses parents ! murmura-t-elle.
Mais il n'eut pas l'air de l'avoir entendue.

— J'ai cru revoir aussi celui que je n'avais vu qu'une
seule fois, reprit-il. Votre fils... Et si j'avais été su-
perstitieux comme vous...

— Mon fils ! répéta la baronne Imbert, en fermant
les yeux.

— Oui ! poursuivit le comte Annibal ; si vous aviez
été là, vous n'auriez pas manqué de vous écrier que
les morts reviennent...

La baronne Imbert fit un violent effort : Vous me
parliez de votre neveu, dit-elle, de votre projet à son
égard et de l'étrange accident...

— Étrange, en effet ! Je crois vous l'avoir déjà dit.
Quant à mon projet, il consistait tout simplement à
aborder le comte Luigi et à me faire connaître...

... Mais l'occasion s'est dérobée devant moi, le plus
tristement du monde, reprit Annibal en se renversant

15.

dans son fauteuil et en mettant sa main sur ses yeux
pour en cacher la flamme sinistre. Je me trouvais le
soir dans un café, quand la nouvelle s'est répandue
tout à coup, que le jeune, le beau, le riche comte
Amiati. — Il paraît qu'il était riche et qu'il cachait
toute une fortune — avait été assassiné dans le parc de
Saint-Germain.

La baronne Imbert s'avança lentement vers le fauteuil. Annibal tenait toujours ses yeux couverts de sa
main ; elle lui toucha le bras.

— Comment se fait-il, demanda-t-elle, que le misérable assassin de ce jeune homme ne se soit pas emparé de cette fortune ?

— C'est qu'apparemment, il en ignorait l'existence.
On ne se figure pas un homme assez imprudent pour
porter un demi-million sur lui. Mais il n'en aura pas
moins favorablement travaillé pour moi... ce misérable. Le demi-million me reviendra.

— Ah ! dit-elle, vous le tenez donc enfin, cet héritage. Et le voilà doublé.

— Je le tiens, dit Annibal, tout en se dirigeant vers
l'extrémité de la chambre, car le regard de Salomé
devenait pourtant incommode. Je vous prierai même
d'en accepter une part...

La baronne Imbert, au même instant, se trouva
devant lui et lui barra le passage.

— Je vous remercie, dit-elle, mais je refuse. Notre

contrat est rompu ; je ne veux pas de dédit. Gardez un
bien si légitimement acquis, je garderai Marguerite.

— Que voulez-vous dire? fit Annibal en avançant la
main pour saisir la sienne. Et que pensez-vous donc?

Mais ce contact fit horreur à Salomé ; elle repoussa
cette main sanglante.

— Tenez! dit-elle avec un nouvel éclat de rire vi-
brant et saccadé, je veux vous proposer un nouveau
marché, comte Annibal. A vous le palais de Bergame
et les tableaux! Vous serez assez riche. A moi le demi-
million et je vous rendrai celle que vous cherchez et
qui a fui devant vous, celle qui vous paraît à présent
une comtesse Amiati plus enviable que mademoiselle
Imbert. Et vous avez raison, car elle est plus belle.

Annibal eut un de ses mouvements de fauve, se
ramassant pour bondir sur une proie : — Vous savez
où se cache la sœur de Maurice d'Olivaie? s'écria-t-il.

XXVII

Il faut revenir à cette soirée où, dans le parc de Saint-Germain, la fraîcheur des feuilles nouvelles embaumait l'air au-dessus de la tête de Luigi, assis sous les grands quinconces et rêvant à son expédition du lendemain. Il allait se retrouver auprès d'Édith d'Olivaie, en dépit de sa résolution de ne jamais la revoir et de la malédiction qui les séparait.

Le commandant d'Arvert l'avait exigé, l'abbé de Cazenove l'avait prescrit ; c'est qu'apparemment Dieu ou le destin le voulaient.

Dieu effaçait le serment que Luigi n'avait fait qu'à lui-même, et lui montrait en même temps le chemin à suivre pour remplir un autre serment juré à un mort... Le jeune homme rentrerait le lendemain dans ce Paris en feu qui ne renfermait pas seulement Édith d'Olivaie, qui cachait aussi Marguerite.

Il tressaillit, car sa conscience lui faisait un cruel reproche.

Si le comte Luigi Amiati n'avait pas oublié la sœur de Maxime Imbert, au moins ne devait-il pas s'accuser d'une étrange mollesse dans l'accomplissement de l'œuvre sacrée dont la délivrance de Marguerite et le salut d'une jeune âme devaient être le but ?

Depuis un an qu'avait-il fait ? N'avait-il pas borné trop tôt ses recherches ? ne s'était-il pas payé sans cesse de l'espoir qu'elles seraient plus heureuses le lendemain ?

Averti que la baronne Imbert et sa fille étaient revenues à Paris accompagnées du comte Annibal, avait-il rassemblé toutes ses forces renaissantes pour se mettre aussitôt à leur poursuite ? Ne s'était-il pas dit misérablement d'abord : Paris est fermé. Qu'y puis-je faire ? Attendre.

La pensée des dangers que courait Édith devait allumer en lui une autre impatience et un autre courage. Il avait résisté d'abord au prêtre qui l'obsédait, au commandant qui mêlait les ordres aux prières ; dans la secrète et ardente lâcheté de son cœur, il ne demandait qu'à se voir forcé de leur obéir. L'amour, encore une fois, avait eu plus de force que le devoir.

Maintenant l'heure était venue de satisfaire à l'un

en cédant à l'autre. Protéger Édith d'Olivaie, sauver Marguerite Imbert, la tâche serait double ; il se jura pour cette fois de la remplir tout entière.

Et il allait se lever pour rejoindre dans le cabaret au bord de la terrasse le baron d'Arvert qui devait l'attendre. Il ne songeait plus à ce bruit de pas suspects qu'il croyait avoir entendus un moment auparavant. Une ombre se pencha au-dessus de sa tête... il se dressa, portant la main à sa poitrine, retomba sur le banc, puis glissa sur le sable de l'allée.

Un vent plus doux agitait les feuilles, et dans les hautes branches, l'engoulevent poussa deux fois sa note perçante et lugubre.

Un homme fuyait sous les arbres : ce n'était pas un fuyard ordinaire, la peur ne l'aveuglait point ; il ne voyait pas, comme Caïn, la main de l'Éternel Vengeur étendue sur sa tête. Il se dirigeait avec adresse et courait sans bruit, quelquefois par grands bonds qui témoignaient de sa force prodigieuse. Il arriva dans les parterres, il ne courait plus.

Là se trouvaient quatre promeneurs attardés qui regagnaient la ville en causant avec animation et qui ne le virent point. Il les suivit de loin d'abord, puis de plus près ; si bien qu'en atteignant, du côté de la grande place, la grille que les gardiens s'occupaient à fermer, il sembla faire partie de cette troupe pacifique.

Alors, il se glissa parmi les arbustes en caisses placés au-devant du café, usurpant une partie du trottoir et formant ce que les limonadiers nomment si plaisamment leur *terrasse*. Point de consommateurs au dehors ce soir-là : tout le servait bien. Il s'assit, prit un sorbet et tout à coup changeant son plan de campagne, se mit à frapper violemment sur la table.

Un garçon accourut : Je suis ici depuis une demi-heure, lui cria-t-il, et je ne peux obtenir de l'eau glacée. Je crois que je ferai mieux d'entrer dans le café, si je veux enfin être servi. Voilà une maison bien ordonnée !

Le garçon avait, en effet, oublié ce complément en apportant le sorbet; mais il courut tout effaré en entendant dire que ce personnage incommode était là depuis une demi-heure. A peine avait-il eu le temps de s'asseoir.

Le comte Annibal entra dans le café. Tout le monde était averti des motifs de sa colère par le bruit qu'il avait fait. On ne douta point qu'il n'eût attendu son eau glacée une demi-heure à la porte.

Cette sinistre figure n'était pas inconnue de tous les habitués. Dans un groupe d'officiers supérieurs assis au fond du café, on chuchota un moment. L'un de ces officiers se mit à tourmenter assez nerveusement sa cravache, tandis qu'un autre disait : C'est l'espion italien.

L'*espion* — puisqu'enfin on le désignait par ce nom,

et qu'on ne connaissait point l'autre, — n'était là justement que pour être vu.

Le comte Amiati, des seigneurs de Castel Rosso, se plaisait à penser qu'il n'était plus de la branche cadette. A lui le palais de Bergame! Il n'y avait plus de branche aînée...

Cependant Luigi dans le parc rouvrit les yeux, se débattit, étendit les bras, réussit à s'accrocher au banc et à se soulever, puis retomba en poussant un grand cri.

A cent pas, environ, en face de ce banc, s'ouvrait une autre grille, gardée par un poste de soldats. Le factionnaire donna l'alarme. Le sergent et trois hommes accoururent. Le blessé était redevenu insensible ; ils crurent n'avoir plus devant eux qu'un cadavre. L'un retourna vers le poste pour y chercher une lanterne ; les autres chargèrent le mort sur leurs épaules, le sergent ouvrait la marche.

Le baron d'Arvert, ayant fini par perdre patience dans le cabaret, s'acheminait dans le parc, vers la ville.

Il allait à la recherche de celui qu'il nommait tout en grommelant son beau donneur de rendez-vous, et se promettait bien de ne pas relancer Luigi dans son hôtellerie tout seul ; il comptait rencontrer l'abbé Cazenove. A deux on est plus fort contre un rebelle et un ingrat à qui l'on offre le bonheur au prix de quelques dangers, et qui s'y dérobe...

Le commandant dévorait une violente colère.

— Nous avons trouvé, l'abbé et moi, un sauveur pour Édith. On ne nous faussera pas compagnie, se disait-il militairement. Mort ou vif, il faudra que le sauveur marche !

Il aperçut à une assez grande distance devant lui une lumière, et un groupe d'hommes se dirigeant précisément vers la grille par laquelle il comptait sortir du parc ; il pressa le pas. Le factionnaire lui barra le passage ; l'officier se fit reconnaître et entra dans le poste.

On venait d'étendre Luigi sur un lit de camp dans l'arrière-chambre. Le commandant faillit être renversé par l'un des hommes qui venait de recevoir du sergent l'ordre d'aller quérir le chirurgien et qui courait à toutes jambes. Le blessé rouvrit encore une fois les yeux ; il reconnut M. d'Arvert penché sur lui, et pressant la main du vieil officier, murmura :

— Nous nous étions trompés tous les deux, et l'abbé Cazenove avec nous. Dieu ne le voulait pas !

Ce fut tout ; ses paupières retombèrent lourdement. Le commandant lui soutenait la tête tandis qu'on le déshabillait, et deux grosses larmes roulaient sur ses joues. On mit à nu cette blanche et robuste poitrine : d'un côté l'on découvrit la cicatrice de la balle allemande ; de l'autre, au-dessous du cœur, une plaie étroite, aux lèvres sanglantes d'où s'échappaient à peine quelques gouttes vermeilles. Il n'y avait pas de temps à perdre : une hémorrhagie interne semblait imminente. Le chirurgien, heureusement, arrivait.

Tandis qu'il commençait sa cruelle opération, le commandant bondit, frappé par une pensée subite.

— Le couteau ! s'écria-t-il ; le couteau qui a fait cela !

Deux soldats, l'un muni de la lanterne, se hâtèrent de retourner à l'endroit où l'on avait trouvé le blessé. Ils découvrirent l'arme sous le banc et la rapportèrent toute sanglante. C'était un petit stylet de femme avec une poignée de bronze, en forme de croix, un joujou. La faiblesse même de l'instrument du meurtre prouvait la force de la main du meurtrier. Sûrement, ce n'était pas une main de femme.

— Luigi est fait pourtant de façon à avoir de belles ennemies ! grommela le commandant.

Et, Dieu lui pardonne ! Il se demanda si la veuve de Saint-Anne, si terriblement jalouse, n'était point capable.....

La Veuve était robuste comme un homme.

Il savait comme Luigi l'avait trompée pour rompre sa chaîne, car le jeune homme lui avait tout dit. Était-il impossible que dans sa colère, brûlant de se venger, et, d'ailleurs, toujours si près de la folie qui serait immanquablement sa fin, l'ancienne colonelle eût retrouvé les traces de son fugitif, et que...?

Cependant le baron d'Arvert repoussa bientôt cette pensée qui lui parut plus que téméraire. Une autre l'agitait depuis un moment. Il saisit l'habit de Luigi ; il y trouva le portefeuille de cuir qu'il connaissait.

La veuve de Sainte-Anne avait gardé le petit carnet d'ivoire qui contenait la lettre de Beppo et celle d'Olivia.

Dans les poches du portefeuille le commandant retrouva les deux titres de rentes. L'assassin de Luigi n'était pas un voleur.

— C'est donc l'œuvre d'une terrible haine ! murmura le baron.

Alors il se rappela ce qui lui avait été conté à Dijon par madame d'Escarlat, de cet oncle du blessé, le cadet des Amiati, un scélérat émérite, et la menaçante figure qu'il avait vue auprès d'une femme qui ressemblait si fort à Luigi, à la croisée de l'hôtel.

Annibal Amiati qui savait tant de choses, ignorait l'existence et le nom du baron d'Arvert ; il croyait s'être assuré toutes les chances de l'impunité et rendu le maître du sort ; il ne soupçonnait pas si près de lui un dernier danger.

Si le commandant d'Arvert s'était rendu, comme il lui arrivait quelquefois, au café sur la grande place, pour y voir les vieux officiers, ses anciens compagnons d'armes, il aurait reconnu le voyageur de Dijon, cet oncle de Luigi, qui le poursuivait de ses convoitises furieuses, depuis que l'enfant était au monde,

.et qui avait essayé d'empoisonner son berceau.

Mais le baron demeura près du mourant. Il recueillit l'arrêt du chirurgien qui fut rendu par un signe, et appelant un des soldats : — Allez à l'hôtellerie du Paon, lui dit-il. Vous réveillerez l'abbé Cazenove et vous l'amènerez ici.

Il était onze heures; mais en ce temps agité, on ne dormait guère, même quand il n'y avait point de canonnade lointaine. Le soldat rencontra plusieurs personnes qu'il connaissait. Le bruit du meurtre se répandit en un moment.

Annibal, immobile à sa table, prenait son quatrième sorbet. Tant de glace fit sourire. L'un des officiers supérieurs, le même qui tourmentait instinctivement sa cravache toutes les fois que ses yeux se portaient sur le sinistre consommateur, se prit à dire :

— Il faut que cet homme ait un brasier intérieur à éteindre.

La nouvelle, au même instant arrivait dans le café ; elle y produisit une sensation très-vive. Quelques personnes se levèrent et vinrent autour du comptoir devenu le foyer des renseignements. La maîtresse de la maison exposa tout ce qu'elle avait appris. Les détails d'abord manquèrent ; mais on des recueillait un à un de la bouche des garçons qui s'en allaient sur la place où les groupes s'étaient formés; la lumière venait de l'office.

Ce qui frappa le plus fortement les auditeurs, ce fut cette circonstance d'une énorme somme d'argent trouvée sur la victime. On disait un million, puis deux, puis trois. Enfin un nouveau venu, qui prétendait avoir causé avec le sergent du poste, ramena les choses à la vraisemblance. Il s'agissait seulement de deux titres de rente de douze mille francs chacun, ce qui faisait environ cinq cent mille francs.

Alors le consommateur du quatrième sorbet, qui écoutait de toutes ses oreilles exercées et de toute son âme diabolique, se leva brusquement comme s'il venait seulement d'entendre et mêla sa menaçante personne à la cohue devant le comptoir. — Cinq cent mille francs! demanda-t-il. Qui parle de ce gros argent? Ai-je bien compris? Il y a donc eu quelqu'un d'assassiné?

— Certes, lui répondit-on, un jeune homme, un beau jeune homme, le même qui avait tué hier un cavalier prussien sur la route de Saint-Denis, un Italien à ce qu'on croit.

— Le comte Luigi Amiati, dit un jeune officier qui entrait.

C'était le lieutenant d'Olivaie de Sainteny.

— Je le connaissais, reprit-il. Je viens de recevoir la triste nouvelle qui n'est que trop sûre. Il est mort.

XXVIII

La nouvelle de la mort du comte Luigi était sûre. Annibal se leva, sortit du café, gagna au bord de la forêt, la maison d'un garde. C'est là que le matin, il avait laissé son cheval. Le garde qui avait soigné par complaisance cette superbe bête, un grand trotteur allemand, l'aida encore à la seller, sans cacher sa surprise de voir le cavalier s'engager sur les routes, la nuit, en un pareil temps.

Tout le monde savait que depuis les derniers combats, il y avait des fuyards qui n'avaient pu regagner Paris, et qui battaient le fond des bois, armés encore et mourant de faim. Le garde crut devoir rappeler au voyageur cette circonstance menaçante.

Mais le voyageur fit un geste de dédain. On ne le tuait pas, lui, il tuait les autres. En ce moment, comme il allait se mettre en selle, il eut une hésitation subite. Pourquoi partir ? Pourquoi ne pas se présenter au chevet du mort ? N'était-il pas le plus proche parent et l'héritier ?...

Pourtant ce serait tenter la fortune.

Et puis, qu'y eût-il gagné ? Un magistrat, sans doute, avait été appelé déjà, qui ne lui délivrerait point les valeurs laissées par le comte Luigi sans l'accomplissement préalable des formalités exigées par la loi. Provisoirement, on le mettrait en demeure de prouver son identité, alors que son nom n'était connu à Saint-Germain que de la diva Violetta et de quelques-unes de ses pareilles, intéressées à lui en garder le secret. Cette publicité deviendrait un étrange embarras pour ses démarches mystérieuses.

Tout bien pesé, il valait mieux attendre la paix pour faire valoir ses droits. Le demi-million ne s'envolerait point, car il allait être mis sous des scellés.

La paix, ce serait l'écrasement des milliers de misérables qui tenaient Paris ; il n'ignorait peut-être pas qu'elle était désormais prochaine ; il savait où en étaient les choses, ayant poussé à la révolte, et maintenant favorisant la vengeance sociale, — après le crime aidant le châtiment.

Il sauta donc sur son cheval, joua de l'éperon, s'enfonça dans la forêt, et, brusquement tourna bride. Ce changement de direction n'échappa pas au garde qui prêtait l'oreille. En découvrant que son voyageur prenait la route de Saint-Denis, le brave homme serra les poings. — Le brigand avait bien raison de me dire qu'il ne craignait rien ! grommela-t-il.

Et pourquoi le comte Annibal Amiati aurait-il eu aucun sujet de crainte en galopant vers les postes allemands ? Sa monture en connaissait le chemin. Il n'avait qu'à laisser flotter les guides.

En arrivant à Paris, dans la matinée seulement du lendemain, il avait couru à la maison d'Édith. Le nid était vide, le beau cygne envolé.

Il avait travaillé deux jours entiers sans succès à retrouver les traces de l'enivrante et orgueilleuse solitaire du passage Sainte-Marie et il arrivait chez la baronne Imbert dévoré de passion et de rage.

Maintenant il venait d'entendre l'ancienne Salomé lui dire qu'elle savait où se cachait la fugitive.

— A moi le demi-million de votre neveu, et je vous rendrai mademoiselle d'Olivaie.

Il tint un instant les mains de la baronne serrées dans ses mains de fer : il les broyait.

Puis il les laissa retomber toutes meurtries, poussa une sorte de cri rauque, le gémissement du diable, et s'assit en croisant les jambes suivant sa coutume. Ses deux genoux formaient comme les deux pointes d'un arc tendu ; il mordillait ses doigts osseux, et ses ongles s'usaient sur ses dents tranchantes ;

il regardait le parquet d'un air farouche et égaré, comme s'il avait considéré ouvert sous ses pieds le misérable piége auquel il s'était laissé prendre. Tout à coup, il se redressa : « Domenico ! » s'écria-t-il.

— Ce n'est pas Domenico qui m'a révélé votre nouvelle passion, lui répliqua la baronne. Êtes-vous donc si sûr de vos autres compagnons, dans cette expédition chez mademoiselle d'Olivaie, que vous ne puissiez accuser que celui-là ? Domenico vous craint trop pour vous trahir.

Cela, il en était persuadé. L'idée ne lui vint pas même qu'on le trompait une fois de plus, et il retomba dans son fauteuil. Les minutes s'écoulèrent. Ses yeux ne quittaient plus son ennemie. La baronne Imbert justement se tenait debout, au pied du grand portrait, imité de la manière de Nattier, qui la représentait dans la splendeur insolente de ses belles galantes années, et qui portait cette devise : *le Feu.*

En vérité, la ressemblance si cruellement effacée se réveillait alors. La haine satisfaite, le plaisir d'une vengeance si bien conduite, le sentiment de sa force reconquise après tant d'humiliations et de révoltes secrètes, tout cela semblait avoir rendu à Salomé quelque chose de l'éclat de sa jeunesse.

Elle tenait enfin le tyran à sa merci, et si elle ne se faisait point briser, elle allait le réduire. Encore une fois, elle jouait le tout pour le tout.

A ce moment, la partie sembla gagnée.

— Si je vous donnais ces cinq cent mille francs, quand ils seront à moi !... dit lentement le comte Annibal.

Sa voix résonnait comme le cor du chasseur noir de la légende dans la forêt. La baronne Imbert avait beau être intrépide ; elle tressaillit, mais se remit aussitôt.

— Vous n'y songez pas ! répondit-elle. Si vous me donniez ces cinq cent mille francs, je me verrais forcée de refuser un si bel argent. Je ne détruirai pas de mes mains le contrat qui nous lie tous les deux, je ne priverai point mademoiselle Imbert de l'honneur qui l'attend en devenant comtesse Amiati.

— Ce n'est pas ce que vous me disiez tout à l'heure, fit Annibal ; mais je n'ai pas de temps à perdre, vos railleries sont hors de saison. Ce demi-million je vous l'offre si vous me rendez celle que je cherche...

Salomé l'interrompit par un bruyant éclat de rire :

— Vous me l'offrez ? dit-elle. Où sera le gage ?

Il se leva plus menaçant, plus sinistre, du sang plein les yeux, la face convulsée par la colère. — Un gage ! répéta-t-il d'une voix à peine articulée.

— Supposez, riposta tranquillement la baronne Imbert, que je me sois assurée de la précieuse personne de mademoiselle d'Olivaie comme d'un otage...

— Comme d'un otage, murmura-t-il.

— Double précaution. Et n'aurait-elle pas été habile ? Un otage ; je me répète à dessein, je veux me bien faire comprendre. Un otage contre vous qui cédiez à un nouveau désir de votre imagination italienne... Je les connais vos désirs, ils n'ont pas de pitié.

— C'est vrai ! dit Annibal, ils ne veulent pas qu'on les brave.

— Un otage contre vous, l'amoureux d'une inconnue, qui n'auriez point manqué peut-être de nous abandonner, Marguerite et moi, sans autre perspective que le dénûment. C'eût été le prix de tant d'efforts que nous avons faits pour vous aimer, comte Annibal !...

— Oh ! fit-il, vous avouez donc que cette jeune fille est dans vos mains ?

— Un otage aussi contre Maurice d'Olivaie, continua-t-elle. Supposez encore qu'il retrouve mes traces et qu'il recommence à me poursuivre. Entre moi et le jeune loup, je mets sa sœur. N'est-ce pas un bon rempart ?

— Soit, dit-il ; mais Maurice d'Olivaie est en Amérique, ou il est mort.

— Je n'en suis pas sûre, vous ne l'êtes pas davantage. Veuillez bien réfléchir que si je connaissais la retraite de mademoiselle d'Olivaie, et si j'avais la faiblesse de vous la dire, je perdrais tout le profit de la démarche qui m'en aurait livré le secret. Convenez pourtant que c'eût été une démarche assez politique.

— Je conviens, dit-il d'un air sombre, que vous
vous êtez bien jouée de moi !

— Contre vous, j'ai donc mademoiselle d'Olivaie,
et je viens de vous dire qu'elle me servirait aussi de
bouclier contre son frère. Qui me défendra de Maurice
si je vous abandonne cette jeune fille ? Et quand vous
serez son maître, qui me défendra de vous ?

Annibal, sans répondre, s'approcha de la table boiteuse entre les deux croisées. Il y avait là un écritoire,
du papier et des plumes. Il traça rapidement quelques
mots sur une feuille blanche, signa de son nom et
passa l'écrit à la baronne Imbert, sa fidèle amie de la
veille, l'habile ennemie du lendemain.

— J'accepte vos conditions, dit-il. Vous ne crain-
drez plus rien. Voici le gage.

— Ajoutez deux mots, dit-elle, après avoir lu. Je
vois bien que vous me faites librement une promesse
de donation. Vous êtes plus que jamais un seigneur
magnifique... Mais je puis mourir. Vous ne voulez
point que vos bienfaits soient perdus si je meurs...
Vous seriez affligé tout le premier si vous deviez considérer ma mort comme une occasion de les reprendre...
Écrivez que cette promesse est également faite à mes
héritiers.

— Vous n'avez d'autre héritière que Marguerite, répondit-il avec une douceur étudiée ; et sûrement cette
donation est pour elle aussi bien que pour vous

— Le vieux Salvi, mon père, n'est pas mort, et j'ai deux frères que vous ne connaissez point ; je ne verrai jamais assez de monde entre nous et vos bienfaits. Deux mots. Ajoutez deux mots.

Il obéit...

..... Marguerite était alors aux pieds de mademoiselle d'Olivaie. Édith avait pris possession de cette jeune âme et venait de l'ouvrir. Tout s'exhalait maintenant à la fois du vase précieux et parfumé : regrets, épouvantes et désespoir. La jeune fille disait ses premières illusions de bonheur, lorsque sortant du couvent, elle était rentrée chez sa mère, qui s'appelait en ce temps-là madame de Nertia et qu'elle croyait sa seule protection, sa seule tendresse au monde.

Elle raconta comment un jour elle avait appris qu'elle avait un père ; puis le terrible drame qui avait ensanglanté la maison, et les découvertes se succédant à ses yeux qui voyaient et croyaient ne point voir, le rideau déchiré, la mort de ce père si éprouvé et si tendre qu'elle n'avait connu qu'un moment, la disparition inexplicable de ce frère qu'elle attendait comme dernier secours et dernier refuge, et sa triste fin, son indignation contre cette mère abominable qui l'avait trompée, et qui pourtant, à force de nouveaux mensonges, avait encore trouvé la puissance et l'art de la ressaisir...

Puis elle en vint à la fuite, au voyage en Italie, au

16.

séjour de Bergame, aux persécutions qui l'y attendaient, à sa lutte désespérée contre la passion du
comte Annibal et à la complicité de celle qui était redevenue la baronne Imbert.

Puis encore au retour à Paris, à cette effroyable vie,
tout entourée de ténèbres et de piéges qu'elle y menait depuis deux mois.

Elle dit la mort de Carlotta à Dijon, le redoublement de terreur que lui inspirait depuis ce moment
Annibal, sa dernière querelle avec sa mère, le secours
inattendu qu'elle avait trouvé tout à coup dans le dévouement de Domenico...

Alors mademoiselle d'Olivaie l'arrêta :

— Cet homme peut encore nous être utile, dit-elle,
et nous aider à quitter cette horrible maison.

Marguerite la regarda d'un air effaré d'abord, puis
se jeta vivement à son cou.

— Quitter cette maison ! s'écria-t-elle. Édith, vous
avez deviné mon plus cher désir... mais il faudrait
sortir de Paris... Et puis, que deviendrions-nous seules
toutes deux au milieu du monde ?... Oh ! je sais bien
que vous êtes vaillante et sage.

Édith mit un doigt sur ses lèvres. — Domenico est-
il au logis, demanda-t-elle, et pouvez-vous le faire entrer dans cette chambre sans bruit ?...

XXIX

L'entretien de la baronne Imbert et du comte Annibal se prolongeait depuis plus d'une heure.

Le comte Annibal sortit du salon, Salomé le suivait. Ils gagnèrent, par un couloir, l'antichambre qui séparait le salon de l'appartement de Marguerite, et s'arrêtèrent sur le seuil.

Annibal tourmentait le bouquet de poils ardents qui ombrageait sa mâchoire massive ; il étendit la main vers la porte de la chambre.

— C'est là ! fit-il.

— Là, dit la baronne.

— Comment réussirez-vous à éloigner Marguerite ?

Elle ne répondit pas, s'avança doucement vers cette porte et prêta l'oreille ; puis, tout à coup, frappée de la plus étrange pensée, obéissant à une crainte chimérique sans doute, tourna brusquement le bouton.

La chambre était déserte.

Tous deux coururent à la croisée. La rue avait un aspect plus menaçant encore que de coutume ; c'était un calme effrayant, quelque chose de semblable aux minutes qui précèdent les grands orages.

On sentait venir le vent de la ruine et de la mort sur cette grande ville affolée : quelques fenêtres s'entr'ouvraient avec précaution, toutes les boutiques étaient closes. Pas un passant.

Annibal et Salomé se regardèrent. L'ancienne courtisane serrait dans sa main le précieux papier qui portait la signature du comte : il aurait eu le droit de le lui redemander ; le nouveau marché qu'ils venaient de passer entre eux se trouvait sans objet.

— Je crois que votre otage s'est dérobé en bonne compagnie, dit-il avec son effroyable sourire.

— Et moi je me demande si vous souffrirez cela ! s'écria-t-elle. On me prend ma fille une seconde fois. Rappelez-vous que, déjà, vous m'avez aidée à la reprendre.

— Oh ! fit-il, mon dévouement est le même qu'il y a un an ; vous n'en doutez pas, je suppose. Vous m'avez promis de me rendre mademoiselle d'Olivaie. Vous avez tenu la moitié de votre promesse ; je vais tâcher de ne point vous laisser en faute pour l'autre moitié.

— Et vous me rendrez Marguerite ?

— Avant ce soir.

Peut-être se vantait-il, car les fugitives devaient être déjà loin.

Une demi-heure auparavant, le comte Annibal et la baronne Imbert auraient pu, du haut de cette croisée- les voir raser le pied des maisons, et bientôt disparaî_ tre furtivement à droite, au tournant d'une petite rue. Domenico ouvrait la marche, portant un léger bagage ; puis elles venaient toutes deux, se tenant par le bras.

— Dites-le moi encore! murmurait Marguerite. Di- tes, ma bonne amie, que vous ne m'en voulez point pour avoir aidé à vous attirer dans ce que vous nom- mez si bien l'horrible maison...

— Comment vous en voudrais-je, ma mignonne ? Vous aviez essayé de me sauver ; mais de nous deux, vous êtes encore celle qui a couru le plus de périls !... A présent, les rôles sont renversés, c'est moi qui vous sauve !

— Ainsi, reprit Marguerite, j'avais bien vu quand je croyais que vous connaissiez ma mère?

— Je ne connaissais point la baronne Imbert, mais je connaissais le nom de madame de Nertia.

— Oh! fit mademoiselle Imbert, vous ne m'avez pas tout dit !...

— Non! non! répliqua Édith avec force, il y a des choses que je compte bien ne vous dire jamais !

— ... Par exemple, balbutia Marguerite, en la regar-

dant avec une adorable sournoiserie câline, quels liens
vous attachaient à ce comte Luigi...

Édith s'arrêta, car elle chancelait.

— Oh! reprit mademoiselle Imbert, ne désespérez
pas! ce ne peut être votre comte Luigi, à vous, qui est
mort... ou le bon Dieu ne serait pas juste.

— Mignonne, il ne l'a pas été envers vous, murmura
mademoiselle d'Olivaie; et si je vous ouvrais mon cœur
à mon tour comme vous m'avez ouvert le vôtre, vous
verriez bien qu'il ne l'a pas été non plus envers moi.

— Je devine tout ce que vous n'avez point voulu me
dire! s'écria Marguerite. Vous l'aimiez, ce beau Luigi.

— Je n'ai rien à vous cacher désormais, reprit douloureusement Édith; j'aime encore celui que j'ai cru
reconnaître dans le neveu du comte Annibal, et si c'est
celui-là, ce n'est plus qu'un souvenir. Pourtant, il m'a-
vait trahie.

— Comment peut-on vous trahir, vous qui êtes si
bonne et si belle?

— Comment a-t-on pu essayer de vous perdre ou
de vous avilir, vous qui êtes si charmante et si douce?

Il y eut entre toutes les deux un court silence; elles
marchaient d'un pas rapide à travers un réseau de rues
sombres qu'elles ne connaissaient point; mais Domenico les guidait.

— Grand Dieu! fit tout à coup Marguerite, il faut
que je sois bien étourdie ou que je me trouve bien

heureuse ! Vous m'emmenez, je vous suis ; je sais à
peine où nous allons.

— A Saint-Germain, dit mademoiselle d'Olivaie.

— A Saint-Germain où le comte Annibal a vu ce
comte Luigi qui n'est pas le vôtre...

— Où j'espère retrouver un vieil ami de mon père,
répondit Édith avec effort. C'est le même à qui appartient la maison où vous m'avez trouvée si solitaire...

— Et comment se nomme-t-il, votre ami ?

— Il se nomme le baron d'Arvert.

— Arvert, répéta Marguerite.

— J'ai essayé plusieurs fois de lui faire passer des
lettres et la réponse ne m'est pas arrivée ; il ne les
aura pas reçues.

— Édith, il faudra donc que nous lui disions combien nous sommes pauvres... Il voudra peut-être nous
secourir. Mais plus tard ?... Ah ! c'est là, savez-vous, ce
qui me fait peur.

— N'ayez point souci de l'avenir, répondit Édith.
Je vous emmènerai à l'Olivaie. La maison est brûlée,
je vendrai le jardin et la prairie, et nous passerons en
Suisse, où nous trouverons à vivre de notre travail.
Pour le moment, j'ai quelques pièces d'or...

Marguerite se mit à rire de bon cœur.

— Moi, j'en avais une, dit la charmante fille, mais,
hier, j'en ai fait la monnaie.

En ce moment, l'avant-garde de la petite troupe fit

halte : Domenico rencontrait un obstacle inattendu.
En arrivant dans la rue Montmartre, aux abords du
boulevard, le spectacle avait changé.

Au lieu des rues désertes une foule inquiète, nerveuse, avide de nouvelles, la dispute allumée dans les
groupes, la violence et la peur sur tous les visages.
Tout à coup, un nuage de poussière s'élevait, un furieux galop se faisait entendre : c'était un général de
la sanglante comédie, accourant suivi de son état-
major galonné. Jamais on n'avait tant vu de chiffon-
niers brodés d'or, jamais tant de simples voleurs passés
brigands d'opéra-comique, jamais tant de déserteurs
devenus colonels.

Heureux, si le pavé glissant ou quelque traître pli
du terrain ne faisaient pas culbuter toute la cavalcade,
général en tête, mordant la terre avec sa monture, aux
applaudissements des spectateurs.

Ce peuple égaré se dépensait en huées joyeuses, oubliant ses misères et le redoutable lendemain.

De temps en temps passait aussi une escouade armée
prise de vin, la force publique trébuchante ; et voilà la
rencontre que Domenico venait de faire.

Les bandits, voyant cette étrange figure escortant
les deux jeunes filles, s'étaient arrêtés tout court :

— Tiens! dit l'un d'eux en riant, Polichinelle est
avec nous. C'est une jolie recrue!

— Où mènes-tu ces deux fleurs de citoyennes? demanda l'officier galant, tout en s'approchant de Marguerite, qui se pressa contre sa compagne.

— Édith, lui dit-elle tout bas, vous pouviez quitter Paris plus tôt, quand vous étiez encore dans votre maison. Pourquoi donc êtes-vous restée?

— Vous le savez bien, répondit mademoiselle d'Olivaie : le logis me parlait de ma mère !

Cependant, Domenico négociait et parlementait; il raconta que les deux jeunes filles étaient de ses parentes et qu'il voulait les faire sortir de Paris par zèle pour la cause du peuple et pour éloigner deux bouches inutiles.

— Laissez passer Polichinelle et ses parentes, cria l'officier.

Pourtant il y en avait un qui disait :

— Ces deux amours de filles, des bouches inutiles ! Est-ce que vous croyez cela, vous autres ?

De l'autre côté du boulevard, les trois fugitifs trouvèrent un peu plus de calme. Marguerite pria Domenico de ne plus aller en avant et de demeurer près d'elle. En même temps, elle le remerciait avec effusion de tout ce qu'il avait fait pour la servir depuis quelques jours. La face de Polichinelle s'agita, le grand nez se mit en danse, les longues jambes s'ouvrirent et retombèrent sur le pavé, dessinant un écart formidable : on revit le fameux accent circonflexe.

Pourtant M. Polichinelle était inquiet.

— Domenico, fit Édith devinant ce qui se passait dans l'esprit du valet, vous ne pensez donc pas que nous ayons désormais toutes les chances pour nous et que nous arrivions sans encombres?

— Misère de moi! fit-il en secouant la tête. On ne sort plus de Paris que sur un seul point, je vous l'ai déjà dit; et je connais Annibal, mon maître. Quand il a du mal à faire, il vole le diable et lui prend ses ailes.

— Comment oserez-vous maintenant retourner auprès de votre maître, Domenico? reprit mademoiselle d'Olivaie.

— Je n'y retournerai point, fit Polichinelle... Je vous suivrai... Est-ce que vous voulez chasser le pauvre Domenico, signora?

— Nous l'emmènerons aussi à l'Olivaie, s'écria Marguerite. Il cultivera le jardin en attendant qu'on le vende. Domenico ne doit pas être bon jardinier, mais il fera peur aux oiseaux.

— Signora, dit le valet, ne riez pas avant l'heure!

On arrivait en vue de la gare du Nord, dont les alentours étaient encombrés d'une foule de femmes, d'enfants et de vieillards qui attendaient l'heure du départ. Tout cela c'était aussi des bouches inutiles; et cependant des officiers passaient, la menace à la bouche, au milieu de ces misérables troupes fugitives.

L'un d'eux s'arrêta devant les trois nouveaux venus et regarda fixement Domenico qui baissa la tête...

S'adressant à mademoiselle d'Olivaie, il lui dit : —
Nous voulons donc aller prendre l'air de la campagne,
la belle citoyenne ?

Et il passa.

Édith vit bien que Domenico, dévoré par la peur,
n'était plus en état de diriger la marche :

— Vous connaissez cet homme ? lui demanda-t-elle
tout bas.

— Vous ne le reconnaissez donc point ? bégaya
Polichinelle.

C'était le commissaire polonais qui, cinq jours auparavant, avait dirigé l'expédition contre Maurice d'Olivaie dans le passage du faubourg Saint-Germain.
Depuis lors il avait apparemment changé de fonctions,
étant passé du judiciaire au militaire.

Édith recommanda vivement à Marguerite de se
tenir ferme à son bras et se mit en devoir de frayer le
chemin.

Tout à coup un choc violent fit refluer et fendit la
cohue. Une troupe armée accourait, conduite par deux
officiers supérieurs, couverts de broderies et de pa-
naches. Des cris s'élevèrent de tous côtés ; les crosses
des fusils frappaient brutalement les femmes, et les
pieds de la horde bestiale écrasaient les enfants. Édith
voulut reculer, entraînant sa compagne, mais auparavant se retourna.

Domenico avait disparu.

Au même instant, la troupe entourait les deux jeunes filles, et l'un des officiers s'avançant vers mademoiselle d'Olivaie la salua avec des respects ironiques :

— Citoyenne, dit-il, vos amis ont reconnu que les voyages ne vous étaient pas bons, et nous allons avoir le plaisir de vous faire compagnie jusqu'à leur demeure.

— Cela finit comme dans la comédie du *Dépit amoureux* de Molière, ajouta l'autre empanaché qui avait de la littérature : « Ramenez-moi chez-nous. »

En même temps, il posait la main sur le bras de la jeune fille, qu'il séparait de Marguerite.

— Édith ! Édith ! cria la pauvre enfant, dites-leur que je ne vous quitterai pas !

— Pour vous, ma belle mignonne, reprit l'officier, nous n'avons pas d'ordres.

Le comte Annibal avait apparemment oublié la promesse faite à la baronne Imbert de lui rendre sa fille.

La troupe se mit en marche.

Cependant les portes de la gare venaient de s'ouvrir ; la cohue se précipita. Le flot entraînait et soutenait Marguerite presque évanouie.

XXX

— Arvert! murmura-t-elle.

Elle n'avait plus d'autre lumière pour la guider, plus d'autre refuge qu'un nom.

Arvert!

C'était bien ainsi que se nommait le vieil officier, ami du colonel d'Olivaie et de sa fille, qui commandait un bataillon à Saint-Germain. Si la charité de cet inconnu venait à lui manquer, que lui resterait-il?

Tout à coup le sentiment de sa propre situation s'effaça dans le cœur de la pauvre enfant devant l'horrible pensée de ce qui menaçait Édith, retombée au pouvoir d'Annibal.

Elle ne put retenir un cri d'angoisse, un flot de larmes baigna son joli visage. Elle s'élança pour fendre la foule qui l'entourait et qui la rejeta brutalement en avant. Un vieillard placé près d'elle lui demanda :

— Où voulez-vous donc aller, mademoiselle ?

— Je veux retourner à Paris.

Le vieillard leva les épaules.

Cependant Saint-Denis, — car on était à Saint-Denis, — ses grands boulevards mornes et ses rues populeuses se remplissaient à nouveau d'un épouvantable bruit de ferrailles. C'étaient des véhicules de toute forme et de tout âge qui arrivaient pour prendre les voyageurs. Seule dans la bagarre, mademoiselle Imbert avait bien peu de chance de s'emparer d'assaut d'une place dans ces voitures. Le vieillard vint à son aide : Suivez-moi, lui dit-il, si vous allez à Saint-Germain.

— Je vais à Saint-Germain, dit mademoiselle Imbert.

La voiture roula ; le ciel était pâle, un vent très-vif soufflant de l'ouest avait chassé devant lui de grosses nuées chargées d'eau et sur ce fond humide et décoloré, couraient de longues rayures tremblantes ; on aurait dit de grandes traces de larmes. Mademoiselle Imbert entendait ses compagnons autour d'elle se plaindre de la longueur du voyage. Pour elle, il serait toujours temps d'arriver à l'inconnu.

Sa main, furtivement, se livra dans la poche de sa robe à l'examen de ses ressources. Elle crut compter dix-sept francs. Domenico, en s'enfuyant, avait emporté son léger bagage.

— Oh ! lâche Domenico ! pensait-elle,

Il était six heures et l'on entrait dans Saint-Germain. Comme d'habitude, une assez grande affluence se pressait aux abords du bureau des voitures pour examiner la *Fuite d'Égypte,* ce soir-là. Le spectacle devenait maigre, les personnes appartenant aux classes élégantes ayant passé depuis longtemps ; on ne voyait plus guère arriver que du pauvre monde.

Aussi l'air et la beauté de mademoiselle Imbert frappèrent-ils vivement un jeune officier qui accompagnait une dame en grande parure.

— Voyez donc, lui dit-il, la fine tournure de cette jeune personne.

La dame, qui était de taille un peu massive, se retourna non sans humeur, aperçut Marguerite et retint mal une exclamation de surprise.

— Quoi ! dit le jeune homme. Il y a, par le temps qui court, des rencontres étonnantes. On s'est vu pour la dernière fois dans une fête. Et depuis lors, que de choses sont arrivées ! On se retrouve à l'hôtellerie, sur les grandes routes, au bout du monde. Cette jeune personne aurait-elle été de vos amies ?

— Je ne puis vous dire que je la connais, reprit la dame, de plus en plus agitée ; je sais pourtant qui elle est.

Au même instant, le vieillard qui avait voyagé avec Marguerite, lui demanda si elle n'avait plus besoin de ses légers services.

Marguerite balbutia quelques mots à peine intelli-
gibles ; le vieillard comprit pourtant qu'il pouvait lui
épargner encore un embarras. Il s'agissait de s'informer d'une personne qu'elle cherchait ; il eut quelque
peine à distinguer sur ses lèvres le nom de cet ami...

Car il devait croire qu'il s'agissait d'un ami.

Il s'approcha donc de la dame et de l'officier et leur
demanda s'ils ne seraient point en mesure de dire où
l'on pourrait rencontrer le commandant d'Arvert.

— Rien de plus aisé, répondit l'officier...

Mais la dame l'interrompit d'un geste assez impérieux :

— Qui veut parler au baron d'Arvert ? demanda-t-
elle. Serait-ce cette jeune fille que vous accompagnez ?
Je suis sûre qu'elle ne le connaît pas.

Le vieillard surpris de ce ton et de cette assurance,
répondit qu'il n'accompagnait point cette jeune fille,
qu'il l'avait rencontrée dans le voyage, qu'elle lui
paraissait même assez cruellement esseulée et qu'il
ne savait pas son nom.

— Ce qui peut lui arriver de meilleur, dit la dame
de la même voix brève et nerveuse, c'est justement
d'être seule et séparée des siens.

Alors, aux yeux du beau lieutenant stupéfait, elle
s'avança brusquement vers Marguerite :

— Mademoiselle, je suis la comtesse d'Escarlat, lui
dit-elle, et vous êtes la fille du baron Imbert.

— Madame, balbutia Marguerite, je ne vous connais pas...

— J'ai été l'ami de votre frère.

— Mon frère ! répéta la jeune fille.

Puis elle regarda cette femme dont la mine hardie, l'air tant soit peu masculin sous sa grande toilette printanière, ne lui montraient rien de rassurant, et dont les traits pourtant ne lui étaient pas inconnus.

— Madame, répliqua-t-elle d'une voix un peu plus ferme, je ne veux pas croire que vous cherchiez à me tromper...

— Mon enfant, dit la veuve de Sainte-Anne en baissant la voix, on vous a trompée vilainement et sans cesse. Je sais encore cela. Je n'ignore rien de votre triste et méchante histoire.

— Cependant, riposta Marguerite, vous ignorez que mon frère est mort et vous avez été son amie !...

— Écoutez, reprit la veuve, mon visage ne vous rappelle-t-il rien? Rassemblez votre mémoire. Ne vous souvenez-vous pas de m'avoir entrevue à Dijon, dans l'hôtel...

— C'est vrai ! s'écria Marguerite.

— Dans ce salon, où mécontente et inquiète comme toujours, vous attendiez la baronne Imbert, votre mère, et le comte Annibal Amiati, le fiancé qui vous faisait peur. Vous causiez avec votre dernière, votre unique amie, la pauvre Carlotta...

17.

Mademoiselle Imbert tressaillit.

— Je me souviens... murmura-t-elle.

— Il m'est arrivé alors d'entendre malgré moi bien des choses, continua la veuve. En ce temps-là, il y avait encore quelqu'un au monde pour douter de la mort de votre frère Maxime...

— Carlotta !...

— Carlotta. Elle avait peut-être ses raisons, ajouta madame d'Escarlat d'une voix éclatante. J'en ai d'autres et de meilleures !

Marguerite passa la main sur son front d'un air égaré :

— Madame, répliqua-t-elle, si vous disiez vrai, si mon frère était encore vivant, pourquoi m'aurait-il abandonnée ? Ah ! maintenant que me voilà seule et sans refuge, je voudrais pouvoir me reprendre à cette espérance...

— Espérez, lui dit la veuve. Et ne dites pas que vous n'avez point de refuge, et que vous n'avez point d'amis. C'est me compter pour rien, moi !

Marguerite tressaillit : Je me suis vue rejetée hors de Paris sans l'avoir voulu, balbutia-t-elle, et j'ai choisi la route de Saint-Germain pour me rendre auprès du commandant d'Arvert.

— Je vous comprends, interrompit la veuve. C'est de lui que vous attendez de l'aide et rien que de lui. Je suis donc bien malheureuse, mademoiselle, puisque je n'ai pas su vous inspirer la confiance. Aussi je ne vous demanderai pas comment il se fait que vous connaissiez M. d'Arvert. Je vous apprendrai seulement qu'il n'est plus bien aisé de le voir.

Et se tournant vers l'officier :

— Dites donc à mademoiselle Imbert, fit-elle, que le baron a quitté Saint-Germain, monsieur d'Olivaie.

— D'Olivaie ? reprit Marguerite en fermant les yeux.

— Oui, lui dit la veuve qui lui prit la main, le lieutenant d'Olivaie de Sainteny.

Et bien plus bas :

— Le cousin de Maurice d'Olivaie que vous avez connu peut-être, celui dont Carlotta vous disait : Ce n'est point ton frère, mignonne, c'est Maurice que nous avons vu à Dôle.

Tout à coup, mademoiselle Imbert lui échappa, et s'élançant vers M. de Sainteny qui, d'ailleurs, avait fait un pas vers elle : Monsieur, cria-t-elle, êtes-vous le parent d'Édith d'Olivaie ?

— Édith ! murmura la veuve.

Elle ne se demandait plus comment Marguerite se trouvait à la recherche de M. d'Arvert. Ce n'était pas lui, c'était Édith que la jeune fille connaissait ! C'était Édith qui l'envoyait au commandant.

— Mademoiselle, répliqua M. de Sainteny, je n'ai jamais vu cette belle cousine dont vous me parlez. — Le baron était l'ami de son père et il est le sien ; il connaît tous les dangers qui la menacent, et il avait même trouvé récemment, un défenseur pour elle.

— Monsieur, reprit Marguerite, venez et écoutez-moi.

La veuve fut obligée de la suivre, tout en se disant avec un méchant sourire :

— Voilà comment les fillettes cessent d'être timides !

Mademoiselle Imbert avait pris M. de Sainteny par le bras et l'entraînait loin de la foule. Lorsqu'ils en furent loin tous les deux, ou plutôt tous les trois, car madame d'Escarlat n'aurait point voulu les quitter, Marguerite s'arrêta soudainement.

Mais qu'allait-elle dire à ce jeune homme ? Elle se couvrit le visage de ses mains.

— Madame, balbutia-t-elle, s'adressant à la veuve de Sainte-Anne, puisque vous savez ce que vous appelez ma vilaine histoire, dites-la, je vous en prie, à M. d'Olivaie.

— Tout entière ? demanda la veuve en se redressant frémissante et vengeresse. Le voulez-vous, ma mignonne ?

— Non ! reprit Marguerite, dites que mon père est mort ! Et ne dites pas comment ! Apprenez à M. d'Olivaie...

— D'Olivaie de Sainteny, interrompit madame d'Escarlat. D'ordinaire il ne porte que ce deuxième nom C'est sans y penser que je vous ai fait connaître l'autre.

— Apprenez à monsieur, continua mademoiselle Imbert, que j'étais malgré moi fiancée au comte Annibal Amiati...

— Amiati ? répéta l'officier à l'oreille de la veuve ; il y avait donc deux comtes Amiati ?

— L'oncle et le neveu, dit-elle. Vous allez voir qu'ils ne se ressemblaient guère. Écoutez puisqu'on vous en prie.

Marguerite hésitait de nouveau :

— Madame, murmura-t-elle, je ne peux pourtant dire cela qu'à vous...

— Je vous appartiens, dit la veuve, en l'attirant à l'écart. Vous me rendrez cette justice, mademoiselle, que je vous ai offert spontanément de vous secourir en cette occasion, comme en toutes les autres, et que vous m'avez repoussée.

Marguerite lui parla tout bas quelques instants. La physionomie de madame d'Escarlat s'éclairait.

Elle savait désormais qu'Édith d'Olivaie allait être bien plus entièrement perdue qu'elle n'aurait osé le croire aux yeux de celui que toutes les deux elles avaient aimé.

— Voilà donc, se disait-elle, la fin de cette orgueilleuse fille !

Puis, comme elle n'était pas profondément méchante, elle murmura : La pauvre déesse !

Ramenant alors Marguerite près du lieutenant :

— Il faut, dit-elle, chercher M. d'Arvert.

Mais qu'est-ce que la pitié près de la passion jalouse? Elle se promettait bien d'empêcher qu'on ne
trouvât le commandant trop vite.

D'ailleurs, quand on l'aurait trouvé, quand il aurait
couru de sa personne au secours d'Édith, ne serait-il
pas déjà trop tard?

— Grand Dieu! dit M. de Sainteny, s'il s'agit des
malheurs de ma cousine, le comte Luigi Amiati, sans
un funeste et mystérieux accident, serait à cette heure
près d'elle...

— Luigi Amiati! s'écria Marguerite. C'était donc
bien lui? Ce jeune homme aimé par Édith, c'était bien
le neveu du comte Annibal! Quand elle a su qu'il avait
été assassiné, elle aurait voulu croire que c'était un
autre. Et maintenant, elle le pleure...

— Sans raison, dit M. de Sainteny en souriant. Le
comte Luigi, heureusement, n'est pas mort.

XXXI

En dépit de l'arrêt du chirurgien, Luigi n'était donc pas mort.

... C'est ici que l'auteur appellera la diplomatie à son secours ; il envie ces heureuses bouches d'or et ces plumes de velours qui savent tout dire et tout écrire.

Il voudrait, au moins, s'envelopper de toutes les formules de la prudence ; car enfin s'il n'est jamais bien de médire des juges, cela peut être pourtant sans conséquence, à la condition qu'on restera toujours honnête homme. Mais qui peut se flatter de n'être jamais malade ? Le comble de la folie, c'est donc de dire du mal de la médecine, car les médecins prendront leur revanche.

L'auteur n'écrit qu'en tremblant ces quatre mots : Ce chirurgien s'était trompé.

Si parfaitement et si heureusement trompé, qu'un domestique en grande livrée s'étant présenté ce matin-là au logis du lieutenant d'Olivaie de Sainteny, où l'on avait transporté le blessé, et demandant au soldat qui le gardait, comment se portait le comte Luigi, le soldat lui répondit :

— Aussi bien que peut se porter un homme qui a reçu un grand coup de couteau à travers le corps.

Si pourtant ce poignard mystérieux n'avait pas légèrement dévié en rencontrant une côte, ou si la victime avait reçu de la nature une constitution moins robuste, ou si la Providence n'avait point voulu pour une seule fois conserver un vengeur contre des méchants...

Mais pourquoi rechercher les causes qui avaient sauvé Luigi? Il croyait à la dernière, et c'est ce qui le rendait fort!

Le laquais en brillante livrée demanda encore si M. le comte recevrait sa maîtresse dans l'après-midi. Le soldat leva les épaules comme si cette question et cette visite lui paraissaient incommodes. Il allait entrer dans la chambre du jeune homme pour y chercher la réponse.

Le domestique se ravisa, et l'arrêta sur le seuil. Ce messager sans mémoire avait été tout près d'oublier une partie de son message.

Sa maîtresse ne viendrait pas seule, mais accompagnée d'une personne que M. le comte connaissait bien et que, depuis un an, il désirait de voir.

Cette fois, le soldat souleva une portière et disparut.

Luigi était étendu tout habillé sur le lit du lieutenant ; sur une table à son chevet, reposait le stylet à poignée de fer en forme de croix ; au-dessus, attachée par le ruban rouge, à l'aide d'une épingle, au papier qui recouvrait la muraille, brillait une croix de la Légion d'honneur.

Le baron d'Arvert avait obtenu cette récompense pour le volontaire garibaldien, combattant au milieu de ses hommes, qui avait si héroïquement et si follement enlevé aux cavaliers allemands leur guidon jaune et noir.

Luigi écouta ce que lui disait le soldat : Je recevrai madame d'Escarlat, répondit-il.

Quant à la seconde partie du message, il n'y prit pas même garde. Depuis un an, il n'y avait que deux personnes au monde qu'il eût désiré de voir : Édith et Marguerite.

Mais il ne put s'empêcher de sourire quand le soldat ajouta :

— La dame ne nous envoie ce matin que de bons compliments. Il paraît qu'elle devient sage.

L'homme sortit en grommelant :

— Avec les femmes, il ne s'agit que d'attendre. Ce ne sera jamais le lendemain comme la veille : après la pluie le beau temps !

Luigi, demeuré seul, descendit de son lit avec effort
et se promena lentement dans la chambre, essayant
ses forces :

— Encore quelques jours, murmura-t-il, et je serai
prêt.

La veuve de Sainte-Anne, en ce moment, assistait au
réveil de Marguerite.

Dans ce Saint-Germain envahi par l'émigration parisienne, on ne trouvait plus de logis à louer ; la Veuve
avait acheté une villa : c'était le moyen le plus sûr de
trouver un abri. Une heure après son arrivée dans la
ville, le lendemain même de l'assassinat du parc, elle
était chez un notaire.

Séance tenante, on avait traité : la voyageuse ne
discutait point sur le prix ; elle voulait une tente dans
ce grand campement d'exilés ; la tente avait été coû-
teuse. *Sa* villa s'élevait au bord de la forêt, comme
jadis *son* châtelet de Sainte-Anne, — mais d'une forêt
bien moins sauvage que les halliers de Bourgogne.
Des pelouses et des bosquets l'entouraient, tout em-
baumés alors des senteurs printanières. Les tapissiers
de Versailles avaient fourni l'ameublement. Riche aubaine. La chambre où dormait mademoiselle Imbert
était presque somptueuse. La veuve, en la décorant,
ne prévoyait guère l'hôte qu'elle allait y loger.

Penchée sur ce frais réveil, elle réfléchissait alors
profondément, et quand la jeune fille ouvrit les yeux,

elle reçut d'abord un tendre baiser maternel. Isabelle d'Escarlat caressait cette mignonne arme vivante que le hasard avait fait tomber dans ses mains.

Le premier mot de la dormeuse lui montra bien que la confiance de la « chère enfant, » pour avoir été péniblement arrachée, n'en était que plus entière.

— Madame, dit-elle... Ah ! chère madame !... pensez-vous que, dès ce soir, nous pourrons avoir de *ses* nouvelles ?...

Son esprit et son cœur n'étaient pleins que de mademoiselle d'Olivaie ; Édith seule occupait toute cette naïve pensée. Mais la Veuve se tenait préparée à cet assaut.

— M. de Sainteny nous a juré qu'il trouverait ce matin M. d'Arvert, répondit-elle. Le baron saura se procurer dans Paris des intelligences sûres...

— Je le crois, madame ; il était l'ami du colonel d'Olivaie, il ne voudra point que la fille d'un homme qu'il aimait...

En même temps, elle se couvrit le visage de ses mains.

— Hélas ! murmura-elle, il est peut-être trop tard... J'ai vu toute la nuit en rêve des choses qui font peur !

— Oh bien ! reprit madame d'Escarlat, avec une sourde ironie, mademoiselle d'Olivaie n'est pas une personne sans courage. Elle saura se défendre, et donner le temps à ses amis de la secourir.

— Vous cherchez à flatter mon espérance, fit Marguerite. Mais je vois que vous connaissez bien Edith.

Et réfléchissant à son tour : — Souvenez-vous, dit-elle, en baissant un peu la voix, que vous m'avez promis de me faire voir le comte Luigi.

La Veuve se prit à rire assez bruyamment : Je vous le ferai voir, répondit-elle. Mais comment vous y prendrez-vous, ma mignonne, pour lui raconter ce que vous n'avez pas osé dire à M. de Sainteny? Ce sont de jeunes hommes également tous les deux.

— C'est vrai, fit Marguerite, mais avec lui c'est bien différent. Il aime Édith, il a été son fiancé, il sera son mari...

— Et vous lui parlerez comme s'il l'était déjà, acheva la Veuve admirant intérieurement cet arrangement de la pudeur virginale et cette logique enfantine; je compte bien, ma chère enfant, que vous ne lui cacherez rien, car si tout le monde s'intéresse à l'effrayante aventure de mademoiselle d'Olivaie, le vrai défenseur, ce doit être lui.

— Oh ! dit mademoiselle Imbert avec une conviction profonde, s'il n'avait pas été blessé !...

— Le mal, c'est qu'il ne vous écoutera peut-être pas assez froidement, reprit madame d'Escarlat. Votre vue et votre nom vont le troubler si fort !...

— Pourquoi troublerais-je ce jeune homme?

— Je vous ai dit qu'il avait beaucoup connu votre père. Et puis, vous êtes charmante, Marguerite...

Mademoiselle Imbert la regarda :

— Je crois que vous vous moquez, madame, dit-elle. Il en aime une autre plus belle, cent fois plus belle que moi.

— Eh ! riposta l'ancienne colonelle, c'est peut-être ce qu'il se reprochera en vous voyant, d'en avoir aimé une autre plus que vous !... Mais, habillez-vous, chère enfant, nous irons après le déjeuner chez le comte Luigi.

Elle s'éloigna, car elle avait besoin d'être seule. Les méditations de la nuit précédente n'avaient point suffi à lui faire voir toutes les faces de l'action redoutable qu'elle allait tenter ; chaque minute ouvrait devant ses yeux de nouvelles perspectives de succès et de revanche :

— Enfin ! murmurait-elle en marchant à travers les lilas en fleurs ; enfin, comme je le tiens !

Maîtresse du secret de Luigi, elle allait le devenir de sa conscience. Dans un moment il recevrait de ses mains cette sœur à laquelle il avait juré de consacrer sa vie. Serment négligé, sinon oublié ! Eh bien, elle se chargerait de le lui rappeler, et il ne s'attendait guère à ce coup soudain ! Quelle force elle allait avoir en arrivant devant lui, escortée de Marguerite ! Leur présence à toutes les deux parlerait d'elle-même : — Nous sommes le devoir, nous sommes le remords pour celui qui n'a pas su l'accomplir !

Et Marguerite, à l'instant, prouverait au jeune
homme qu'il ne lui restait justement plus que cela : le
devoir, car elle ferait le récit de ce qu'Isabelle d'Escarlat appelait ironiquement « l'aventure » de mademoiselle d'Olivaie. Irréparable aventure. Ah ! l'orgueilleuse fille ! Réduite à présent en un état où l'on pourrait la plaindre, la venger peut-être, l'aimer à peine,
lier son sort au sien, jamais ! L'ange allait tomber dans
l'abîme de la plus misérable honte. Tuer Annibal après
cela, ce serait bien ; réhabiliter sa victime, impossible !
Il y avait assez de taches apparemment dans la famille
Imbert !

Donner cette sœur déchue à Marguerite, ce serait
un crime. La passion conseillerait à Luigi de le commettre. Mais il y avait son serment.

L'ancienne colonelle avait songé d'abord à faire la
leçon à mademoiselle Imbert. Précaution et peine
inutiles ! La jeune fille parlerait avec l'abondance de
son cœur.... Aucune habileté n'est jamais si persua-
sive.

Et la Veuve s'en alla, arrachant les grappes fleuries,
ivre de cruauté et de plaisir sauvage. Oui, oui, quelle
revanche ! Mais aussi, c'est qu'elle se croyait le droit
d'en souhaiter une en proportion de l'offense reçue.
Elle n'oubliait point cette matinée, où dans l'hôtel de
Dijon, appelant Luigi, suivant sa coutume, elle n'avait
point reçu de réponse. Et la voilà frappée d'un pres-

sentiment, le cœur, la gorge serrés, courant, ne trouvant plus de voix pour appeler encore et rencontrant sur
son passage des faces serviles qui souriaient, — obtenant enfin une réponse de l'hôte : Le jeune homme est
parti cette nuit. Madame ne le savait donc pas?

Elle n'avait point perdu le courage, sinon l'espérance, et s'était mise le jour même à la poursuite du
fugitif. Semant l'or partout sur sa route, déliant toutes
les langues, échauffant toutes les complaisances, elle
obtient un renseignement sûr qui la conduit à Saint-
Germain. Elle arrive...

— Connaissez-vous le comte Luigi Amiati?

— Le comte Luigi ? Il est mort. Poignardé hier soir
dans le parc.

Alors, oubliant son ressentiment, égarée, désespérée,
elle court pour embrasser ce cher cadavre, l'image
glacée de celui qu'elle avait si follement aimé. Voilà
que l'image était vivante! Mais, sur le seuil du logis,
elle rencontre le baron d'Arvert, un officier, un gentilhomme qui la repousse et lui dit brutalement :

— Votre place n'est plus ici.

— Une fois déjà, je l'ai sauvé.

Et le commandant de répondre : — Vous avez eu
votre récompense.

Mais quand on a fait la guerre, se tient-on si aisément pour battu? Le blessé ayant repris l'usage de ses
sens, Isabelle d'Escarlat avait su trouver un messager

pour aller lui dire : — Le comte Luigi, qui est aussi un gentilhomme, refusera-t-il de voir celle à qui il doit la vie ?

S'il n'eût point fait une réponse favorable, elle aurait livré ses derniers moyens d'attaque et de victoire, et renvoyé le messager qui aurait dit : — Maxime Imbert sera-t-il aussi ingrat que le comte Luigi ?

Le baron d'Arvert venait d'être détaché dans un autre poste; Luigi était seul. Il ne chercha point à se défendre de la visite de celle qui avait cru naguères remplir son cœur.

La veuve de Sainte-Anne vit une fois de plus combien elle s'était trompée.

Elle revint le lendemain et les jours suivants, plus orageuse. Du premier coup, elle avait rencontré un ennemi dans le gardien du jeune homme. Le brave garçon se disait que ces scènes violentes empêchaient la complète guérison de son malade. Aussi recevait-il régulièrement fort mal cette virago toujours parée comme une châsse, qui, à peine entrée, se fondait en pleurs, au mépris de ses airs masculins et au risque de gâter sa parure.

Cependant ce jour-là, il s'adoucit devant la délicate figure de jeune fille qui accompagnait l'ancienne colonelle. Il se montra même presque empressé et il écouta, sans lever les épaules, la veuve qui lui disait : Annoncez madame d'Escarlat et mademoiselle Marguerite Imbert.

Marguerite Imbert !

Luigi était assis ; il se dressa blême et tremblant !—
J'avais donc raison de soupçonner que cette femme sa-
vait tout ! Marguerite !... Comment a-t-elle rencontré
Marguerite ?

Ses yeux, qui s'égaraient, se portèrent par hasard
sur la croix placée au-dessus du lit :

— Voilà qui doit me donner du courage pour ne pas
me trahir, pensa-t-il. Ce n'est pas Maxime Imbert qu'on
a décoré. Je suis le comte Luigi Amiati...

...— Comte Luigi, je vous présente mademoiselle Imbert qui devrait avoir un frère de votre âge si ce jeune
homme n'était pas mort. Elle vient à vous comme
à un frère.

La veuve de Sainte-Anne ayant prononcé cette
belle phrase longuement apprêtée, regarda celui qui
venait de l'entendre.

Luigi saluait Marguerite.

— Je ne sais encore quel service mademoiselle Imbert veut bien attendre de moi, et certes, elle fait
beaucoup d'honneur à un inconnu, répondit-il. Madame, cet honneur, c'est à vous que je le dois sans
doute...

— N'en doutez pas, en effet ! dit la Veuve

Luigi s'inclina de nouveau. Pas un muscle n'avait
bougé sur son beau visage. Tandis que les deux
femmes entraient, il avait eu le temps de rattacher son

18

masque ; ses yeux étaient brillants mais immobiles. Ce
n'était point le spectacle qu'attendait Isabelle d'Escarlat ; elle s'en mourait de colère, et s'approchant
brusquement :

— Le moment est passé de faire un double personnage, dit-elle...

Elle avait pris la précaution du moins de parler de
façon à n'être pas entendue de Marguerite. A l'instant
elle le regretta, car elle recevait la réponse de Luigi :
un sourire.

Quelque chose d'aussi froid qu'un rayon de soleil
brillant sur la glace. La veuve recula d'un pas : ce
plein pouvoir du jeune homme sur lui-même lui causait une sorte de crainte superstitieuse qu'elle avait
éprouvée déjà souvent à Dijon.

L'ancienne colonelle ne connaissait pas l'axiome
antique, et l'eût-elle connu que son humeur naturelle
ne lui aurait pas permis de l'appliquer à sa propre
conduite.

— Sois le maître de toi, tu seras le maître du monde.

Tout cela avait été rapide comme les mouvements
de la passion dans les grandes crises de la vie. Marguerite, troublée par la démarche qu'elle venait tenter auprès du comte Luigi, toute pleine d'émotion et d'espérance, n'avait rien vu.

Luigi la regarda.

Si la veuve avait pu lire ce qui se passait en lui, elle

aurait été satisfaite. Ce n'était point le même calme dans sa pensée que sur ses traits. Sous le masque du comte Luigi, l'âme de Maxime Imbert s'agitait, entrait en révolte. Toutes les puissances de son être s'élançaient vers cette douce et belle enfant, et il se disait que la rougeur allumée sur les joues de Marguerite était produite par le même sang qui coulait dans ses veines. Ses souvenirs, comme une troupe indignée, se levaient devant lui autour des pas de la jeune fille ; et il se disait aussi :

— Comme elle ressemble à notre père !

En ce moment, les yeux de Marguerite osèrent enfin s'attacher aux siens ; il frémit. C'était le regard du mort volontaire de la prison qui lui parlait :

— Vas-tu donc te dérober devant ton serment, alors que tu es enfin le maître de l'accomplir ?

Le maître !

La croix accrochée au mur lui tenait un autre langage. — Tu es Luigi, tu ne saurais plus être que Luigi. Je suis le signe glorieux de ta nouvelle destinée ; tu ne peux me renier à présent. Que penserait ce vieillard qui est venu m'attacher à ton chevet, si tu lui disais : On n'a honoré en moi qu'un masque, je ne suis point celui que vous croyez, je ne suis pas celui qu'aimait Édith ? Je suis le fils de la courtisane et du justicier de l'avenue d'Eylau, dont la moitié du monde, la moitié sotte et légère, celle qui fait l'opinion, dit avec de petits haussements d'épaules : Après tout, ce ne fut qu'un meurtrier.

La nécesssité, la raison, prenaient la parole à leur tour :

— Vois, disaient-elles, le cercle de fer où ton imprudence t'a renfermé. Essaye maintenant d'en sortir ! Comment expliqueras-tu aux juges à qui tu redemanderas ton nom, l'action hardie que tu as commise, làbas, sur le champ de bataille en Bourgogne ? Tu leur diras : J'ai trouvé Luigi, le vrai comte Luigi, sans vie sur la neige, et comme on m'avait pris mon nom et que son visage ressemblait au mien, j'ai pris à mon tour le nom qui répondait à ce visage. Les juges se souviendront alors que tu viens d'un meurtrier et te demanderont : Fils du baron Imbert, qui nous assure que le comte Luigi était mort ?...

Ainsi il n'était pas libre de se découvrir à Marguerite. Il est vrai que son secret lui avait échappé dans le délire de la fièvre, que la veuve de Sainte-Anne en était maîtresse, il n'en pouvait plus douter ; elle comptait s'en servir contre lui pour le retenir par la crainte.

Mais le péril redoublait l'énergie de cette nature à la fois si indomptable et si tendre ; il avait déjoué d'autres ennemis !... Il craignait bien plus le regard de Marguerite que la rage de la veuve, et il vit bien qu'il avait raison, car la jeune fille, de rougissante qu'elle était

une seconde auparavant, devint pâle comme les dernières roses.

Elle aussi reconnaissait une ressemblance. Édith l'en
avait bien avertie en lui disant : J'ai rencontré autrefois un visage semblable à celui de votre mère...

XXXII

Le nouveau trouble de la jeune fille n'échappa point à madame d'Escarlat qui se ranimait : — Voyez, comte Luigi, ce qui occupe mademoiselle Imbert, dit-elle avec une douceur étudiée ; on dirait qu'elle retrouve en vous des traits qu'elle a connus.

— Cela est vrai, balbutia Marguerite ; mais je n'en suis point surprise, car je me rappelle ce que m'a dit à ce sujet mademoiselle d'Olivaie qui m'envoie...

— D'Olivaie? s'écria Luigi. Venez-vous au nom d'Édith?...

Il s'était élancé vers mademoiselle Imbert ; la veuve lui dit :

— Je vous félicite, comte Luigi, vous avez retrouvé vos forces,

Il ne l'écoutait pas, il avait pris dans les siennes les mains de Marguerite effrayée.

— Venez-vous au nom d'Édith? répéta-t-il. Quel nouveau péril court-elle donc en ce moment? Comment êtes-vous sa messagère? Comment l'avez-vous connue?

— La destinée! reprit derrière lui la voix forte et railleuse d'Isabelle d'Escarlat.

Luigi, à son tour, recula; il venait de rencontrer encore une fois sous les paupières tremblantes de Marguerite, le doux et triste regard du mort de la prison!

— Je t'envoie celle que tu avais juré de protéger, lui disait-il, et tu ne songes qu'à celle que tu avais juré de ne plus revoir!

Il était vaincu, il se laissa tomber sur un fauteuil : Oui, oui, murmura-t-il, la destinée!

— Elle porte des coups inattendus, dit sentencieusement la veuve de Sainte-Anne.

— Et ceux ou celles qui se sont arrangés pour être ses instrument, ne goûtent pas un médiocre plaisir, ajouta-t-elle mentalement.

Aussitôt elle se repentit d'avoir retenu sur ses lèvres cette seconde partie de sa pensée, car Marguerite au même instant l'interrogeait.

— Madame, lui demanda-t-elle tout bas, croyez-vous qu'Édith puisse jamais avoir tort de placer son espérance en ce jeune homme qui l'aime tant?

— Ce n'est pas à vous de vous féliciter, ma mie, répondit brusquement la veuve, si le comte Luigi aime uniquement celle que vous dites.

Un rayon de soleil inonda la chambre à travers les vitres des croisées, donnant à tous les objets qu'elle renfermait un nouveau relief et des couleurs plus vives. Luigi se tenait toujours dans ce fauteuil, le visage entre ses mains. Madame d'Escarlat s'approcha de lui et se mit à lui parler bas. Marguerite promenait machinalement ses regards autour d'elle.

Au chevet du lit, elle vit la croix d'honneur. — Édith, pensa-t-elle, ne m'avait pas dit qu'il eût été soldat; mais en le voyant, on devine bien qu'il doit être brave.

Puis ses yeux descendirent sur la table. Là reposait le stylet de bronze à poignée cruciale. Le soleil frappant sur la lame y montrait une rouille sanglante. La jeune fille pâlit de nouveau et s'avança furtivement.

— Ainsi, disait la veuve à Luigi, penché sur le dossier du fauteuil, vous n'avez bien de cœur et de pensée que pour cette orgueilleuse Édith. Votre méchante passion vient de s'échapper devant moi. Vous me bravez, Luigi! mais vous aurez beau vous défendre de moi et me payer d'ingratitude, je tiendrai, malgré vous, une place dans votre vie. Jamais vous n'oublierez l'acte de justice que je viens d'accomplir en vous mettant en présence de cette jeune fille. Il fut un

temps où vous auriez donné la moitié de votre sang
pour la revoir. Ah ! ce temps est loin. La pauvre petite,
savez-vous ce que dans sa naïveté, elle me disait là, à
l'oreille?... Elle s'applaudissait parce que vous aimez
uniquement mademoiselle d'Olivaie... Elle est désormais toute seule au monde, elle ne se doute guère
que son protecteur naturel est si près d'elle en ce moment ; elle ne soupçonne pas que cette bouche close
ou glacée, qui s'ouvre pourtant dans la folie de la fièvre
ou dans les rêves, est celle qui a prononcé naguère le
serment de la sauver. Ce serment, il faudra le remplir, comte Luigi ; car la destinée que vous avez con-
fessée tout à l'heure éveillera bien entre vous quelque terrible occasion de vous reconnaître tous les
deux. Et ce rapprochement aura été mon œuvre
J'en serai fière, vous le savez bien. Je garde cette
jeune fille près de moi. Vous savez bien aussi que je
ne vous quitterai pas... J'attendrai pour elle l'heure
de votre repentir et pour moi l'heure de la récompense...

Elle s'arrêta brusquement, car Marguerite venait de
pousser un cri déchirant. Montrant d'un air égaré sur
la table le stylet sanglant, la jeune fille fit deux pas
en arrière et roula évanouie sur le parquet.

Madame d'Escarlat et Luigi coururent à elle ; le
soldat, averti par ce grand cri, se précipita dans la
chambre ; tous trois portèrent la jeune fille sur le lit.

La veuve alors se retourna vers la table; mais Luigi l'avait devancée, il tenait le poignard.

D'ailleurs un soupir de Marguerite rappela madame d'Escarlat.

Luigi se rapprocha de la croisée, et se mit à examiner l'arme en pleine lumière. Jamais auparavant, il n'en avait eu la pensée. S'il gardait le stylet près de lui, c'était sur les instances du baron d'Arvert qui lui disait : Souvent il est arrivé que l'instrument du meurtre a fait reconnaître le meurtrier.

Le vieil officier avait passé cet examen plus d'une fois; mais ses yeux n'étaient plus infaillibles. Sous la garde, gravé dans le bronze, il n'avait pas su voir un nom composé de lettres à peine perceptibles. Ce nom, Luigi venait de le découvrir : *Salomé*.

La veuve de Sainte-Anne s'étant retournée pour la seconde fois l'aperçut presque évanoui, comme Marguerite, appuyé contre le chambranle de la croisée. A ses pieds, elle vit le poignard.

Elle le ramassa; ses yeux étaient plus perçants et plus prompts que ceux de personne au monde, elle lut le terrible nom :

— Salomé!

Puis ils se regardèrent. Le mystère, qui jusqu'alors n'avait point cessé de couvrir l'assassinat du parc se dévoilait pour tous les deux. L'assassin, ils avaient bien pensé plus d'une fois, vaguement, l'un et l'autre, que ce pouvait être Annibal. Mais l'horreur n'était point là... Elle était dans cette arme qui avait appartenu à la baronne Imbert.

La veuve de Sainte-Anne se couvrit les yeux.

— Voilà le coup inattendu du destin. Voici l'occasion dont vous parliez tout à l'heure, lui dit Luigi; c'est votre œuvre qui commence.

La veuve reculait, reculait encore; elle sentit ouverte derrière elle la porte de la première chambre et s'enfuit.

Luigi marcha vers le lieu où Marguerite était couchée. La jeune fille entr'ouvrait les yeux. Il étendit la main sur elle et dit tout haut au soldat : — Prends ce poignard et qu'on ne le revoie plus ici. La Seine est proche. Va!

Les paupières de Marguerite abaissées de nouveau se mirent à trembler, une larme s'en échappa. Luigi se pencha pour la boire dans un baiser. La jeune fille se dressa brusquement, le repoussa de toute sa force :

— Vous! dit-elle... Oh! vous qui aimez Édith et qui en êtes aimé!

Il ne répondit point, il alla s'assurer que le soldat était bien sorti du logis et rentra dans la chambre. Mademoiselle Imbert s'était retranchée près de la fenêtre et la tenait entre-bâillée, comme si elle eût été prête à appeler du secours.

— Enfant, dit-il avec un triste sourire, que pensez-vous donc de moi! Il est vrai que cette femme qui vous a conduite ici nous tendait un piége à tous deux. Écoute...

— Oh! s'écria la jeune fille en sanglotant, laissez-moi partir. Tout ici me fait peur...

— Marguerite, écoute, car tu vas devenir la maî-tresse de mon secret, c'est-à-dire de ma vie ; je suis ton frère Maxime !

XXXIII

... Ainsi, disait Marguerite, quand j'ai reconnu ce poignard...

— J'ai pensé que l'épreuve était trop forte et que ton cœur allait se briser; mais rassure-toi. Je ne puis croire que celle dont tu parles ait prêté cette arme pour servir contre Maxime Imbert, puisque Maxime Imbert est mort à ses yeux.

— Elle ne l'a point prêtée non plus pour servir contre le comte Luigi! s'écria Marguerite... J'ai entendu ce qui s'est dit entre elle et Annibal... Édith écoutait comme moi. Éloigne cette pensée, Maxime.

Puis se jetant au cou de son frère :

— Oh! ne parlons point d'*elle*, Maxime, ne pensons qu'à Édith!...

— Non! fit-il avec une sombre énergie, je dois enfin accomplir les deux parties de ma tâche. Je te confierai à l'honneur et à la bonté du baron d'Arvert. Alors je serai libre de ne plus songer qu'à ta nouvelle amie au moins jusqu'à ce que je l'aie sauvée. Il faut que tu connaisses tout entier le secret dont tu vas être la gardienne. Il faut que tu saches pourquoi nos cœurs étant unis, nous demeurerons peut-être étrangers d'abord l'un à l'autre aux yeux du monde. Il faut que tu juges toi-même si je peux reprendre le nom de notre père, et si je ne suis pas enchaîné pour jamais au mensonge qui m'a fait comte Amiati...

— Le neveu et la victime d'Annibal! murmura Marguerite en frissonnant.

— Écoute encore, ma mignonne...

Il poursuivit le long récit déjà commencé. Le même soleil radieux pénétrait dans la chambre, éclairant cette scène à la fois si cruelle et si douce. Marguerite, debout à la place que la veuve de Sainte-Anne occupait une heure auparavant, appuyée au dossier du fauteuil où le jeune homme était assis, jouait avec les magnifiques boucles noires du jeune homme. De temps en temps, il attirait la petite main caressante et la baisait.

— Hélas! dit la jeune fille avec un sourire, je vois bien que tu es mort, tout à fait mort.

— Légalement mort, petite sœur.

— Ton nom est gravé sur un vilain tombeau... Et les dames de Dôle te portent des fleurs.

Il leva doucement les épaules devant ce retour de gaieté sur cette bouche, presque enfantine, qui s'épanouissait aussi naturellement qu'une fleur : — Oui, dit-il, ce sont de bonnes âmes... Va, chère petite, tu n'as encore que dix-sept ans!...

Mais déjà le visage de Marguerite s'était rembruni : Pourquoi Maurice d'Olivaie a-t-il voulu mourir ? demanda-t-elle.

Et comme il restait muet.

— Crois-tu que je ne le sache point? s'écria Marguerite. J'avais soupçonné ce que Carlotta a toujours refusé de me dire, et maintenant je le devine... Tout le monde pense que notre père a voulu se faire justice contre celle qui l'avait offensé, lui, et qui, toi, t'avait renié.

— Abandonné, murmura Maxime ; seulement abandonné. Enfant, avons-nous besoin de la noircir ?

— Renié ! reprit la jeune fille avec force. Oh ! tu ne sais pas !... Elle m'a dit : Marguerite, si l'on vous avait trompée? Si ce jeune homme n'était pas votre frère?... Mensonge ! Carlotta m'a ouvert les yeux... mais elle aussi, on l'avait égarée, on l'avait réduite par la peur... Elle n'a jamais voulu m'avouer que c'était Maurice d'Olivaie, qui, dans le boudoir, auprès de la serre...

— Tais-toi, interrompit Maxime d'une voix sourde

Je vais te répéter les paroles de notre père dans sa prison : « J'ai préféré que l'on vît mes mains couvertes du sang qu'elles n'ont point versé que de faire voir celles de cette femme tachées de boue. »

Et tous deux un moment se turent.

— Mais, reprit Marguerite à voix basse, Édith n'a point su, quand ma mère et moi nous allions lui offrir un refuge, qu'elle se trouvait en présence de celle que son frère...

— Tais-toi, tais-toi ! fit le jeune homme. Tu as vu qu'elle ne connaissait pas la baronne Imbert. Elle connaissait seulement madame de Nertia.

— Toi, tu avais deviné le véritable meurtrier... Maxime, c'est pour cela que tu as quitté Mirey, il y a un an. Tu as laissé croire à Édith que tu l'avais trahie.

— Oui, dit Maxime, le hasard et les méchantes intentions de cette femme qui vient de te ramener à moi, m'ont mis alors sur la trace de l'effroyable vérité.

— Que nous veut donc cette femme ? Elle t'aime aussi. Elle hait Édith... Je comprends maintenant bien des choses. Mais quand tu auras arraché notre chère Édith à la lâcheté d'Annibal, que comptes-tu faire ?

— Je n'ai qu'une pensée, dit-il : la sauver et la quitter encore.

Marguerite lui saisit la tête entre ses deux petites mains et lui couvrit le front de baisers.

— Tu te vantes! lui dit-elle. Tu n'en auras pas le courage... Le bon Dieu ne voudrait pas te le donner... Est-ce la faute d'Édith, si son frère a frappé?...

— Notre mère!

— Eh bien! s'écria Marguerite, l'ami de notre mère, celui à qui elle voulait sacrifier sa fille, a essayé de tuer le fils qu'elle avait abandonné...

— Il n'y a point que cet abîme ouvert entre mademoiselle d'Olivaie et moi, reprit Maxime. Oublies-tu que je n'aurais à lui donner qu'un nom souillé, ou un autre nom qui est un mensonge? Écoute, écoute, ma mignonne.

Il reprit son récit. Quand il en fut arrivé au moment où il avait rencontré le véritable Luigi Amiati endormi du dernier sommeil dans la neige, Marguerite l'interrompit encore.

— On t'avait pris ton nom, s'écria-t-elle. Il t'était bien permis de prendre le nom d'un autre.

— Hélas! dit-il, morale d'enfant, logique d'un cher petit cœur qui trouve bien tout ce qu'il désire...

— Il me semble que c'est la morale naturelle, répondit vivement mademoiselle Imbert.

— Malheureusement, ce ne serait pas celle des juges. Sais-tu, mignonne, qu'en acceptant cette croix qui brille là-haut et dont tu es si fière...

— Tu l'avais méritée...

— ...Sais-tu qu'en l'acceptant sous le nom de Luigi

Amiati, j'ai commis une action qu'ils se croiraient obligés de punir? Je dois continuer d'être le comte Luigi, ou je ne serais qu'un faussaire.

— Tu ne seras point le comte Luigi, car, alors à quoi me servirait-il de t'avoir été rendue? Je n'aurais toujours point de frère... Tu seras Maxime...

— Je redeviendrai Maxime quand j'aurai délivré Édith et que je pourrai quitter la France avec toi.

— Avec moi?... sans elle?... Voilà donc ton projet!

— Songe à tous les dangers qui nous entourent. Madame d'Escarlat possède aussi mon secret.

— Comment l'a-t-elle pénétré?... Ah! je me souviens, je devine encore. Elle t'a soigné, lorsque tu étais tombé sur le champ de bataille.

— Elle m'a soigné. J'ai eu la fièvre et le délire.

— Tu as parlé?

— A présent, elle m'accuse d'ingratitude...

— Elle t'aime... Comment ne t'aimerait-on pas?... Elle est jalouse. Cependant, elle ne te veut point de mal, puisque sachant que tu m'avais cherchée pendant un an, elle m'a conduite vers toi.

Maxime tressaillit.

— Cette femme croyait peut-être, balbutia-t-il, que je ne désirais plus autant de te revoir?

— Moi, fit Marguerite, je ne le crois pas.

— Et tu as raison, reprit le jeune homme; car tout ce qui me reste de bonheur et de repos au monde tiendra

dans ces menottes blanches. Écoute, écoute toujours.
J'ai peur que tu ne comprennes pas très-bien tout ce
qui nous menace. Qui te dit qu'après la paix, celle qui
n'a jamais voulu être ma **mère**, et qui ne fut la tienne
que de nom, ne cherchera pas à te reprendre ?

Marguerite, par un mouvement adorable de grâce
effarouchée, quitta sa place au dossier du fauteuil, et
s'asseyant auprès de son frère, se serrant contre lui :

— Tu veux m'effrayer, dit-elle... La baronne Imbert
n'oserait... Et toi, méchant, le souffrirais-tu ?

— Comment pourrais-je l'empêcher ? Encore une
fois, je suis le comte Luigi... Je ne suis qu'un masque,
mignonne.

— Je te disais bien que si tu ne redevenais point
Maxime, toi aussi, tu en viendrais à renier ton sang,
dit Marguerite avec un triste sourire.

— Il faut donc nous hâter d'agir, reprit-il, alors
même que la situation d'Édith...

— Prisonnière d'Annibal...

— ... Prisonnière de ce bandit, ne le commanderait
pas.

— Tu ne veux la revoir que pour l'abandonner, murmura la jeune fille. Elle demeurera toute seule au
monde, comme je l'étais moi-même, il y a une heure
Elle est pauvre...

— Tu te trompes, car nous sommes presque riches

— Tu ne la connais pas! s'écria Marguerite. Penses-tu qu'elle accepterait rien de ta main?

— Non, mais de la tienne.

Elle fit un geste d'impatience : Pourquoi ne l'emmènerions-nous pas, si nous partons? demanda-t-elle Loin de la France, qui saura que Maurice d'Olivaie était le véritable meurtrier de l'avenue d'Eylau? Les juges ici n'ont pu le découvrir.

— Il y a d'horribles pensées qui nous suivent partout, répliqua Maxime. Ne me tente pas, petite! Mademoiselle d'Olivaie consentira peut-être à recevoir tes dons... Elle aura d'ailleurs l'amitié du baron d'Arvert.

— C'est à lui! s'écria la jeune fille, c'est à ce vieillard, puisque tu dis qu'il est généreux et bon, qu'il faudrait tout dire!...

Mais Maxime secoua la tête.

— S'il est généreux et bon, répondit-il, tu vas le voir! M. de Sainteny s'est mis à sa recherche.

— D'Olivaie de Sainteny, interrompit mademoiselle Imbert, le cousin de Maurice. Tu acceptes bien son secours et son amitié. Pourquoi repousses-tu l'amour d'Édith, qui est sa sœur?

Encore la logique enfantine!

— M. de Sainteny va nous amener le baron, auquel il faudra d'abord expliquer ta présence ici, dit Maxime.

Les dix-sept ans de Marguerite se firent jour de nouveau sur ses lèvres; elle éclata de rire :

— C'est vrai, répondit-elle. Comment lui expliquerons-nous que je sois toute seule chez un jeune homme qui n'est point mon frère?

— Nous lui dirons que madame d'Escarlat a été prise d'un accès de son humeur bizarre qu'il connaît bien...

— Et qu'après m'avoir amenée chez un jeune et bel étranger, elle m'a plantée là sans réfléchir... Mais moi?... Tu ne songes pas à moi?... Comment feras-tu comprendre au baron que je sois restée?... Oh! tu lui diras que je suis une petite étourdie qui ne voit de mal à rien.

— Enfant! dit Maxime, ce n'est point l'étourderie, c'est la pureté qu'on lit sur ton visage. Le baron a des yeux d'honnête homme pour reconnaître tout de suite ce qui est bien et ce qui est beau. Il y a, c'est vrai, ce M. de Sainteny...

— Qui ne croira rien de tout cela, acheva Marguerite, redevenant tout à coup sérieuse. Je ne voudrais pourtant pas qu'il crût...

— Les voici... veille sur toi... Je suis Luigi... Luigi!... Ne va pas l'oublier!

Le baron entra le premier, il était en proie à une exaltation violente, et s'élançant vers Luigi:

— Je crois n'avoir rien à vous dire! s'écria-t-il. Sainteny vient de m'apprendre chemin faisant, ce qui arrive à Edith. Mort ou vivant, vous devez être prêt.

19.

Nous trouverons moyen de vous faire entrer dans Paris cette nuit.

En ce moment il aperçut Marguerite qu'il n'avait pas vue en pénétrant dans la chambre.

— Mademoiselle Imbert, lui dit Luigi, l'amie et la messagère de mademoiselle d'Olivaie.

— Ah! fit le baron... Madame d'Escarlat vous avait amenée, mademoiselle... Mais où donc est-elle, cette folle?

— Je ne sais, dit Luigi, elle nous a quittés...

En ce moment, il remarqua une assez vive contraction sur le visage du lieutenant de Sainteny. Le jeune officier le regardait et regardait Marguerite.

Luigi eut une heureuse pensée, une lueur d'espérance aussitôt éteinte : — En France, murmura-t-il, Marguerite n'aura point de mari.

XXXIV

Tandis que la foule émigrante entraînait le jour précédent, malgré elle, Marguerite Imbert hors de Paris, la troupe armée conduite par les deux officiers empanachés qui emmenait mademoiselle d'Olivaie s'éloignait de la gare du Nord. Édith marchait au milieu de la horde théâtrale et sauvage.

Elle était extrêmement pâle, mais fort calme, et comme toujours assez altière ; plus que jamais, en la voyant, la veuve de Saint-Anne aurait dit : La pauvre déesse !

Une divinité tombée aux mains violentes des mécréants, mais capable encore de leur inspirer de la crainte ; l'un des empanachés dit à l'autre en levant les épaules :

— L'Italien croit qu'il sera son maître !

Au même instant on fit halte ; les deux officiers réquisitionnaient un fiacre.

Tandis qu'elle y montait, Édith eut une vision singulière : Domenico avait reparu. Il s'était débarrassé du bagage des deux fugitives, et se mêlant le plus naturellement du monde aux bandits qui entouraient la voiture, il fit un signe à la prisonnière.

Édith détourna la tête avec dégoût ; elle n'avait plus de foi dans ce lâche défenseur.

Au coin de la rue prochaine, un homme se dérobait à demi sous l'auvent d'une boutique. C'était lui qui, par un ordre donné d'un geste, avait décidé qu'on ferait monter la prisonnière dans un fiacre. Il était là depuis un quart d'heure au guet ; il entendit derrière lui une voix qui lui disait :

— Misère de moi, je vous retrouve ! Le pauvre Domenico peut donc vous donner de bonnes nouvelles. On vous amène les deux colombes.

— Toi ! fit Annibal en se retournant si violemment, que M. Polichinelle gagna le large, c'est-à-dire la chaussée.

La prudence d'abord ! ·

— Où étais-tu, reprit Annibal, quand je te cherchais dans la maison vide ?

M. Polichinelle se mit à rire : — Pauvre Domenico, dit-il, on l'avait trompé comme vous. Il faisait sa méridienne.

— Alors, dit le maître, comment peux-tu te trouver ici ?

— C'est vous que le pauvre Domenico cherchait à rejoindre ; il est allé là-bas jusqu'à la grande place, il a vu, et il a compris.

Domenico avait raison de compter sur l'aveuglement de son maître, persuadé de sa fidélité, car il la croyait fondée sur la peur. En ce moment, la troupe des brigands d'opéra se fit voir à l'autre extrémité de la rue.

— Va, dit-il, tu les suivras.

M. Polichinelle ne bougea point. Plongeant du haut de sa grande taille au milieu des hommes et des fusils, il n'y découvrait qu'Édith.

— Diavolo ! murmura-t-il, mais il n'y a qu'une tourterelle.

— C'est que l'autre aura trouvé le moyen de s'envoler ! dit négligemment Annibal... Qu'attends-tu ? Faudra-il maintenant répéter mes ordres ?

Domenico joignit la troupe. Le signe qui commandait de héler le fiacre arrivait alors aux deux officiers. M. Polichinelle reçut apparemment par la même voie télégraphique un complément d'instruction : il fit baisser les stores.

Le voyage fut assez lent : au bout d'une heure seulement on atteignit la rue Notre-Dame-des-Victoires. L'un des empanachés se trouvait à la portière, qui s'ouvrit; il tenait galamment son képi à la main.

La baronne Imbert parut à la croisée : l'officier invita mademoiselle d'Olivaie à descendre.

— Vous pouvez me tuer, dit-elle, je n'entrerai pas dans cette maison.

L'empanaché consulta son collègue.

— Si vous préférez notre compagnie à celle de l'Italien, dit le premier...

— Si vous placez en nous votre confiance, dit le second...

— Nous pourrions vous offrir un autre asile...

Mademoiselle d'Olivaie se leva, les écarta d'un geste et descendit. Du haut de sa croisée, la baronne Imbert la considérait avec de cruels sourires, et s'attendait à voir apparaître derrière elle Marguerite tremblante et écrasée.

Elle ne vit qu'Édith et jeta un cri. Comme mademoiselle d'Olivaie, qui venait de s'engager dans l'escalier, suivie de ses deux gardiens insolents et de Domenico fermant la marche, arrivait au premier étage, l'ancienne courtisane se trouva devant elle :

— Ma fille!... Marguerite!... Qu'avez-vous fait de Marguerite?

— Madame, répondit Édith, j'ai accompli les volontés du baron Imbert, et j'aurai été plus heureuse que lui, puisque j'ai réussi enfin à enlever à madame de Nertia l'enfant qu'elle avait volée.

La baronne s'élança vers elle ; Édith la repoussa :

— Ne me touchez pas, dit-elle ; je préfère les mains de ces hommes aux vôtres, elles sont moins tachées, madame. Me voici votre prisonnière ; mais si l'on compte ici me déshonorer, après avoir perdu mon frère, Maurice d'Olivaie...

— Votre frère !...

— Je vous avertis, continua la jeune fille, que ce ne sera point aisé !

— Votre frère ! répéta la courtisane avec un rire éclatant, savez-vous ce qu'il a fait ?... Mais il s'agit de Marguerite.

Elle saisit le bras de l'un des officiers :

— Parlez, dit-elle. Pourquoi ne me ramenez-vous pas aussi ma fille ?

Alors Domenico s'avança :

— La petite madone nous a échappé, dit-il. Signora, le pauvre Domenico n'en a pas moins de peine que vous.

— Toi ! toi ! s'écria-t-elle. Hypocrite et menteur, qui trahis-tu donc maintenant ? Qui me dit que tu n'avais pas aidé leur fuite à toutes deux ?... Je te connais.

Et se retournant vers Édith :

— Eh bien ! reprit-elle, vous me défiez !... Que ferez-vous donc ?... Que ferez-vous, ma mie ?... Vous voilà pourtant bien prise ! Vous direz où est Marguerite, si vous le savez...

— Je le sais.

— Vous le direz ou vous n'attendrez de moi aucun secours.

— Je ne le dirai pas, répondit la vaillante fille. En quelque endroit du monde que la pauvre fille se cache pour souffrir, elle y sera moins menacée que dans cette maison... Quant à moi vous demandez ce que je veux faire... C'est une curiosité bien excusable, car vous ne sauriez pas le deviner; vous n'êtes point capable de le comprendre, vous qui vous êtes dérobée à la justice que votre mari voulait faire...

— Taisez-vous ! Taisez-vous ! s'écria Salomé. Vous ne savez guère ce que je pourrais vous répondre.

— Vous qui avez tué votre fils...

— Oh! fit l'ancienne courtisane les dents serrées, ne me parlez point de mort, ne parlez pas de sang... Je vous dirais : Regardez aux mains d'un autre que vous venez de nommer...

— Vous qui aviez charge d'âme et qui avez voulu trafiquer de cette âme dé seize ans ! Le prix de votre repos, c'était la chère et douce créature qui vient de vous échapper. Vous hésitiez devant ce sacrifice abominable. Pourquoi ce dernier scrupule? Pourquoi auriez-vous épargné les vôtres, vous qui avez porté parmi les miens la ruine et la honte?... Maintenant vous méditez une bassesse plus effroyable et un crime plus odieux que tous les autres. Vous avez entrepris de vous venger sur moi du mal que vous avez fait à mon frère...

— ... Votre frère !... reprit Salomé, votre frère ! Oh, vous me tentez !...

— C'est pourquoi vous me livrez à ce comte Annibal, le fiancé de votre fille, un assassin... Il a tué son neveu, le comte Luigi Amiati... Vous le savez, il vous l'a dit... je l'ai entendu...

— Elle ment, cria la courtisane, s'adressant aux officiers qui écoutaient... Cette fille est folle.

— Je ne crains ni le comte Annibal ni vous, madame, reprit mademoiselle d'Olivaie. Je crois en Dieu de toute la force de mon âme...

— Vous avez raison ! dit Salomé... Il vous défend bien !...

— Si sa main ne se montre pas, c'est qu'il sait n'avoir pas besoin de l'étendre sur moi, fit Édith. C'est le signe qu'il me permet de me défendre moi-même, dussé-je m'ôter la vie qu'il m'a donnée. Je sais qu'ordinairement il ne le veut point...

— Mais, en vérité, s'écria la baronne Imbert, une exception en votre faveur ne serait point choquante, ma mie.

— Je le crois, dit gravement Édith. Je ne dois pas être soumise à ses lois faites pour tout le monde, puisqu'il m'a jetée seule et sans ressources au milieu des bandits qui appartiennent au comte Annibal et que vous commandez...

En même temps, elle repoussa de nouveau la baronne et entra dans l'appartement. Les deux empanachés hurlaient de fureur, Domenico s'égayait, et les échos de la sinistre maison retentirent de nouveau du grand rire de Polichinelle ; mais en même temps on entendit un autre bruit.

Une porte s'ouvrait et se refermait à l'intérieur du logis. Mademoiselle d'Olivaie venait de rentrer dans la chambre de Marguerite. Elle s'introduisait elle-même dans sa prison et s'y enfermait.

— Bon, fit Domenico, qui avait ses raisons apparemment pour vouloir faire montre de zèle, la belle défense, qu'une vieille serrure !

Les empanachés s'égayèrent à leur tour.

La baronne Imbert frappa sur l'épaule du valet.

— Écoute, dit-elle tout bas, trouve-moi ton maître à l'instant. J'ai dit à cette fille que je ne la secourrais point...

— Vous tiendrez votre parole.

Polichinelle n'en était plus à deviner pourquoi Annibal lui avait dit une heure auparavant, de cet air de négligence souveraine, sur le chemin :

— L'autre tourterelle se sera envolée.

Il voyait bien que son maître avait voulu que mademoiselle Imbert s'échappât ; la colère de Salomé devait lui fournir de nouveaux gages de sa docilité contre la prisonnière qu'elle accuserait de lui avoir enlevé Marguerite.

Mademoiselle d'Olivaie s'était accusée elle-même : c'était bien pis.

La troupe des ravisseurs avinés se reformait au pied de la maison, les deux empanachés firent le moulinet avec leurs sabres de comédie, on allait se remettre en route. Annibal parut.

— Holà ! fit l'un d'eux, vous nous devez bien quelque chose pour vous avoir amené la belle. C'est un morceau de roi.

— Dis un morceau de peuple ! reprit l'autre ; il n'y aura plus jamais de rois !

Annibal ne répondit point, disparut sous la voûte de l'allée, monta, pénétra dans le salon où la baronne était assise :

— Marguerite ! lui cria-t-elle.

Il leva les épaules : Fâcheux accident, répondit-il. Mais je sais déjà qu'elle a pris la route de Saint-Germain. Je vous demande un jour pour vous la rendre.

— Savez-vous, que cette arrogante fille s'est vantée de me l'avoir prise ?...

— Ah ! fit-il.

Et tous deux se regardèrent. Annibal sortit du salon, se glissa dans le couloir obscur qui conduisait à l'antichambre précédant l'appartement de mademoiselle Imbert.

Il avait en entrant un effroyable sourire de victoire aux lèvres ; mais quand il vit cette porte close qui lui dérobait encore le prix de son nouveau crime, il s'arrêta, tenant la main sur son cœur, comme pour en comprimer les mouvements

Le monstre hésitait.

XXXV

Il étendit la main vers le bouton de la porte et cette main de fer qui aurait pu faire voler les verrous retomba sans force, presque tremblante.

Domenico qui l'avait suivi, à pas furtifs, dans le couloir et s'y tenait blotti, n'entendit point le grand bruit qu'il attendait. La baronne Imbert aussi écouta vainement dans le salon.

— On dirait qu'il n'ose ! murmura-t-elle.

Domenico grommelait en levant les épaules :

— Le diable a peur de trouver saint Michel de l'autre côté.

L'image triviale employée par M. Polichinelle rendait assez bien ce qui se passait de nouveau dans l'âme forcenée d'Annibal. Satan a peur de l'archange et de son épée de flammes. Annibal avait peur de sa captive et de l'effroyable mépris qu'il lirait dans son premier regard.

Il faut donc que la puissance de la chasteté, et que ses droits ne soient point décidément inscrits que dans les Codes et les livres de morale ; ce ne sont pas que des mots, ce sont des forces ; il vient une heure où ils ont leur tour.

Annibal demeurait là profondément pensif, les yeux cloués au parquet ; et pour la première fois on aurait pu saisir dans ce regard farouche quelque chose qui ressemblait à du doute et à des regrets.

Peut-être se prenait-il lui-même en pitié pour l'inconséquence de sa conduite et pour cette hésitation misérable qui différait le triomphe de ses désirs.

Peut-être aussi s'arrêtait-il devant la pensée de ce qu'il avait vu de son poste d'observation, au moment où ses émissaires sauvages faisaient monter Édith dans le fiacre. Ce beau visage où se peignait alors l'exaltation d'un courage que rien ne pourrait vaincre reparaissait à ses yeux. Il n'avait pas entendu la captive exprimer devant la baronne Imbert la ferme volonté de se défendre, fût-ce par le moyen suprême ; mais avait-il besoin de l'entendre pour penser qu'elle en était capable ? Il savait bien que les cygnes ne laissent point souiller leurs ailes. De pareilles femmes savent mourir.

Or, il voulait qu'Édith vécût, parce qu'il ne concevait plus sa propre vie sans elle.

Il secoua la tête, prit des tablettes dans la poche de son habit, déchira un feuillet et rapidement y écrivit:

« Je suis votre maître. Je voudrais l'oublier. Vous êtes pauvre, je suis riche. Vous êtes pure, et moi, si vous m'apparteniez aujourd'hui, demain je serais un autre homme. Si j'ai employé la violence pour vous ramener près de moi, souvenez-vous qu'en une autre occasion je vous ai sauvée. Pardonnez-moi donc également le bien et le mal que je vous ai fait. Je ne veux encore abuser ni de l'un ni de l'autre. Le maître se fait esclave et prie.

« Je vous donne deux jours entiers pour méditer sur cette prière. Si vous me connaissiez mieux, vous sauriez ce qu'il m'en coûte. Notre sort à tous deux est dans vos mains. Décidez ! »

Il glissa ce billet sous la porte et sortit de cette pièce, puis du logis; on le vit, plus sombre encore que de coutume, longer le grand mur de l'église; il disparut au tournant de la rue.

Prestement, Domenico était entré sur ses pas dans l'antichambre; il aperçut un coin du papier galant qui passait, le prit, lut le billet, et le remit religieusement à sa place, mais en ayant grand soin de le pousser plus avant, de façon qu'il disparût tout entier.

Tout cela sans bruit. Et doucement aussi, s'appliquant contre la porte, il appela :

— Signora, prenez patience et ne vous désolez point.

Pas de réponse. M. Polichinelle, mécontent, s'achemina vers le salon.

— Eh bien ! fit la baronne Imbert en le voyant, la future comtesse Amiati refuse-t-elle encore de recevoir son fiancé ?

— Bon ! répliqua Domenico, c'est le fiancé qui a pris peur de l'embarrasser et de lui faire de la peine. Il est parti.

— Parti ! s'écria Salomé... Est-il vraiment parti ? Ne te moques-tu point ? A-t-il reculé ?... Tu sais ce que je pense de ton maître... Tu n'en penses pas plus de bien que moi. Pourtant le croyais-tu lâche ?...

— Vous oubliez qu'il est amoureux, dit M. Polichinelle d'un air moqueur. Il n'est donc point lâche, il est timide.

— Lâche ! lâche ! cria Salomé. Il n'a pas osé affronter l'orgueilleuse fille. Moi, à peine a-t-il osé me revoir... il s'est enfui comme un larron...

— Dont le coup a manqué, fit sentencieusement Domenico.

— Où va-t-il ? quand le reverra-t-on ? Et sa promesse de me rendre Marguerite ? La tiendra-t-il ? Il n'y songe point ! Plus j'y réfléchis et moins je peux me persuader que mademoiselle Imbert ait trouvé le courage de s'échapper et de sortir de Paris toute seule. Annibal m'a trompée.

Domenico se mit à rire.

— Toi, reprit l'ancienne courtisane en s'élançant vers lui et en lui saisissant le bras, quelle comédie joues-tu donc ?... La pensée m'était venue d'abord que tu avais aidé les deux fugitives, que tu les accompagnais peut-être...

— Ce n'est pas raisonnable, répondit tranquillement M. Polichinelle. Ou j'aurais continué ma route avec la petite madone et je ne serais pas ici, ou les hommes d'Annibal m'auraient arrêté avec l'autre signora...

Salomé leva les épaules :

— C'est vrai, murmura-t-elle en le regardant encore fixement. Fais-moi donc le serment que tu ne connais pas la route prise par Marguerite...

— Bon ! dit-il, je vous le jure.

Il ne mentait pas, il ignorait que la jeune fille se fût dirigée vers Saint-Germain.

—Jure-moi, continua la courtisane, que tu ne connais pas davantage le véritable projet de ton maître sur la prisonnière. Il veut la tirer de cette maison peut-être? Alors il serait plus libre envers moi.

Un faux serment ne coûtait guère plus à M. Polichinelle qu'une parole sincère ; il jura.

— Eh bien ! reprit la baronne Imbert, je veillerai. S'il n'a pas osé la revoir, j'aurai plus de courage. Il faudra bien qu'elle appelle à son aide. La faim la pressera peut-être.

— Elle n'appellera pas, fit Domenico, elle n'aura pas faim. Vous ne la connaissez pas.

La baronne éclata de rire :

— Ah ! dit-elle, tu crois à ce qu'elle a dit. Tu t'imagines que l'on meurt... Des mots ! des mots !...

Mais il ne l'écoutait plus ; l'idée lui était venue que pour ses projets à lui, car il commençait d'en avoir, il serait bien d'être éclairé sur les démarches d'Annibal pendant les deux jours de répit accordés à la captive.

Il sortit précipitamment. Ayant perdu environ vingt minutes, il ne pouvait plus que se confier dans la longueur de ses jambes pour joindre les traces de son maître. Heureusement que ces jambes étaient démesurées. Il longea d'abord le mur de l'église à son tour. Arrivé à l'extrémité, du côté de la petite place où s'ouvre la façade principale, il s'y rencogna brusquement.

Annibal n'avait parcouru que trop peu de chemin ; il était là sur cette place, mais en compagnie du commissaire polonais qui, le premier, deux heures auparavant, avait rencontré Édith d'Olivaie et Marguerite Imbert, escortées alors de Domenico.

M. Polichinelle n'avait cessé depuis bien longtemps de faire de méchantes et vilaines choses qui étaient restées impunies ; un jour, il s'était permis une fourberie honnête, et c'était sa perte. Voilà la justice.

Il rasa de nouveau le grand mur, rentra dans la

maison de la baronne Imbert ; il croyait sentir déjà
s'abattre sur lui la main d'Annibal : ce serait une revanche impitoyable. Aussi éprouvait-il une grande
révolte intérieure. La peur, quelquefois, fait des
braves ; Domenico n'avait plus qu'une pensée : se défendre.

— Je saurai bien me délivrer, et je délivrerai la
pauvre belle signora avec moi, se disait-il.

Mais il avait deux jours devant lui. Il n'aurait point
quitté ce logis pour tous les trésors du monde, car il y
a mieux que l'argent, c'est la vie. Ce lieu était le seul
où il ne craignît pas de rencontrer son maître, puisque Annibal s'était engagé à n'y point reparaître avant
deux jours entiers. Il dormit sur une chaise dans l'antichambre qui précédait la prison d'Édith.

Il s'éveillait lourdement le matin quand le visage
livide et contracté de la baronne Imbert apparut par
l'entre-bâillement de l'autre porte, celle du couloir :

— Que fais-tu là ? lui demanda-t-elle.

— Vous le voyez, je fais comme vous, je veille.

La matinée passa et combien rapidement ! Le temps
dévorait M. Polichinelle ; les heures lui échappaient,
le lendemain arrivait. Dans la chambre de la captive,
toujours même silence ! Trois fois la baronne Imbert
reparut :

— Tu avais raison, disait-elle. L'orgueilleuse n'appellera point...

Elle s'approchait de la chambre de mademoiselle d'Olivaie, appliquait son oreille contre la porte. Rien. Aucun bruit. Il fallait que la prisonnière gardât l'immobilité du sommeil ou de la mort. Domenico voyait la baronne frémir, il rencontrait son regard chargé de haine ; il n'était guère moins agité qu'elle.

Mais la courtisane ne se doutait pas que c'était elle surtout qui le mettait en peine : — Comment l'ôter de notre chemin ? se demandait-il.

— Annibal ne viendra donc point ? s'écriait-elle.

Alors il frissonnait à son tour.

Le soir de ce premier jour, à la nuit tombée, il osa s'approcher de la croisée entr'ouverte. Peu à peu s'enhardissant, il se mit au balcon ; il put ainsi se pencher vers la croisée voisine, celle de la chambre d'Édith. Cette fenêtre était fermée, la chambre était sombre.

M. Polichinelle recula ; il ressentait une terreur d'un tout autre genre que celle que lui inspirait Annibal...

En ce moment, il s'entendit appeler d'en bas : Domenico !...

XXXVI

C'était une voix assez rude ; pourtant, ce n'était pas la voix d'un homme. La lumière des becs de gaz tremblante et parcimonieusement mesurée en ce temps, lui montra des habits de femme ; il descendit.

— Me reconnais-tu ? lui demanda la veuve de Sainte-Anne.

S'il la reconnaissait !

Mais bien loin de le faire trembler de nouveau, la présence inattendue de la veuve lui inspira soudain l'idée qu'il cherchait, l'idée de salut.

Aussi, fit-il à l'ex-colonelle une réponse à l'italienne, une maîtresse réplique à double tranchant qui la laissa peu satisfaite de l'impression qu'elle avait produite.

— Je vous reconnais, lui dit M. Polichinelle : mais je ne vous connais pas.

Elle s'était sûrement flattée de lui inspirer une

20.

plus grande frayeur ; mais l'âme d'un poltron comme celle d'un héros est un champ circonscrit par l'humaine nature ; la peur n'est pas plus infinie que le courage. Toute celle dont M. Polichinelle était capable, se trouvait concentrée sur un seul objet : la revanche certaine, la vengeance implacable d'Annibal.

Il n'avait plus le loisir de considérer aucun autre péril au monde.

— Eh bien ! reprit madame d'Escarlat, tu ne me demandes point comment je t'ai retrouvé et pourquoi je uis ici.

— Bon ! fit-il, le pauvre Domenico n'est pas si curieux.

— Tu as assez d'autres défauts ! reprit-elle. Écoute, je t'ai donné mille francs un jour. Te souviens-tu de ce que tu avais fait pour les mériter ?

S'il s'en souvenait ? Peste ! ce souvenir était même pour lui l'occasion de certains rapprochements. Il croyait encore voir Annibal ôtant de son chemin Carlotta qui le gênait... Quant à lui, la baronne Imbert l'embarrassait-elle moins ?

Mais Annibal, à Dijon, avait su se procurer des armes sûres contre la duègne. Lui, n'en était-il pas dépourvu contre Salomé ?

Annibal avait été bien heureux ce jour-là ! Mais l'imagination du drôle était féconde ; la vue de madame d'Escarlat, en lui rappelant le passé, lui inspirait une idée...

— Domenico, continua-t-elle, je ne viens point te proposer de te rendre les bonbons roses.

Il la regarda sous la lueur du gaz.

— D'abord, dit-il tranquillement, il n'y a plus de juges. Et puis je n'ai rien fait à Dijon que d'obéir à Annibal en enlevant la jolie boîte.

— Et c'est la faute de Carlotta, ce n'est pas la tienne si la pauvre vieille a été gourmande.

— Le pauvre Domenico n'est qu'un valet.

— Le valet du diable, reprit la veuve en riant... Mais finissons et vite. Ton maître est-il chez la baronne Imbert?

— Non! dit Domenico, frémissant de la tête aux pieds, il n'y reviendra que demain.

— Tu vas donc me conduire à lui.

— Moi! s'écria-t-il, vous conduire à Annibal..... Moi!

Et ce fut à son tour de rire. La veuve recula d'abord effrayée de cette gaieté lamentable. On aurait dit la plainte d'un oiseau de nuit traversée par les éclats stridents d'un perroquet en colère. Le rieur s'arrêta subitement, pensant que tout ce bruit allait attirer la baronne à sa croisée.

— Va! reprit la veuve à demi-voix en se rapprochant, je suis bien instruite. Où est mademoiselle d'Olivaie?

— La signora? murmura-t-il... Comment savez-vous?... Elle est là... là...

— Et la baronne?

— Là aussi... là... qui nous garde.

— Le comte Annibal lui a donc laissé le soin de veiller sur sa proie? dit Isabelle d'Escarlat d'un ton railleur. Quant à lui, il s'est retiré. Voilà qui est d'un amant discret et bizarre. Avoir enlevé cette belle personne par la force et la respecter après!... mais tu me diras tout sur le chemin.

Domenico réfléchissait... Lui obéir!.. Et pourquoi non?.. Sa première idée mûrissait et se compliquait d'une invention nouvelle; il pouvait se servir de cette femme, il pouvait surtout l'employer à éclairer sa route.

Annibal avait deux ou trois logis, mais il préférait toujours celui de la rue de Provence, où les démons favorables du jeu avaient naguères commencé sa fortune.

Or, le premier point pour éviter un ennemi, c'est de savoir où il se cache. Édifié sur la retraite actuelle de son maître, Domenico pourrait se diriger d'un autre côté. Avec de la promptitude il y avait encore de l'espérance. Il est vrai qu'il s'était promis de sauver la signora captive... Ah! tant pis pour la signora!

Toutes ces bonnes raisons se succédèrent dans l'esprit de M. Polichinelle; déjà sa résolution était prise.

Il allait conduire la veuve au logis de la rue de Provence. Si Annibal s'y trouvait, il la laisserait sur le seuil de la maison et jouerait des jambes.

Cependant, il crut encore devoir se faire prier.

— Que lui voulez-vous, à Annibal? demanda-t-il.

— Je ne vois pas, en vérité, pourquoi je te le cacherais, répliqua la veuve. Je veux l'emmener avec moi à Saint-Germain.

Domenico étouffa un cri de joie, puis leva les épaules. Emmener Annibal à Saint-Germain, cette écervelée y réussirait-elle?... pourquoi pas? Elle avait sans doute quelque bon motif à faire valoir pour le décider à ce voyage.

— Qu'irait faire Annibal à Saint-Germain? demanda-t-il.

— L'ami, je croyais que tu n'étais pas curieux. Cela je ne te le dirai pas.

Elle ne voulait pas parler. Que lui importait après tout? Pour quoi ne pas tenter cette chance de salut Si elle persuadait Annibal de la suivre, l'espace était ouvert devant M. Polichinelle : — Venez donc, dit-il.

Le trajet était assez court et fut silencieux.

La veuve n'interrogea pas son guide, qui ne disait mot. Arrivé à la maison de la rue de Provence, il s'introduisit plus mort que vif sous la voûte de l'allée ;

l'ex-colonelle le suivait. Tous deux apprirent du concierge qu'Annibal était chez lui.

— Montez! fit Domenico.

Quant à lui, l'ayant laissée passer, il se glissa derrière elle, sans bruit, rampant sur les marches. Il l'entendit sonner à la porte du troisième étage qui s'ouvrit ; d'un bond alors, il atteignit l'étage supérieur et s'y mit en observation. Ce n'était pas là qu'Annibal penserait à venir le chercher.

La veuve se trouvait en présence du monstre : — Comte Amiati, dit-elle de sa voix masculine et retentissante qui n'avait jamais été mieux assurée, je viens vous troubler au milieu d'un beau rêve. Me direz-vous, comme votre valet tout à l'heure, que vous me reconnaissez, mais que vous ne me connaissez pas ?

— Ah! fit-il, sans autre marque d'émotion qu'une légère contraction de sa lourde mâchoire, c'est Domenico qui vous a conduite ici.

— Domenico, répondit-elle.

C'était délibérément qu'elle n'avait pas adressé de question à M. Polichinelle sur le chemin. Comment se faisait-il qu'Annibal, ayant employé la violence envers Édith d'Olivaie, épargnât maintenant sa captive ? D'où lui venait cette résolution extraordinaire de retraite si loin d'elle ? Autant de problèmes qu'un regard jeté sur le comte Amiati venait d'éclairer aux yeux d'Isabelle d'Escarlat. Elle avait eu raison de se dire qu'elle était femme et qu'elle percerait l'énigme.

Et son premier mot montrait bien qu'elle avait tout deviné. Édith, l'orgueilleuse Edith remportait donc cette dernière victoire d'en imposer même au ravisseur et de lui inspirer autant de crainte que de passion. Annibal était venu s'enfermer dans ce logis pour y rêver au moyen de redevenir lui-même et de se rendre moins timide.

La veuve affecta de promener ses regards autour d'elle ; l'étrange logis n'avait point changé depuis l'année précédente. Le comte Annibal, dans sa nouvelle fortune, n'avait pas songé à orner le repaire de son ancienne pauvreté. Le vieux cachemire servait toujours de tapis sur la table de jeu autour de laquelle tant de victimes s'étaient assises ; la même disparate régnait dans le salon : des meubles de toute provenance et de tout âge, presque tous également boiteux ; des rideaux rouges, des portières vertes.

— Je ne m'attendais guère à vous trouver ici, comte Annibal, reprit la visiteuse.

— Eh ! dit-il, où comptiez-vous donc me rencontrer ? Et pourquoi vouliez-vous me joindre ?

La veuve eut un sourire énigmatique à son tour :

— Je pensais, dit-elle, vous voir dans une retraite mieux appropriée à votre nouvelle fortune, dont vous ignorez encore toute l'étendue. C'est cela que je viens vous apprendre. Vous demandez pourquoi j'ai voulu vous joindre? Pour vous rendre un service et vous en demander un autre en échange. Je vous connais, moi, si vous ne me connaissez pas. Comment un homme tel que vous n'en a-t-il pas eu le pressentiment en me rencontrant à Dijon? Ne devinez-vous pas enfin quel était le blessé que je soignais, comte Amiati?.. C'était votre neveu le comte Luigi qui maintenant est mort.

— Luigi, fit Annibal, mon neveu !

Il eut une de ces ondulations de couleuvre qui lui étaient ordinaires, et qui auraient fait reculer une femme moins vaillante que l'ex-colonelle.

Mais Isabelle de Malmontagne, comtesse d'Escarlat, n'avait-elle pas fait la guerre ?

— Luigi! reprit le monstre. Povero! je ne l'aurai donc jamais connu!

— Il est mort tout près d'ici, à Saint-Germain, mystérieusement assassiné.

— Povero! Povero! répétait Annibal.

— Vous avez tous les bonheurs, reprit la Veuve. En vérité, vous ne pouvez pleurer un parent que vous n'aviez jamais vu. Je sais que vous aviez de bonnes raisons pour le croire pauvre. Il était riche. Vous devenez son héritier. Je viens vous chercher pour recueillir cet héritage.

Annibal la regarda fixement; ses yeux froids et sinistres s'allumaient par degré.

— Il me semble, dit-il, que si la mort de ce jeune

homme vous a causé de l'émotion, ce n'est point du regret.

— Vous ne vous trompez pas ! s'écria-t-elle. Il m'avait quittée.

— Je comprends, reprit Annibal, de sa voix de cuivre résonnant comme toujours sur une seule note perçante ; mais quel intérêt avez-vous à me rendre maître de cet héritage ?

— Cinq cent mille francs en titres de rente au porteur, dit la veuve ; même un peu plus !

— Quel intérêt ?

— Tenez ! dit-elle en se rapprochant de lui, vous n'êtes pas l'homme que votre neveu m'avait dépeint... Vous n'êtes pas cet Italien subtil et fort... Savez-vous que ces cinq cent mille francs n'ont pas été mis sous les scellés ? ils sont sous la garde de deux officiers, amis du comte Luigi, avec les papiers qu'on a trouvés en sa possession. Ah ! vous ne devinez rien. Vous m'obligez à tout dire...... Parmi ces papiers, il y a mes lettres... Est-ce que notre intérêt n'est pas le même ? Est-ce que vous trouvez votre bien en sûreté dans d'autre mains que les vôtres ? Il n'y aura point de formalités à remplir, puisqu'on a négligé celles de la loi, à cause des difficultés du temps où nous sommes... Vous n'aurez qu'à vous faire connaître pour l'héritier... Je vous servirai de garantie, moi... et j'aurai ces lettres.,.. Oh ! des lettres insensées.... Je suis ri-

che... Si vous n'étiez pas gentilhomme, comte Amiati,
je vous dirais qu'une restitution si précieuse se paye...
Cent mille francs, s'il le fallait... Une part de ma fortune...

Elle baissa la voix. Annibal souriait... Domenico qui
s'était hasardé à descendre quelques marches, colla
son oreille à la porte.

Tout à coup des pas résonnèrent dans l'intérieur de
l'appartement ; il regagna précipitamment sa cachette.
Annibal et la veuve sortaient ensemble.

Alors, quand il les crut suffisamment éloignés, M. Polichinelle étouffa un grand éclat de rire. Il avait une
clef du logis, il entra. Il alla tout droit à une armoire
soigneusement fermée.

Là était l'arsenal du cadet Amiati, des seigneurs de
Castel-Rosso : — des armes, des poudres mystérieuses
dans une cassette, et des fioles.

XXXVII

Ce n'était pas un spectacle ordinaire alors qu'une
calèche découverte sortant librement de Paris, même
à la faveur d'une nuit assez obscure. La veuve de
Sainte-Anne félicita son compagnon sur l'étendue de
son pouvoir, qui lui conférait de si singuliers priviléges. La calèche venait des remises d'un loueur qui
de longtemps n'avait recueilli semblable aubaine; les
chevaux étaient frais. Tandis que l'équipage trottait sur
la route au nord-ouest de la ville, au sud et à l'ouest la
canonnade faisait rage.

— Peut-être agiriez-vous prudemment, dit madame
d'Escarlat, en n'essayant point de rentrer dans Paris
avec tant d'argent avant la fin de cette bagarre.

— Mort ou vif, répondit Annibal d'une voix sourde,
j'y rentrerai demain.

C'étaient les mêmes mots précisément dont se servait la veille le commandant d'Arvert s'adressant à Luigi : Mort ou vif, vous serez dans Paris la nuit prochaine.

— Oh ! dit la veuve à Annibal, d'un air de douce raillerie, que vous employez donc là une vilaine figure ! Comment un homme si heureux que vous peut-il parler de mourir ?

Il ne répondait pas ; il songeait à ce lendemain !

Le lendemain serait le second des deux jours accordés à Édith d'Olivaie pour réfléchir sur la destinée qu'elle devait choisir.

A elle de décider si elle n'aimerait pas mieux être la souveraine maîtresse d'Annibal que de devenir sa victime !

Quant à lui, la perspective de recueillir sans tarder l'héritage qu'il s'était ouvert à lui-même sous les ombres du parc de Saint-Germain et l'appât des cinq cent mille francs ne l'auraient peut-être pas déterminé à s'éloigner s'il n'avait justement voulu occuper son anxiété jusqu'au jour suivant, et tromper une passion par une autre.

La veuve, sur les coussins de la calèche, se rapprocha de son compagnon :

— Ces tristes pensées devraient être mon partage, dit-elle, à moi qui ai été trahie, à moi qui ne serai plus qu'une âme solitaire... Ah ! Dieu me pardonnera les affreux sentiments qui m'agitent... *Il* est mort, et je le hais. Je le hais encore... sans doute parce que je l'aime toujours... Il y a des instants où je porte envie à la main mystérieuse qui l'a frappée... une main forte comme la vôtre, comte Amiati, car le coup était terrible...

Annibal ne put retenir un geste d'impatience; heureusement la nuit l'enveloppait car, si maître qu'il fût de son farouche visage, une contraction nouvelle y passa; mais la veuve employait un accent si naturel que le soupçon à l'instant s'envola de l'esprit du meurtrier...

— Il faut, reprit-elle, que je vous conte toute mon histoire.

— Je crois, répliqua-t-il avec son sourire tranchant et cruel, tout en s'arrangeant pour penser à autre chose, que cela vous procurera quelque soulagement; je vous écouterai volontiers.

Tandis quelle parlait, il s'imaginait compter déjà les cinq cent mille francs, et il fermait les yeux pour donner plus de force à l'image de sa captive passant sur le théâtre brûlant de son rêve...

Il n'avait plus aucune méfiance envers cette folle assise à ses côtés, et ne faisait plus aucun doute que le désir de ravoir ses lettres, — *les lettres insensées,* — écrites au comte Luigi, n'eût été la seule cause de la démarche extraordinaire qu'elle venait de tenter près de lui, avec un succès qu'il n'avait pas jugé à propos

de lui disputer, puisque, — comme elle le disait, leur
intérêt était le même.

Le même! Voilà bien ce qui prouvait que cette
femme n'avait pas l'ombre de la raison...

Isabelle d'Escarlat continuait son histoire et celle de
Luigi. Cependant ceux qui auraient connu l'histoire
véritable se seraient promptement aperçus que la con-
teuse en imaginait une bien différente.

A minuit on joignit Saint-Germain.

— Ce n'est peut-être pas l'heure de rendre visite au
lieutenant de Sainteny, l'un des dépositaires de votre
héritage, dit la veuve en descendant de voiture. Pourtant le moment où nous sommes autorise les choses
irrégulières ? Attendrez-vous à demain ?...

— Non, non ! dit-il avec force, le jour qui se lèvera
après cette nuit ne m'appartient pas.

— Qui peut, en effet, répondre de voir la lumière du
lendemain ? fit observer philosophiquement l'ex-colonelle. Venez donc.

Elle le conduisit par une rue latérale au parc, en
passant derrière le vieux château. De ce côté était
l'accès principal du logement de M. de Sainteny, dont
les fenêtres s'ouvraient sur les parterres, en regard des
quinconces, à deux pas du poste où l'on avait naguère
transporté le comte Luigi mourant.

— C'est ici que ma mission s'achève, dit madame
d'Escarlat d'une voix devenue subitement tremblante.

Vous comprendrez que je ne peux me faire voir chez cet officier, ni rentrer dans le lieu où le comte Luigi est mort.

— Je le comprends, dit Annibal avec bonté.

— Allez ! reprit-elle avec un rire violent et comme désespéré ; je vous attendrai dans cette rue déserte, et je vous conduirai chez moi où vous ferez deux parts de l'héritage : à vous le trésor, à moi les lettres !... Mais allez donc !... Luigi — je veux dire son ombre — sera content de moi.

Annibal disparut dans la maison.

La veuve alors s'éloigna précipitamment, gravit l'un des grands boulevards qui entouraient la petite ville, s'y laissa tomber sur un banc dans l'ombre :

— Oui, murmurait-elle, Maxime Imbert sera content de moi puisque je lui livre le bourreau de son Édith et le sien. Voilà pourtant comme Isabelle d'Escarlat se punit elle-même et se venge ! Qu'il dise à présent que je ne l'ai pas aimé !...

XXXVIII

... Le baron d'Arvert, le lieutenant de Sainteny et Marguerite Imbert veillaient ensemble dans la chambre habitée depuis bientôt un mois par Luigi. Personne n'avait pris soin de procurer à la jeune fille un appartement particulier. Cette nuit-là, parmi ceux qui aimaient Luigi, parmi ceux qui avaient aimé Édith, et que berçait l'espérance et que mille craintes déchiraient, qui aurait voulu dormir?

Les deux hommes se tenaient à la croisée, considérant en silence les lueurs sinistres de la bataille qui embrasait Paris. Luigi était parti à la nuit tombante; maintenant, il traversait ce cercle de feu.

Marguerite priait, à genoux, au fond de la chambre, le dos tourné à la porte.

On entendit un grand coup de sonnette donné par

une main fiévreuse. Le soldat qui se tenait dans la première pièce se mit en devoir d'aller ouvrir au visiteur ; le baron quitta la croisée, disant :

— Aussitôt arrivé dans la ville, Luigi devait nous envoyer un message. Le voici.

Marguerite suspendit ses prières et écouta.

On parlementait sur le seuil de l'appartement. Le soldat enfin souleva la portière. Un homme parut; une voix métallique et perçante résonna dans la chambre :

— M. le lieutenant de Sainteny ?

Marguerite se trouva debout :

— Celui qui a enlevé Édith ! cria-t-elle, celui qui a assassiné Maxime...

Annibal recula; mais entre lui et la porte, il trouva M. d'Arvert et le soldat; devant lui Marguerite chancelante, soutenue par M. de Sainteny qui lui disait :

— Maxime ? qui est Maxime ?

— Vous êtes le comte Annibal Amiati, dit le baron d'Arvert. Je vous ai déjà vu à Dijon, je vous reconnais.

— Qu'avez-vous fait d'Édith d'Olivaie ? reprit Marguerite qui se ranimait. Oh! ne me regardez point de cette façon qui me faisait peur autrefois. J'ai cessé de vous craindre, je ne suis plus seule au monde contre vous. Comte Annibal, vous avez voulu tuer celui que vous croyiez être votre neveu; mais Dieu ne l'a pas souffert. Il est vivant. Et moi j'ai retrouvé Maxime, j'ai retrouvé mon frère...

21

— Votre frère! répéta M. de Sainteny, qui la tenait toujours par le bras... Je ne me pardonnerai donc point mes soupçons... Était-ce votre frère?...

— Entendez-vous? dit M. d'Arvert à Annibal, votre neveu n'est pas mort.

— Eh! ce n'est pas ta faute, scélérat! ajouta le soldat, en le menaçant du poing, car tu avais frappé fort!

Annibal ne répondait pas. Le misérable comprenait enfin qu'il était tombé dans un piége. Il fit un bond désespéré contre la porte gardée par le commandant et par le soldat. Il comptait sur sa force prodigieuse; mais son calcul fut trompé; il rencontra un mur de fer.

Alors il recula, recula encore. Le lieutenant de Sainteny, trop préoccupé de mademoiselle Imbert, ne s'avisa pas qu'il marchait vers la croisée, et ne songea point à lui barrer le passage.

Cette croisée était ouverte, élevée seulement d'un étage au-dessus du sol. Annibal la joignit et sauta.

La sentinelle du poste cria: Qui vive? et apprêta son arme.

Sainteny et le baron se trouvèrent ensemble au bord de la fenêtre, les mains unies... Feu! dit le premier, feu sur l'assassin!

— Feu sur l'espion! cria le commandant d'Arvert.

La sentinelle obéit. Le fugitif avait déjà traversé le

parterre et allait atteindre les premiers arbres du quinconce, il touchait au salut ; mais la veuve de Saint-Anne avait eu raison de lui dire en le quittant : Qui peut se flatter jamais de voir la lumière du lendemain ?

Cet heureux et criminel lendemain échappait au comte Annibal. Il tomba.

Mademoiselle Imbert était évanouie dans la chambre. M. d'Arvert soutenait cette jeune tête charmante ; le visage de Marguerite était encore une fois couvert d'une cruelle pâleur ; le lieutenant se tenait à genoux devant la jeune fille.

— Je crois, dit le vieillard, que nous venons vraiment de rendre la justice. Mais qui nous avait envoyé ce monstre ? Qui donc a su lui dresser une embûche si profitable à nos desseins ? Dieu soit loué ! car je puis espérer qu'Édith maintenant est sauvée.

— Avez-vous entendu ce qui vient d'échapper à mademoiselle Imbert ? demanda Sainteny, qui obéissait à d'autres pensées. Le comte Luigi serait son frère !...

Marguerite se réveillait ; ses yeux, en se rouvrant, rencontrèrent le noble et paternel regard de M. d'Arvert fixé sur elle et les yeux éloquents de Sainteny qui plongeaient dans les siens. Ce jeune cœur était trop plein ; cette nouvelle et terrible émotion descella le vase.

— Édith sera-t-elle délivrée? murmura-t-elle. Et moi, reverrai-je celui que j'ai trahi sans le vouloir, et qui est ma seule espérance au monde?

Le *secret*, alors, jaillit de ses lèvres tremblantes, et jusqu'au matin le baron et Sainteny écoutèrent cette cruelle histoire. Lorsqu'elle fut achevée, Sainteny se remit à genoux devant mademoiselle Imbert.

— Si vous ne deviez point revoir votre frère Maxime, lui dit-il, refuseriez-vous un autre défenseur?

XXXIX

Il y avait alors plus de trente heures que mademoiselle d'Olivaie était enfermée dans la chambre de Marguerite. Domenico se glissa de nouveau dans l'antichambre, et parlant encore à travers la porte : Signora, dit-il, tenez-vous prête, je vous délivrerai avant minuit.

Il ajouta plus bas, avec un geste de menace : Avant que le coq n'ait chanté, Domenico aura renié tous ses maîtres !

Il annonçait la justice de Polichinelle.

Puis il recommença d'appeler : Signora ! Signora ! Toujours point de réponse ; toujours ce silence inexplicable, puisqu'Édith devait reconnaître sa voix.

Il s'en alla tremblant, moitié de peur, moitié de colère et grommelant :

— La petite madone, à sa place aurait plus de confiance en moi. Quant à celle-ci, je voudrais qu'elle eût été à Dijon et qu'elle eût vu comment Annibal a ôté Carlotta de son chemin. On s'instruit avec les maîtres.

Comme il arrivait dans l'office, la servante y rentrait, portant les restes du repas léger qu'elle venait de servir à la baronne Imbert : un potage et des confitures. La soupière qui avait contenu ce potage n'était pas vide. La fille s'étant assise, l'attira devant elle et prit une cuiller. Domenico, qui se tenait dans l'ombre et la regardait, s'avança :

— Votre maîtresse vous rappelle, lui dit-il ; n'avez-vous pas entendu ?

Elle se leva et courut. D'un revers de main il fit voler la soupière, qui se brisa ; le liquide se répandit sur les dalles. — Oh ! se mit-il à crier de toute sa force, misère de moi ! Sot animal, maudit balourd de Domenico ! Bestia ! bestia ! Ours mal léché qui ne peut mouvoir sa patte sans causer quelque dommage !

La servante reparut. M. Polichinelle à ses grandes lamentations fit brusquement succéder un de ses éclats de rire de bouffon qui remplit l'office : — Eh ! dit-il, je crois que vous irez vous coucher sans souper. Cela vaut mieux pour votre santé, la belle !

La fille ne se fâcha point trop fort : restaient les confitures. Tandis qu'elle les mangeait, Domenico la regardait toujours et répétait :

— A la bonne heure, cela vaut mieux, c'est plus doux. Vous vous en réveillerez demain matin plus légère. Vous pouvez gagner votre mansarde, la belle enfant... Je ferai comme l'autre nuit, je garderai la maison.

Il la pressait tant qu'il pouvait et réussit enfin à la mettre dehors. Pourtant, quand il se vit seul, il se prit à regarder autour de lui d'un œil trouble et à grelotter. Sûrement ce n'était pas de froid, car la nuit était brûlante. Ses grandes dents claquaient, tandis que s'éloignant de l'office, il se dirigeait d'abord vers la chambre de la prisonnière. Il écouta... Rien, toujours rien, toujours aucun bruit !... Il suivit alors le couloir qui devait le ramener près du salon. Là, il s'arrêta, décidément glacé de terreur, car dans ce salon il entendit d'abord une plainte sourde, puis un cri...

En ce moment la porte de l'appartement que la servante avait laissée entre-bâillée derrière elle se rouvrit tout à fait, et un homme parut sur le seuil.

— Annibal ! s'écria Domenico... Ayez pitié de moi, signor !...

Ce premier effarement du misérable poltron ne dura guère : ce n'était pas Annibal. Il vit à l'instant que le visiteur était de haute taille ; et de plus, autant qu'on en pouvait juger dans ces demi-ténèbres, il était jeune. Mais, autre sujet de frayeur : l'homme marchait tout droit sur lui.

— Vous venez de m'apprendre, dit-il, d'une voix brève et menaçante, que le comte Annibal Amiati est absent ; je parlerai donc à la baronne Imbert.

La baronne !.... Domenico n'avait plus de voix.

— Que voulez-vous à la baronne Imbert ? balbutia-t-il.

Et se dérobant brusquement, il courut à l'office, en revint tenant à la main une lumière qu'il porta au visage de l'inconnu. Alors, ce fut lui, à son tour, qui jeta un grand cri. Il laissa tomber le flambeau, s'enfuit à travers l'escalier et disparut.

Le visiteur demeurait seul. La crainte aussi, une sorte de terreur sacrée le retint d'abord dans ce vestibule obscur. Un dernier jeu du destin, le plus cruel de tous, allait donc le mettre en présence de celle dont il avait prononcé le nom tout à l'heure avec tant de répugnance, et dont la ressemblance avec lui venait de mettre en fuite ce lâche valet.

C'était à la baronne Imbert que Maxime allait redemander Édith.

Ah ! qu'il aurait mieux aimé se trouver en face d'Annibal. Bien qu'entourée d'autres périls, cette rencontre lui aurait paru moins menaçante. Les armes qu'il portait cachées n'étaient plus d'usage ; il allait être forcé d'en employer d'autres, bien plus terribles : la colère et le mépris, la malédiction contre sa mère...

Car c'était sa mère, enfin.

— Non ! murmura-t-il, je ne peux... je serai toujours le comte Luigi à ses yeux... je ne serai pas Maxime Imbert.

Il oubliait la ressemblance.

De quel côté se diriger dans ce logis désert et sombre ? Devant lui se trouvait une porte à deux ventaux mal fermés qui laissaient passer un filet tremblant de lumière.

Qui se trouvait dans cette chambre ?

Il frémit, il hésitait encore... Ah ! s'il avait pu joindre Édith, sans *la* voir, *Elle !* Mais qui lui disait qu'Édith fut encore là ? N'avait-il pas à envisager la crainte, la déchirante et horrible crainte qu'Annibal n'eût entraîné, dans une retraite plus mystérieuse encore, et encore mieux gardée, la victime pure ?

Tout à coup un gémissement, semblable à celui qui avait épouvanté Domenico un instant auparavant, se fit entendre de l'autre côté de cette porte. Maxime, — non ce n'était pas Maxime ! — le comte Luigi la poussa d'une main si tremblante et si faible qu'elle glissa presque sans bruit... Qui donc avait jeté cette plainte ?

En ce moment, il n'avait plus de pensée que pour Édith.

Ce ne fut pas Edith pourtant qu'il vit, mais une femme ou plutôt une ombre qui se traînait dans cette grande pièce mal éclairée par une lampe, s'appuyant au dossier des fauteuils, et toujours, à chaque pas, exhalant ce gémissement de douleur et de mort.

Elle n'entendit point la porte s'ouvrir, elle n'eut pas le sentiment de la présence de Luigi. Elle allait, elle allait vers le fond de la chambre où se trouvait un sofa, comme si c'était là qu'elle voulût tomber. Parfois elle s'arrêtait, vaincue par la souffrance, puis reprenait sa marche, brisée, rampante :

— Oh ! murmura-t-elle, le lâche ! Il avait besoin de m'ôter de sa route !... Je les connais, ses poisons... Carlotta en a fait l'épreuve !... Qui donc a versé celui-ci ?.... Domenico !... Domenico !... Que me sera virait d'appeler ?... Annibal aura bien choisi celui qu'il me destinait, il n'y a point de remède.

Ainsi, elle n'accusait Domenico que d'avoir été l'instrument. C'était à Annibal qu'elle faisait remonter la pensée de ce nouveau crime. Elle eut un rire aigu et prolongé :

— Seule ! dit-elle ; je devais mourir seule comme une louve au fond du bois... Ah ! la mort ! Va, je ne le crains point, mort stupide !... Que sert de vivre, quand on est vieille et pauvre ?... Oh ! mon Dieu !... mon Dieu !

Le mal lui avait arraché ce cri, la douleur réduisait enfin cette âme indomptable et sauvage ; elle atteignit le sofa et y tomba lourdement : Personne ! disait-elle, Pas de secours !... Mon Dieu ! mon Dieu !

Une effroyable convulsion l'agita, elle ferma les yeux...

Luigi arrivait auprès d'elle. L'épouvante avait enchaîné jusqu'à ce moment sa voix sur ses lèvres ; il se pencha :

— Vous vous trompez, dit-il. Vous n'êtes plus seule... Vous ne serez point sans secours...

Les paupières de la moribonde s'écartèrent avec effort ; elle se dressa et poussa un grand cri : — Moi ! moi ! dit-elle... je reconnais mon visage... Justice du ciel !... O Dieu ! mon fils ! mon fils !

Puis elle retomba sur les coussins avec un bruit sourd. Maxime lui prit la main, qu'il trouva rigide ; il se pencha de plus près et reconnut la mort sur ces lèvres ouvertes. Il considéra ce cadavre sur ce sofa déchiré : cette fin et cette misère racontaient la vie qui venait de s'éteindre.

— Ma mère ! dit-il.

Comme il s'éloignait, et qu'il marchait vers la cheminée où brûlait la lampe, ses yeux rencontrèrent les deux portraits attachés à la muraille, les deux tableaux du passé galant : la *Nuit* et le *Feu*, — les deux images de la courtisane en sa gloire.

— Encore ma mère ! murmura-t-il en baissant le front.

Pourtant, il ne céda point à l'horreur qui l'environnait. D'une main presque ferme, il prit cette lampe; une pensée le soutenait dans cette épreuve surhumaine : Édith.

Et il se mit à parcourir la sinistre maison, appelant : Édith !... Une voix affaiblie lui répondit enfin, comme il arrivait dans la pièce étroite qui séparait le salon de la chambre de la prisonnière; une porte s'ouvrit : Edith, pâle et défaillante, était dans ses bras.

XL

Ce récit n'est-il pas maintenant terminé?

Nous ne dirons pas le cruel lendemain de cette nuit d'amour et de deuil ; nous ne montrerons pas Maxime entre sa fiancée reconquise et cette morte qui avait été sa mère ; nous ne jugerons pas le baiser qu'il alla, conduit par Édith, mettre au front de Salomé.

Maxime ne pouvait abandonner la maison de la rue Notre-Dame-des-Victoires, sans avoir rendu les derniers devoirs à sa mère ; il n'osait quitter Édith pour s'occuper de ce soin suprême, car il craignait le retour d'Annibal ; il ne savait point que justice était faite aussi du ravisseur de mademoiselle d'Olivaie et du meurtrier de la baronne Imbert.

Car il croyait que le poison avait été versé par l'ordre d'Annibal. Jamais on ne revit le véritable empoisonneur; et plus tard, Marguerite, songeant au dévouement que le misérable avait montré à elle et à Édith, en les faisant sortir toutes les deux de l'infâme logis, disait toujours : — Ce pauvre Domenico !

Oh ! la terrible journée pour Édith et Maxime, prisonniers de cette morte. La canonnade devenait furieuse. Vers le matin, il y eut un sérieux espoir. La vengeance sociale s'avançait sur la grande ville, en même temps que le gage de la délivrance pour les deux amants. Tout à coup, au bruit du canon se joignit celui de la fusillade prochaine. La troupe, commandée par le baron d'Arvert, emportait l'église et remplissait la rue. Un moment après, le vieil officier recevait dans ses bras la fille de son ancien compagnon d'armes et le comte Luigi, qu'il nommait Maxime.

Et, le lendemain, Marguerite, embrassant le jeune homme, put s'écrier :

— Je te l'avais bien dit que, malgré toi, tu redeviendrais mon frère !

Il fut résolu entre le baron, qui n'avait point de famille, et ceux qui étaient devenus les enfants de son choix, que Maxime s'éloignerait de France pour un temps avec Marguerite : tous deux gagnèrent la Suisse. Édith ne tarda pas à les y rejoindre sous la conduite du commandant et de l'abbé de Cazenove.

Le bruit avait été habilement répandu que le

comte Luigi Amiati avait trouvé une fin cruelle et
prématurée au milieu de la dernière bataille dans
Paris. Il fut reconnu qu'un diplôme au nom de
Maxime Imbert avait été dérobé au ministère ; on
n'accusa point Maurice d'Olivaie, dont on ménagea
la mémoire.

Luigi étant mort, Maxime Imbert pouvait revivre.

Cependant, il n'a point regagné la France ; c'est
dans un village, au bord du lac de Lucerne, que l'heureux abbé de Cazenove, à l'automne suivant, eut à cé-
lébrer deux mariages : celui de Maxime et d'Édith
d'Olivaie, celui de Marguerite et de Louis de Sainteny.

Le lendemain, comme les quatre jeunes gens se
promenaient au bord du lac, le facteur de la poste
leur remit plusieurs lettres ; il y en avait une à l'a-
dresse de Maxime, qui la lut rapidement et la déroba
aux regards de sa femme.

C'était un billet vraiment laconique ; deux lignes :

« Je vous suis dans votre bonheur. Direz-vous que
je ne vous aimais pas ? »

Et pour signature :

« La solitaire de Sainte-Anne. »

FIN

F. Aureau. — Imprimerie de Lagny.

Librairie de E DENTU, Palais-Royal

ROMANS ET NOUVELLES, COLLECTION A 3 FR. ET 3 FR. 50 LE VOLUME

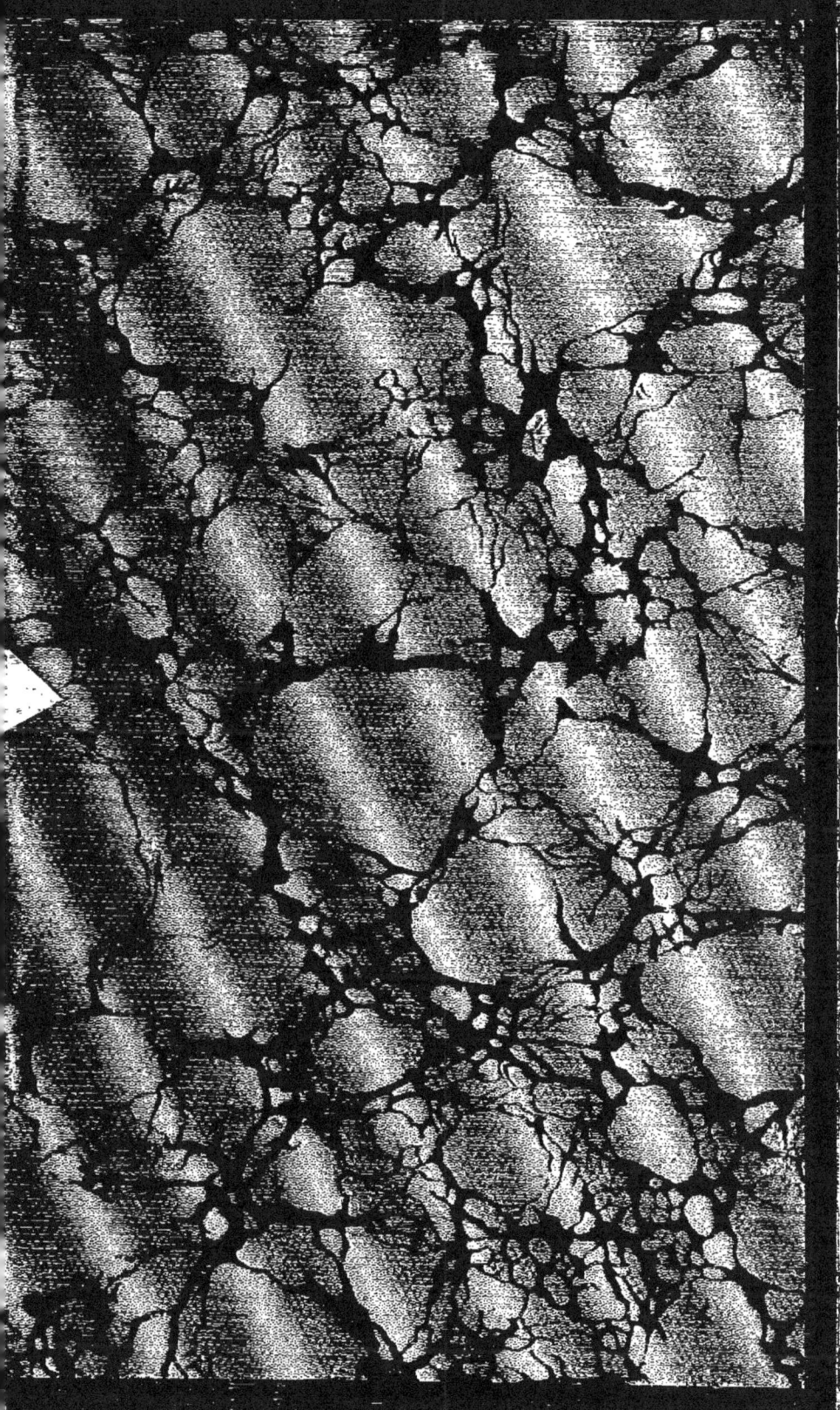

www.ingramcontent.com/pod-product-compliance
Lightning Source LLC
Chambersburg PA
CBHW070302040726
47505CB00020B/528